suhrkamp nova

FRANK BILL
COLD HARD LOVE
Stories

Aus dem Amerikanischen
von Conny Lösch

Suhrkamp

Die Originalausgabe erschien 2011 unter dem Titel
Crimes in Southern Indiana
bei Farrar, Straus and Giroux, New York.

Umschlagfoto: © Corbis

Erste Auflage 2012
suhrkamp taschenbuch 4369
Deutsche Erstausgabe
© Suhrkamp Verlag Berlin 2012
© Frank Bill, 2011
Suhrkamp Taschenbuch Verlag
Alle Rechte vorbehalten, insbesondere das
des öffentlichen Vortrags sowie der Übertragung
durch Rundfunk und Fernsehen, auch einzelner Teile.
Kein Teil des Werkes darf in irgendeiner Form
(durch Fotografie, Mikrofilm oder andere Verfahren)
ohne schriftliche Genehmigung des Verlages reproduziert
oder unter Verwendung elektronischer Systeme
verarbeitet, vervielfältigt oder verbreitet werden.
Druck: CPI – Ebner & Spiegel, Ulm
Umschlag: Herburg Weiland, München
Printed in Germany
ISBN 978-3-518-46369-7

Cold Hard Love

*Für John und Ina Bussabarger, die mich aufzogen,
wie es die Alten taten. Und für meinen Fels und meine Mitte,
meine Frau Jennifer.*

Hill Clan Cross

Pitchfork und Darnel platzten wie zwei Schrotladungen durch die verschrammte Moteltür. Das Gänseblümchenbett war die Grenze, durch die Pitchfork Dealer und Käufer voneinander trennte. Anschließend bohrte er mit seiner rechten Hand den Lauf eines 45-Kaliber-Colt zwischen Karls zusammengewachsene, torfschwarze Brauen. Irvines grüne Augen separierte er mit der abgesägten 12-Kaliber-Flinte in seiner Linken, stieß die beiden jungen Männer von der Matratze weg, stellte sie vor die nikotingelbe Wand und befahl: »Wirf die Rucksäcke ab, Karl!«

Karl hatte Arme wie Abschleppseile, die jetzt in abgehackt epileptischem Rhythmus zuckten. Er ließ zwei schwere Militärrucksäcke auf den Teppich fallen. Irvines Brust hob und senkte sich hastig, er hyperventilierte und sagte mit schleppendem Southern-Indiana-Akzent: »Das ist unser Deal.«

Hinter Pitchfork trat Darnel, der große Bruder, die Moteltür zu und nahm sich der beiden Käufer an, drängte sie rechts vom Bett gegen den Nachttisch und klatschte einen Totschläger aus Leder auf Dodo Kirbys spitzen Haaransatz. Verhalf dessen Knien und dem Lederrucksack zu intensiverem Kontakt mit dem von Zigarettenbrandlöchern übersäten Teppich. Dodos kleiner Bruder Uhl trat vor, und seinem Maul voller fleckiger Zähne entfuhr ein: »Verfluchte Scheiße, du kannst doch nicht ...« Darnel kam dem Hinweis mit seinem Totschläger nach. Zertrümmerte Uhls Nase. Machte aus seinen Lippen Blaubeermatsch. Schob den Totschläger in eine Tasche seiner Arbeitshose und zog aus einer anderen eine kleine Rolle Zaundraht. Schüttelte den Kopf und sagte: »Was kann ich nicht? Wir haben nie unser Okay gegeben. Wir nehmen uns, was uns gehört.«

Pitchfork und Darnel mussten feststellen, dass mehrere ihrer Lagerfässer gewichtsmäßig nicht ganz auf der Höhe waren, als ein Kunde noch mal nachwog und alles andere als glücklich war. Wenn man bedenkt, dass man sowieso nur einigen wenigen Auserwählten trauen kann, hatten sie schon einen gewissen Verdacht, wer das Dope abgegriffen hatte. Sie weihten den für Harrison County zuständigen Sheriff Elmo Sig ein, der schon seit zehn Jahren auf ihrer Gehaltsliste stand und sie das einzige Motel der Stadt für ihre Geschäfte nutzen ließ. Sig hatte Augen und Ohren in den umliegenden Counties, nämlich einen Kerl, der sich AK nannte. AK lieferte Gerüchte, die er über zwei Mittzwanziger mit erstklassigem Gras aufgeschnappt hatte. Müssten es ganz schnell zu Geld machen. Wollten den Deal in demselben Motel über die Bühne bringen, in dem Darnel und Pitchfork gewöhnlich ihre Geschäfte abwickelten.

Darnel ging in die Knie. Drückte Uhl eins davon in dessen blaues Flanell-Rückgrat. Schlang enge Achter aus Draht um Uhls Handgelenke. Zog eine Blechschere aus der Arschtasche. Schnitt den Draht durch.

Schweiß überschwemmte die munter sprießenden roten und eitrig weißen Aknepickel auf Karls Stirn, während er schrie: »Wir haben geholfen, die Ernte einzufahren, als ihr mit was anderem beschäftigt wart, wir haben sie getrocknet, gewogen und abgepackt! Wir haben einen Anteil am Profit verdient.«

Pitchfork zog den Colt mit seinem vernarbten rechten Arm zwei Zentimeter von Karls Brauenbalken weg. Donnerte ihm den Lauf gegen die Stirn. Karl brüllte: »Fuck!« Pitchfork erklärte dem Jungen: »Ihr verdient so viel, wie euch zusteht.«

Hinter Pitchfork, auf der anderen Seite des Betts, war Darnel inzwischen mit Dodos Handgelenken fertig. Er stand auf. Sagte zu Karl: »Du wärst bloß Suppe am Bein deiner Mama, hätte ich dich nicht abgeleckt und wieder reingespuckt. Wenn ich das richtig sehe, hast du das nicht verdient.«

Darnel machte einen Schritt auf Karl und Irvine zu. Sagte: »Dreht euch um. Ich hab keine Lust mehr auf eure blöden Fressen.« Karl und Irvine drehten sich um, Gesichter zur gelben Wand. Pitchfork schob sich den Colt in den Bund. Ließ die Abgesägte sinken. Schüttelte seinen kahlrasierten Schädel und erklärte den Jungs: »Ihr zwei Kackvögel habt nicht mal auf dem Parkplatz nachgesehen, ob da jemand rumlungert. Nachts um die Uhrzeit hätten die über euch herfallen können, so wie wir. Verfluchte Scheiße, wir haben da drüben im Dunkeln in der Karre gesessen.«

Karl drehte sich zu Irvine und sagte: »Hab dir gesagt, wir hätten auf dem scheiß Parkplatz gucken sollen.«

Pitchfork trat einen Schritt zurück, sah Darnel zu, wie er den Draht um Irvines Handgelenke schlang. Darnel fragte Irvine: »Wer hat für die beiden Arschgeschwüre gebürgt?«

Und Karl sagte: »Eugene Lillpop.«

Darnel lachte sein Vergaserlachen und sagte: »Der inzestgeschädigte Wichser hat immer eine Hand in der Hose, die andere unterm Rock von seiner Mama. Dem sein Wort ist nicht mal den Rotz wert, mit dem er sich die Handflächen schmiert.«

Auf dem Fußboden wimmerte Uhl, Haare klebten ihm im Gesicht, und er spuckte zwischen lila Lippen aus. Dodo lutschte honigzähen Schleim. Sprach in derb weinerlichem Ton.

»Ihr scheiß Hurensöhne, lasst uns lieber in Ruhe. Wisst ihr überhaupt, wer unser Alter ist?«

Pitchfork kotzte Dodos Frage an. »Der hinterhältige Messerstecher Able Kirby. Den sollte man unter 'nem Plumpsklo begraben, weil er damals Willie Dodson verpfiffen hat. Logisch schiebt ihr in einem anderen County rum. So eine Scheiße fliegt hier nicht rum, aus so was wie euch machen wir Dünger.«

Uhl hustete und sagte: »Unser Daddy ist ein guter Mann. Der hat Willie nicht verpfiffen.«

Darnel war fertig mit Karls Handgelenken. Verstaute Draht und Schere wieder in der Tasche. Schnappte sich die beiden Rucksäcke, die Karl mit reingebracht hatte. Warf sich je einen über die Schultern. Roch den schweren Honigduft. Uhl erklärte er: »Kleiner, ich weiß ganz genau, dass es dein alter Herr war, weil Willie für mich gearbeitet hat. Ist durch die Counties gefahren und wollte sich mit seinem Daddy und ein paar von seinen Leuten unten in Orange Holler treffen. Als die Kacke am Dampfen war, ist dein Daddy mit blütenreiner Weste davonspaziert.«

Pitchfork legte die Abgesägte auf den Boden. Machte den Rucksack von Uhl und Dodo auf. Griff rein und wühlte in den Geldscheinbündeln, alles Eindollarnoten mit identischen, unbeschrifteten Banderolen. Dann ertastete er schweren Stahl und zog zwei vernickelte 38er Revolver raus. Sah dic Jungs an und sagte: »Ihr zwei Wichsflecken habt nicht gecheckt, ob die Waffen dabeihaben und ob die Summe stimmt? Verfluchte Anfänger.«

Darnel vergrub die Finger in Karls und Irvines Haaren. Sagte: »Hättet wenigstens in ein anderes Motel oder ein anderes County gehen können. Ist sowieso egal. Ihr beide habt eine Lektion zu lernen.« Dann führte er sie an ihren fettigen Haaren zur Tür. Machte sie auf.

Pitchfork packte die beiden 38er zurück in den Lederrucksack. Warf ihn sich über die Schulter. Packte die Abgesägte. Zerrte Dodo auf die Füße. Dann Uhl, der bettelte: »Lasst uns gehen. Wir sagen nix.«

Pitchfork starrte durch Uhl hindurch: »Schlüssel?« Verdattert fragte Uhl: »Schlüssel?« »Arschgesicht, wie habt ihr denn die Vergewaltigerkarre da draußen hergeschafft, kurzgeschlossen?« Uhl stammelte: »Vvvvvordere Tasche.« Pitchfork tastete Uhls Vorderseite ab, fischte die Transporterschlüssel raus, verzog abfällig das Gesicht und sagte: »Wir wissen eh, dass ihr nix sagt, weil wir euch nämlich mitnehmen, keiner kriegt ein Wort zu hören.«

Darnel lud Uhl, Dodo und den Rucksack mit Dollarscheinen in den Impala von Irvine und Karl. Pitchfork nahm die Jungs und die Rucksäcke mit dem Marihuana hinten auf die Ladefläche seines 68ers. Ließ Uhl und Dodos Transporter mit dem Schlüssel im Zündschloss und der vereinbarten Summe unter dem Fahrersitz stehen, damit ihn Sheriff Elmo drüben auf Medford Malones Schrottplatz verklappen konnte. Dann fuhren sie zum Hill Clan Cross Friedhof. Ein Ort, an dem aus schlechten Deals gute wurden und sich Lektionen besonders tief einbrannten.

Die beiden Fahrzeuge schwiegen abgesehen vom Knacken und Knistern der Motorblöcke in der kühlenden Nachtluft. Die Scheinwerfer des Impala und des 68er Chevy umrissen die Profile von Dodo und Uhl. Ihre feuchten, aufgedunsenen Gesichter schillerten jetzt in allen Schattierungen von Gelb und Lila, die in der Nacht noch dunkler wirkten. Blut bröckelte von ihnen ab wie drei Tage alte Kekse. Die Schaufeln, mit denen sie das zweieinhalb mal zweieinhalb Meter große Grab ausgehoben hatten und auf die sie sich stützten, als sie ihr Werk vom Rand aus begutachteten, gaben ihren Händen kaum Halt.

Pitchfork stand hinter Uhl und Dodo. In den einen Kopf die 45er gebohrt. Die Abgesägte in den anderen. Karl und Irvine knieten links, nahmen die drei als Silhouetten wahr.

Hinter ihnen ließ Darnel seine Kippe mit einem letzten Zug kirschrot aufglühen, schnickte sie auf den Boden und erklärte Pitchfork: »Wird Zeit.«

Pitchfork fragte die beiden Käufer: »Was habt ihr gesagt, wie alt ihr seid?«

Dodo sabberte: »Wir haben nix gesagt.« Er hoffte, der Albtraum würde ein Ende nehmen und man würde sie gehen lassen, er sagte: »Ich bin fünfunddreißig, Uhl ist ...«

Pitchfork fiel ihm ins Wort. »Wenigstens müsst ihr euch wegen Krebs oder Knochenschmerzen keine Sorgen mehr machen so wie eure Mama jetzt.« Dann drückte er mit der 45er ab. Dodos Gesicht explodierte in den Lichtstrahl hinein, löste sich in der Luft auf. Sein Körper schlug dumpf ins Grab.

Uhl dröhnte es noch in den Ohren, als er die Auswirkungen der Angst auf seine schwache Blase im Schritt zu spüren bekam und schrie: »Nein, nein! Oh Gott, bitte! Bitte!«

Pitchfork sagte: »Du bist ja wohl der jämmerlichste Jammerlappen, dem ich je begegnet bin.«

Darnel sagte: »Sein Vater war genauso, weißt du nicht mehr, damals drüben in Galloways Fischimbiss? Hat Galloways Tochter an den Arsch grabscht. Und als Galloway Hackfleisch aus ihm machen wollte, hat er plötzlich ganz feuchte Augen gekriegt.«

Pitchfork erwiderte: »Ich erinner mich. Galloways Tochter war gerade mal vierzehn.« Und erklärte Uhl: »Dein Alter ist ein krankes Arschloch.«

Uhls Gesicht verzog sich. Wenn Haut quatschen könnte, hätte seine es getan. Er sagte: »Lass mich gehen. Ich kann das Dreifache zahlen.«

Pitchfork knurrte: »Wovon denn? Willst du einen Geldtransporter überfallen?« Er schüttelte den Kopf. »Es geht nicht nur ums Geld. Es geht um Blut.«

Hinter Karl und Irvine sagte Darnel: »Diese beiden Jungs müssen wissen, dass sie ihren eigenen Leuten nicht die Existenzgrundlage klauen können. Ihr beiden hattet Waffen dabei, ich weiß, dass ihr in dem Motelzimmer 'ne ähnliche Nummer abgezogen hättet, wenn wir nicht aufgetaucht wären. Heute Abend lernt jeder seine Lektion.«

Karl und Irvine sahen mit feuchten Gesichtern zu. Ihre Hände waren jetzt frei, aber sie schmerzten noch, weil ihnen der Draht in die Haut geschnitten hatte.

Der schmächtige Uhl wurde plötzlich mutig, wirbelte herum, trat Pitchfork die Abgesägte aus der Linken. Und bekam erneut schmerzhaft die 45er zu spüren. Er fiel flach hin und nuschelte: »Dreckschwein.« Pitchfork presste ihm einen Stiefel ins Genick. Richtete die Pistole auf seinen Kopf und sagte: »Hätte nicht gedacht, dass noch so was wie Kampfgeist in dir steckt, bin richtig beeindruckt.« Dann drückte er ab. Uhls Gesicht verteilte sich über den Boden. Pitchfork schob sich die 45er in den Hosenbund, ging in die Knie und rollte Uhls Leiche ins Grab.

Frische Tränen wärmten Karls und Irvines Wangen. Pitchfork trat vom Grab zurück und setzte sich auf die Kühlerhaube eines der Fahrzeuge.

Darnel packte Karl und Irvine an den verschwitzten Haaren. Zog sie auf die Füße. Die Eingeweide der Jungs verkrampften. Gleichzeitig brannte sich eine Erkenntnis in ihr Bewusstsein: Klau nie was von der Ernte deines Vaters und Onkels, um es heimlich zu verkaufen, weil zum Schluss bleibt Blut immer Blut, egal, ob vergossen oder dicker als Wasser.

Darnel ließ die Jungs vor dem Grab Halt machen und griff in seine Tasche. Nahm ein schwarzes Ding heraus. Hob es. Zog es kurz hintereinander erst Irvine dann Karl über. Horchte, wie sie unten in die Grube knallten.

Rechts von Darnel erhob sich Pitchfork von der Kühlerhaube und fragte: »Meinst du, die haben sich was gebrochen?«

Darnel schob den Totschläger wieder in die Tasche, drehte sich um, ging zu Pitchfork und sagte: »Hoffentlich.«

Die Tür vom 68er quietschte. Pitchfork griff rein, zog ein paar eisgekühlte Flaschen Fall City aus einem Styroporkühler. Reichte Darnel eine und fragte: »Wie lange dauert's, bis die aufwachen?«

Darnel zog ein rotes schartiges Schweizer Messer aus der Tasche und benutzte den Flaschenöffner: »Keine Ahnung, aber bis es so weit ist, haben wir erst mal genug Bier.«

Pitchfork nahm Darnel das Taschenmesser ab und sagte:

»Ich hoff nur, die haben ihre Lektion gelernt.«

Darnel setzte die Bierflasche an, der Schaum brannte ihm im Rachen wie Acid, und er sagte: »Ja, ich fänd's scheiße, wenn wir unsere einzigen beiden Jungs umbringen müssten.«

Alte Knochen

Es war, als hätte Gott selbst den Hurensohn vom Himmel geschossen. Aber der Allmächtige hatte Able Kirby nichts dergleichen angetan.

Er lag da mit dem Gesicht nach unten. Die Ohren dröhnten ihm noch von den Kleinkaliberschüssen, die ihn im oberen Rücken, in der Brust und in den Bauch getroffen hatten. Blut fraß sich hinter seinen Arbeitsstiefeln einen Weg, bis hin zu der hölzernen Fliegengittertür des Hauses, aus dem Able gestolpert war.

Er presste seine Handflächen auf den unebenen Erdboden. Fand sein Gleichgewicht. Versuchte sich mit dem Oberkörper hochzustemmen, als wollte er Liegestütze machen, fiel aber wieder flach hin. Roch Verbranntes und Erde und erinnerte sich an all das Schlimme, das er in seinem Leben getan hatte.

Er hatte das Haus seines Vaters wegen der Versicherungsprämie abgefackelt. Hatte Ester MacCullums Hund erschossen, weil er noch eine Schuld zu begleichen hatte. Hatte Needle Galloways vierzehnjährige Tochter bedrängt. Hatte Nelson Anderson in der Leavenworth Tavern den Schädel mit einem Hammer eingeschlagen, weil der behauptet hatte, er habe Willie Dodson und seinen Dope-Deal verraten, dabei hatte er's im Auftrag der Bullen getan.

Und heute hatte er seine Enkeltochter, Knee High Audry,

an den Hill Clan verscherbelt, damit die sie auf den Strich schickten. Er brauchte die zusätzliche Kohle für die Krebsmedikamente seiner Frau Josephine. Ja, dachte er, ich bin ein Hurensohn.

Josephine stand in der Küche und roch an ihrer Haut, die grau und aufgerissen wie trockene, vergammelte Vorhänge von einer rostigen Stange an ihr herunterhing, und wünschte, sie hätte Able Einhalt geboten, bevor es so weit hatte kommen können. Sie dachte daran, wie sie Nacht für Nacht im Bett lag und hörte, wie er unter der Decke hervorkroch und sich rausschlich und in dem Schlafzimmer, in dem ihre Enkelin schlief, die Bettfedern quietschten. Jo quälte sich dann auch aus dem Bett, atmete tief durch und brummte, aber bis sie Knee Highs Zimmer passiert hatte und in der Küche angekommen war, hockte Able schon da und trank Bier. Wenn er sie sah, behauptete Able, er könne nicht schlafen, brauche einen Schluck. Deshalb gewöhnte sie sich an, mit der Ruger unter dem Kissen zu schlafen. Eine 22-Kaliber-Pistole, mit der sie Schädlinge und Schlangen aus dem Hühnerhaus und dem Garten vertrieb. Sie wusste, dass sie körperlich zu schwach war, um ihm was entgegenzusetzen.

Über die Jahre hatte Jo so getan, als hätte sie von den heimlichen Blicken nichts gemerkt, davon, wie Able die jungen Mädchen auf Jahrmärkten oder beim Einkaufen beäugte. Mit Knee High fing er an, wenn sie das Abendessen kochte, abspülte, die Hühner fütterte und Eier einsammelte. Jo hatte ihn wegen seiner Gafferei zur Rede gestellt, und er hatte gesagt: »Ist nur, weil sie so schnell zur Frau geworden ist. Weiß noch, als du auch so hübsch warst.«

Wenn er solche Vergleiche anstellte, ballte sich Abscheu in Jo. Dann kamen die Gerüchte über Galloways Tochter.

Jo fürchtete sich vor seiner Antwort, aber sie fragte Able trotzdem nach dem Mädchen. Er leugnete es nicht. Bekräftigte seine Beweggründe. »Scheiße Frau, denk nach, ein Mädchen wie die, ein Mann wie ich. Sie hat mich zuerst angeguckt. Ich bin bloß drauf eingegangen. Ein Mann hat Bedürfnisse, und so wie du jetzt aussiehst, kannst du die unmöglich befriedigen.«

Nach fünfunddreißig Jahren Ehe schnitten ihr die Worte tief in die Knochen, schmerzten stärker als der Krebs. Mit dem Alter war der Mann zu einer Krankheit geworden, die sie viel zu lange ignoriert hatte und von der sie nicht wusste, wie sie mit ihr umgehen sollte.

Nur wenige Augenblicke zuvor war Able noch mit einem teuflischen Grinsen, das sein schlaffes faltiges Gesicht erhellte, ins Schlafzimmer gekommen. Hatte einen kleinen braunen Sack mit verkrumpelten Scheinen aufs Bett gelegt. Seine verkrusteten Augen funkelten wie unter welkem Zellophan. Ihre Enkelin war mit ihm in die Stadt gefahren, angeblich um was zu erledigen, und Jo fragte: »Wo ist Knee High?«

Able rieb im Stehen die Hände aneinander, Schweiß spritzte von seiner Stirn. Er leckte sich über die Lippen. Sah Josephine in die Augen und sagte: »Hör zu, Jo. Du und ich haben hier ganz schön zu ackern mit der Krebsmedizin, und die Jungs sind verschwunden. Knee High muss mehr zur Kasse beisteuern. Deshalb hab ich sie an Pitchfork und Darnel verkauft, damit wir deine Arznei bezahlen können. Hatte keine andere Wahl.«

Josephines gelbsüchtige Augen klarten auf. Sie zog die Ruger raus, drückte den Abzug und versenkte eine Kugel in seinem Bauch.

Hätte ich schon längst tun sollen, dachte sie, hätte meine Familie beschützen sollen. Für den Bruchteil einer Sekunde machte sie sich Gedanken wegen der Konsequenzen, zu spät. Sie hievte ihre alten Knochen aus dem Bett, die Gelenke knirschten, und die Muskeln schmerzten sauer. Atemlos spottete sie: »Keine andere Wahl? Ach was, man hat immer die Wahl. Ich hab nur viel zu lange gewartet.«

Able versuchte, stehen zu bleiben, knallte aber vor Schock auf den Holzboden des Schlafzimmers. Rappelte sich wieder auf. Josephine feuerte ihm eine Kugel in die Schulter. Dann eine in die Brust. Able knallte auf die Kommode und schrie: »Du irre alte Schlampe!« Er wandte sich ab und presste seine Hand auf seinen feucht-heißen Bauch, mit der anderen zog er sich ins Nachbarzimmer.

Josephine fand mit den Füßen in ihre schnürsenkellosen Stiefel, ließ den zusammengeklappten Rollstuhl an der Wand stehen. Sie schob ihren Sauerstoffbehälter ins Wohnzimmer, wo Able gegen die Wand gefallen war. Sie brachte die Pistole auf eine Höhe mit seiner Brust, ihre Hand war so unsicher wie ihr Sehvermögen. Sie drückte ab. Er schrie: »Scheiße!« Und ein weiterer runder roter Fleck drang durch sein weißes T-Shirt, während er sich an der Wand entlang ins nächste Zimmer schleppte.

Jetzt richtete sie sich mithilfe des silberfarbenen Gestells ihres Sauerstoffbehälters auf. Atmete durch den durchsichtigen Schlauch, der von dem feuerlöschergroßen Behälter ausging und sich oben an ihren Nasenlöchern gabelte, und sie fragte sich, wie Able es fertiggebracht hatte, ihre vierzehnjährige Enkeltochter wie ein Stück Vieh an den Hill Clan zu verkaufen. Knee High an zwei Halsabschneider wie Pitchfork und Darnel Crase zu verscherbeln.

Able und sie hatten gerade erst ihre beiden Söhne verloren. Uhl, Knee Highs Daddy, und Dodo. Ihre Jungs waren vor Monaten eines Abends spät aus dem Haus gegangen. Und nie zurückgekommen. Hatten sich um die Verantwortung gedrückt. Hatten es Able und ihr überlassen, Audry großzuziehen. Die jetzt gezwungen wurde, ihren Teenagerkörper mit den Kurven einer Frau für dreckiges Geld an besoffene alte Säcke zu verkaufen.

Josephine beruhigte den Blick ihrer eingesunkenen gelben Augen. Umklammerte den Griff der Ruger in der rechten Hand fester, wusste, dass sie aus der verfluchten Tür raus- und Able ein Ende machen musste, bevor dieser sie zugrunde richtete.

Eine der Kugeln schwirrte durch Ables Eingeweide, bis sie einen Nerv zertrennte und seine Beine ihren Bewegungsfluss verloren.

Hinter sich hörte er das Quietschen der Fliegengittertür. Seine Lungen schnappten nach Luft. Räder und Stiefel scharrten im Dreck. Josephines Stimme: »Hoffentlich findest du Trost auf Gottes Erdboden, das wird der einzige Trost sein, den du bekommst.«

Able versuchte, seine Beinmuskeln anzuspannen, doch sein Körper pulsierte kalt aus. Er biss die Zähne aufeinander. Zwinkerte sich Tränen aus den Augen: »Verdammt noch mal Jo, hör auf. Wir brauchen das Geld. Wenn's dir erst mal besser geht, kaufen wir sie zurück.«

Josephines Bewegungen wurden abgehackter, bis ihre Worte auf Able niederprasselten. »Zurückkaufen? Das ist unser Enkelkind. Ein Mensch. Nicht so was wie du.« Able wand sich auf dem Boden, verdrehte den Hals, betrachtete Josephines Umriss und bettelte: »Hilf mir, Jo, ich kann nicht ...«

Winzige Feuerblitze explodierten um das herum, was Able für Josephine hielt. Sein Mund bewegte sich, doch in seinem Kopf blieben die Worte ungehört. Krämpfe schossen ihm das Rückgrat hinauf, ins Genick, ebenso wie die Schwärze, die in seinem Körper jegliches Gefühl ersetzte. Josephine stand mit der leeren Waffe da, Messinghülsen um sich herum verteilt. Sie sah, dass sich Able nicht mehr bewegte, wusste, dass er tot war, dass endlich Schluss war mit der Krankheit, die sie viel zu lange ignoriert hatte. Aber sie hatte keine Ahnung, wie sie Knee High nach Hause holen sollte.

All das Schreckliche

Der Mann hielt Audrys Handgelenke mit einer Hand über ihrem Kopf fest. Zwang sie zu Boden. Sie bäumte sich mit dem Becken auf. Wollte ihn abwerfen. Er betatschte mit der freien Hand die rundlichen Formen, die sich unter ihrem schmutzigen Männerunterhemd abzeichneten. Sie schloss die Augen. Hielt Tränen zurück. Die tabakverfleckten Lippen und der Bourbon-Atem des Mannes an ihrem Hals.
»Das gefällt dir ... stimmt's?«
Der Mann hieß Melvin. Er roch nach verdorbenem, seit drei Tagen bei vierzig Grad Hitze gammelndem Huhn. Er hatte dem Hill Clan vierhundert zerknitterte Dollar für drei Stunden mit Knee High Audry hingeblättert. Dem Hill Clan, der sie Knee Highs Großvater Able abgekauft und auf den Strich geschickt hatte.
Knee High lag da, ihre geflochtenen Zöpfchen warfen winzige Schatten auf ihre Ziegenmilchhaut. Verfilzte Strähnen aus ungewaschenem, schulterlangem Haar in der Farbe von verbrannten Autoreifen breiteten sich sternenförmig drumherum aus. Melvin grunzte. Knee Highs Gedanken wanderten zu der Besorgungsfahrt mit Able, dem Umweg in ein anderes County, wo sie sich mit ein paar Männern wegen Geldangelegenheiten trafen. Dort hatte ein Mann namens Darnel gelacht und zu Able gesagt: »Du bist vielleicht ein alter Verräter. Hast so ziemlich das halbe County für She-

riff Sig ausspioniert. Hast deine beiden Jungs an ihn verkauft, den Papa und den Onkel von dem Mädchen. Und jetzt drehst du uns deine Enkeltochter an.«

Able nickte und sagte: »Brauch Geld, die Krebsmedizin für die Frau ist nicht billig.«

Darnel reichte Able einen Beutel und sagte: »Deine Sauferei auch nicht.«

Knee High beobachtete Able, der die Scheine in dem keramikfarbenen Beutel durchzählte. Sie registrierte Darnels Worte, kapierte aber nicht, was da gerade ans Tageslicht kam, ihr Hirn lief auf Hochtouren vor lauter Verwirrung und Wut, weil sie und ihre Großmutter Jo geglaubt hatten, ihr Daddy und ihr Onkel hätten die Biege gemacht. Das Einzige, was sie zu sagen fertigbrachte, galt nicht Able, sondern Darnel, den sie anschrie: »Wo sind mein Daddy und mein Onkel Dod?«

Darnel schmunzelte, sein Blick bohrte sich wie zwei Hohlspitzgeschosse in sie hinein, und er sagte: »Tot und begraben.«

Entsetzt sah sie Able an, der den Beutel mit dem Geld in der Hand hielt. »Was hast du getan, Granddad?«

Stattdessen antwortete ihr Darnel: »Er hat mit denen dasselbe gemacht wie mit dir.« Knee High streckte die Arme nach Able aus, wollte Antworten aus ihm rausschütteln. Der machte einen Schritt zurück, zählte immer noch das Geld, und sie stellte ihn zur Rede: »Was sagt der da, Granddad?« Und noch bevor ihre Hirnwindungen verarbeiten konnten, was da gerade rausgekommen war, packte Darnel sie mit seinem Talkumgriff und hielt sie fest. Sie versuchte, sich loszumachen, und er verpasste ihr eine Ohrfeige mit der flachen Rückhand und sagte: »Er hat dich mir und meinem Bruder verkauft, damit du die Männer hier im County befriedigst.«

Knee High leckte sich Blut von der Lippe, während Darnel sie in einen Raum mit verfleckter Tapete zerrte. Das Letzte, was sie sah, bevor die Tür zuschlug und verriegelt wurde, war Able, der sich umdrehte und denselben Weg nach draußen ging, den sie hereingekommen waren.

Sie hämmerte gegen die Kiefernholztür, versuchte zu begreifen, was Able getan hatte, versuchte zu verstehen, was Darnel gemeint hatte, als er sagte, Able habe ihren Daddy und ihren Onkel an Sheriff Sig verkauft. Und weshalb Able sie für einen Beutel mit Geld hergegeben hatte. Der Mann namens Darnel hatte gesagt, »um Männer zu befriedigen«. Jetzt erst begriff sie, was er damit gemeint hatte. Aber ihre Großmutter Jo wäre niemals damit einverstanden gewesen.

Heulend saß Knee High barfuß auf dem Boden, verkrampfte die Arme und ballte die Fäuste, eine kaputte Matratze mit einem früher einmal weißen Laken lag grau und klebrig hinter ihr. Sie umfing ihre Knie und wiegte sich, wie es ihr schien, stundenlang hin und her, während ihr klar wurde, dass ihr Daddy und ihr Onkel wegen Able tot waren. Dann hörte sie das Dröhnen eines Fahrzeugmotors draußen. Das Zuschlagen einer Tür. Männer, die sich unterhielten und sagten: »Vierhundert. Da hinten ist sie drin. Lass dir Zeit. Wir müssen uns um ein paar Leute kümmern.« Füße trampelten aus dem Haus, ein Motor sprang an und verlor sich in der Ferne. Metallisches Klirren auf der andern Seite der Schlafzimmertür. Ein riesengroßer Fremder trat ein. Ging in seinem abgeschnittenen roten Flanellhemd neben ihr in die Hocke, zeigte lächelnd seine teeverfleckten Zähne und fuhr ihr mit einem vom Motoröl verfärbten Finger über die Wange. Sagte: »Kannst Melvin zu mir sagen.«

Dann packte er sie an den Armen, hob sie auf die Füße.

In seinen Augen entdeckte sie dieselbe kranke Lust wie in denen von Großvater Able, die sie in all den Monaten, die sie in dessen Haus hatte schuften müssen, bereits ignoriert hatte. »Nein«, flehte sie. Er gab ihr eine Ohrfeige. Sie warf sich mit dem Schlag herum, geriet damit für ihn außer Reichweite, rannte aus dem Zimmer und dann aus dem Haus.

Melvin folgte ihr, rang sie auf dem Feld zwischen den Reihen von Futtermais nieder. Schlug sie wieder, zog ihr die Hose runter, öffnete seine und machte die harte Erde zu ihrer Bettstatt.

Jetzt wollte sie nur noch überleben, aber er war größer als sie, und stärker. Sie musste sein wie ein Chamäleon. Dachte an Männer und Frauen. An Zuneigung und einen Nachbarsjungen, der sie geküsst hatte. Ihr mit der Zunge ins Ohr gefahren war. Erinnerte sich an den Kitzel und den Schauder, der ihr den Rücken heruntergelaufen war und ihr am ganzen Körper Gänsehaut gemacht hatte. Sie ließ ihre Zunge in Melvins Ohr schlängeln, schmeckte den widerlichen Geschmack einer Kröte, die sich in frischem Dung suhlt. Seine Lippen drängten auf ihre, aufgeplatzt und blutig. »Oh, du Schöne.« Sie kitzelte mit den Fingern der linken Hand über die Wölbung seines entblößten Hinterns hinweg. Ertastete den Hosenbund, folgte dem Ledergürtel bis zu dem harten Kolben, den er an der Seite trug. Löste die Schnalle mit dem Daumen. Zog ein gemeines Stück Stahl aus dem Schaft.

Knee Highs Mund umfasste Melvins Ohr auf der einen Seite. Auf der anderen stieß sie ihm die Klinge in den Hals. Zog sie heraus, die Zacken rissen Gewebe und Knorpel vom Schädel. Er knickte den Kopf ab und schrie: »Kleines verdammtes Mist...« Sie ließ ihn nicht aussprechen, fuhr ihm mit dem Messer in die Kehle. Er röchelte. Brach auf ihr zusammen wie warmer Sirup. Sein Atem wurde langsamer und versiegte. Ihre Finger verkrallten sich in der Erde. Sie zog sich unter dem verwahrlosten Monster hervor, stand auf und spuckte Melvins Ohr aus. Ihre Brust und Beine waren blutverschmiert und bebten. Ohne Hose rannte sie die Reihen von Mais entlang zu dem Haus, aus dem sie eben entkommen war. Sie wusste, dass Darnel und Pitchfork, die Männer, die sie gekauft hatten, noch nicht wieder zurück waren, und hoffte, sie würden noch lange zu tun haben.

Sie wollte nach Hause. Es ihrer Großmutter Jo erzählen, all das Schreckliche, das Granddad Able getan hatte, dass er ihren Daddy und Onkel an Sheriff Sig verkauft hatte und sie tot waren. Wollte mit Able etwas genauso Schreckliches machen wie mit Melvin.

Maisblätter schnitten ihr wie winzige Rasierklingen in Gesicht und Arme. Ihre nackten Füße stampften über die Erde. Berührten das grüne Gras. Vergilbte Sonnenhitze führte sie zu der mit Insekten übersäten Fliegengittertür des Hauses. Karl, einer der Jungs vom Hill Clan, stand auf der anderen Seite, überraschte Knee High, denn sie hatte ihn bei ihrer Ankunft nicht bemerkt, und er schrie: »Was zum Teufel?«

Karl drückte die Tür auf. Schob sein linkes Bein raus. Knee High warf sich mit ihrem ganzen Gewicht dagegen. Klemmte ihn zwischen Tür und Türrahmen ein. Er brüllte: »Du Schlampe!« Fiel rückwärts ins Haus.

Knee High machte panisch kehrt. Rannte auf die verwitterte Maisscheune zu, in der Holz gespalten und gestapelt wurde. Hörte die Fliegengittertür hinter sich zuschlagen. Spürte Stiefel hinter ihren nackten Fersen. Näherte sich dem gespaltenen Holz, Knee High wollte gerade einen Scheit greifen, als sie den Stiel sah. Beide Hände berührten ihn genau in dem Moment, in dem Karls Worte sie am Hinterkopf trafen: »Ich verhau dir den Arsch und fick dich gleichzeitig rein …« Knee High wirbelte in einer einzigen fließenden Bewegung mit der zweischneidigen Axt, die fast so lang war wie sie groß, in den Händen herum. Fand damit die linke Seite von Karls Rippen. Schnitt ihm buchstäblich das Wort ab. Das Geräusch der ins Fleisch dringenden Axt war gotterbärmlich. Aber als sie sie wieder herauszog, um Karl den Rest zu geben, klang es schon gedämpfter. So wie das Bellen eines Hundes, der einem Auto nachjagt und nach den Reifen schnappt, vom Knirschen seines Schädels zwischen Gummi und Asphalt abgelöst wird. Vor Schreck war Karl auf die Knie gefallen. Knee High machte einen Schritt zurück. Holte aus. Karl fiel wortlos auf die warme Erde.

Wieder im Haus, zitterte sie wie Espenlaub. Irvine, der andere Sohn des Hill Clans, war verschwunden. Knee High war von oben bis unten voller Blut und Gestank. Die Knöchel ihrer verkrusteten Hände knackten, als sie gegen die in ihren Augen brodelnde Flüssigkeit ankämpfte und gegen den Schock, der ihre Gedanken beherrschte. Panisch suchte sie etwas zum anziehen. In einem Wandschrank fand sie ein altes Kleid, das nach Mottenkugeln roch, zog es sich über den geschundenen Körper.

Draußen fand sie Melvins Schlüssel im Zündschloss des roten Dodge. Auf dem Boden lagen Zeitschriften mit Fotos von jungen Mädchen. Zusammengeknüllte Lumpen und Papier. Zerdrückte Dosen Sterling und leere Flaschen Wild Turkey. Knee High drehte den Schlüssel um. Der Motor erwachte stotternd zum Leben. Sie legte einen Gang ein. Trat aufs Gas.

Der Hill Clan hatte Melvin zwischen den Maispflanzen gefunden. An seinem Hals eine Riesenschweinerei, ein Messer ragte raus. Karl hatte draußen bei dem Holzstapel neben der Scheune gelegen. Eine blutige Axt. Sein Kopf eine undefinierbare Schattierung des Todes. Es sah aus, als hätten sie die Tochter von Ed Gein, dem Serienmörder aus Wisconsin, gekauft.

Jetzt, da er Able Kirbys lange Kiesauffahrt entlangraste, kochte Pitchfork vor Wut. Sein Bruder Darnel wollte Knee High bluten und betteln sehen. Sie bogen um die Kurve und sahen Melvins roten Truck.

»Hab dir doch gesagt, die Schlampe kann nirgends hin.«

»Wenn wir sie kaltmachen, gehen uns dreißig Riesen durch die Lappen.«

»Able hat sie noch.«

Auf den Steinstufen, die zum Haus führten, hatten mehrere Bussarde, zwei Waschbären und unzählige Fliegen Able Kirbys Kadaver fast schon verschlungen.

»So viel zu Able.«

»Jo muss sauer gewesen sein.«

»Der ist seit Tagen tot.«

Drinnen war das Haus still, wie ein schlafendes Kind. Pitchforks und Darnels Geräusche hallten von den Kunststofftapetenwänden und der Decke wider. Nichts in der Küche. Nichts im Esszimmer. Oben war kein Mensch zu sehen. Knee Highs Zimmer unberührt. Nur gerahmte Familienfotos in Schwarz-Weiß aus längst vergangener Zeit. Männer, Frauen und Kinder. Able, Jo. Und die beiden, die Pitchfork ermordet hatte. Sie gingen durchs Wohnzimmer. Pitchfork hatte eine 45er, Darnel einen Knüppel. Darnel trat auf die doppelte Schiebetür zu. Streckte die Hand aus, um sie zu öffnen. Schob sie auseinander. Sagte: »Wenn du da drin bist,

Knee High, zahlst du uns das vor Jos Augen doppelt und dreifach zurück. Einer nach dem anderen.«

Die Tür ging auf. Josephine saß in einem ramponierten Rollstuhl. Durchsichtige Schläuche ragten ihr in die Nasenlöcher hinein. Pumpten Sauerstoff aus einem silberfarbenen Behälter auf dem Boden neben ihr. Der Lauf einer Remington-11-Halbautomatik befand sich keine dreieinhalb Meter von Darnels Brust enfernt. Ein Auge hatte sie geschlossen. Die beiden Männer waren in Schussweite.

Knee High stand neben Josephine, versuchte, die 4-10 ruhig zu halten, die sie entsichert und gespannt hatte, bereit abzudrücken, während der Schrecken des Erlebten noch an ihren Nerven zerrte.

Darnel hob beide vernarbten Hände. Die Innenflächen den Frauen zugewandt, den Knüppel fest im Daumengriff: »Wartet mal, ihr beiden …«

Josephine übersprang keine Silbe: »Du wartest mal, Darnel. Was ihr getan habt, ist Teufelswerk.«

Darnel sagte: »Das waren nicht nur wir …«

Vom nächsten Geräusch bekam selbst Gott persönlich taube Ohren. Jos Knochen splitterten vom Rückstoß der 12-Kaliber. Darnels rechtes Knie zerstob in rot-weiße Glibberbrocken, die sich über den Holzfußboden verteilten. Pitchfork ließ seine 45er los. Fing Darnel auf, der den Knüppel fallen ließ.

Josephine krächzte: »Ihr habt Recht, der gesamte Hill Clan war's.«

Darnel biss die Zähne zusammen und sabberte: »Knee High hat meinen Jungen getötet.«

Knee High richtete die 4-10 mit einem leichten Ruck auf Darnels Gesicht: »Dann wären wir ja fast quitt.« Sie hielt inne. Wandte ihren Blick Jo zu. Schluckte. Fuhr fort: »Wo ihr alle zusammen meinen Daddy und meinen Onkel umgebracht habt.«

Als Jo Knee Highs Worte hörte, zuckte ihr Finger rhythmisch am Abzug der 12-Kaliber-Pistole. Ihr Blick blendete alles aus, außer den Männern, die ihre beiden Jungs getötet hatten, und ließ all das Schreckliche in ihnen sichtbar werden.

Ohne zu wissen, ob sie's tun würde, sagte Knee High: »Lass sein, Grandma Jo, lass sein.«

Die Strafe des Scoot McCutchen

Metallfedern stachen durch die abgewetzten Kunstledersitze – die Matratze auf einer Knastpritsche stellte er sich so vor – und quälten sein Gewissen, während er seine ganz persönliche Hölle durchlitt. Seine Erinnerungen an jenen letzten Tag und alle Tage seither. Er fingerte an den Schlüsseln herum, die vom Zündschloss baumelten, er hatte das Suchen so satt, das Davonlaufen, er hatte sich mit seiner Entscheidung abgefunden. Jetzt musste er nur noch auf den Mann warten. Er sah auf der Fahrerseite hinaus und in das Fenster des Büros des Town Marshal, er beobachtete eine Frau, die sich mit jemandem unterhielt, der wie Dispatch aussah. Aber Deets brauchte Dispatch nicht. Er blickte auf die Fotos runter, der Schatten eines Gesuchten aufgerollt und mit Bindfaden auf dem Beifahrersitz befestigt, er brauchte den Marshal, und deshalb blieb er sitzen und wartete, ließ seinen Gedanken freien Lauf.

Es kam ihm vor, als sei es lange her, aber er hatte sie noch deutlich vor Augen, die Szene an jenem letzten Tag. Am eindringlichsten erinnerte er sich daran, dass es kein bisschen leichter gewesen war, obwohl ein Kissen sie bedeckt hatte. Ihr Gesicht nicht zu sehen. Ihre fröhliche Stimme, die an seinem Gewissen kratzte wie ein Rechen aus Fingernägeln auf einer Tafel, der leichte Druck ihrer Berührung. Er schloss die Augen, spürte noch den Sicherheitsgurt, als er sich ihren allerletzten Gesichtsausdruck vor Augen rief. So dauerhaft, so endgültig.

Als würde er von einem viel zu starken Instantkaffee wachgerüttelt, war dies der erste Gedanke, den Deets zuließ und über den er den ganzen Tag nachdachte, bis er damit ins Bett ging. Er verfolgte ihn in seinen Träumen, wenn er sich hin und her warf: »Wie konnte er es nicht gewusst, nicht zur Kenntnis genommen haben?«

Hinterher musste er tagelang gefahren sein. Auf der Suche nach der ersten Stadt in Tennessee, die nicht auf der Karte verzeichnet war. So klein, dass die Lokalzeitung aus nur einem einzigen Blatt bestand, Vorder- und Rückseite mit einer Nachrufspalte, nicht größer als der Comic im Bazooka-Joe-Kaugummi. Und hier wollte Deets Merritt neu anfangen, sich selbst suchen, eine Identität. Aber auch nachdem er einen Job bekommen und versucht hatte, noch mal von vorne zu beginnen, hatte er seine Identität nicht gefunden und rannte vor den Schatten und der Schuld davon, die ihn verfolgten. Eine Entscheidung, die nicht weniger war, als eine Medaille mit zwei Seiten, und auf jeder davon lauerte das Schicksal. Ein Stück seiner Existenz einfach weg. Etwas, das er nie wiederhaben konnte, nur mit seinem Gewissen herumschleppen. Das Leben würde nie wieder leicht sein. Nur in der Kindheit ist das Leben leicht, aber bis man das begreift, ist man erwachsen und es ist längst zu spät.

Aber er gab trotzdem nie auf. Suchte immer weiter. Und jede neue Stadt bedeutete auch einen anderen Beruf. Immer wieder einen neuen Job. Er hatte auf dem Bau gearbeitet, Burger gebraten in fettigen Imbissbuden, in Städten, die weniger Einwohner hatten als ein Ölwechsel Geld kostete, die so klein waren, dass man schon glaubte, falsch abgebogen zu sein, wenn man auf dem Weg vom Postamt zur Polizeistation einmal gezwinkert hatte und die Häuser plötzlich wieder aus dem Rückspiegel verschwanden.

Es verging kein Tag, an dem er sie nicht vermisste. Aber er wollte nicht zurück. Er würde alles noch mal genauso machen, auch wenn das Ergebnis dasselbe wäre.

So wie jetzt, da er in seinem 61 International Scout mit Vierradantrieb saß und wartete, während die Sonne hinter der Gabelung der Straße unterging. Staub hatte eine Van-Gogh-Landschaft auf die Windschutzscheibe gemalt und die Dämmerung des nahenden Abends verdichtet.

Er erinnerte sich, wie alles anfing. Wie er den Scout gleich in seinem ersten Produktionsjahr gekauft hatte. Sein Vater hatte ihn aus der Kleinstadt Corydon nach Indianapolis gefahren. Dort kaufte er ihn von dem Geld, das er seit seiner Kindheit gespart hatte, das er auf der Schweinefarm seines Vaters verdient hatte und dann mit seinem Job bei Keller's, der Möbelfabrik, wo er an der Bandsäge Holz für die Möbelherstellung zugeschnitten hatte. Häufig genug hatte er dabei gesehen, dass die Säge Finger entfernte, die nie wieder ersetzt werden konnten.

Er war so stolz auf seine Anschaffung gewesen, dass er durch die Stadt kreuzte, und da hatte er sie gesehen, wie sie Richtung Marktplatz ging. Er bremste ab, fuhr langsam neben ihr her. Fragte, ob er sie irgendwohin mitnehmen dürfe. Als sie sich zu ihm umdrehte, war ihr Lächeln irreführend, denn mit denselben Lippen schickte sie ihn zum Teufel. Sie brauchte nicht schon wieder eine nutzlose Hülle aus Haut und Knochen oder was man so allgemein als Mann bezeichnete, um sich hinterhersteigen zu lassen. Sie war schon einmal mit einem versoffenen Faustkämpfer verheiratet gewesen, der schließlich mit einer jüngeren Freundin und mehreren Haftbefehlen aus ihrem Leben verschwand. Er hatte sie nicht nur mit den Kosten für die Scheidung, sondern auch mit Schulden sitzen lassen, und auf keinen Fall wollte sie noch einmal mit so einem etwas zu tun haben oder sich von einem Fremden nach Hause bringen lassen.

Danach nahm sie in seinen Gedanken Gestalt an, nicht durch Bilder, sondern durch ihre einfachen, wenn auch barschen Worte. Sie waren ehrlich.

Er entschuldigte sich und fuhr nach Hause in dem Wissen, dass er seiner künftigen Frau begegnet war.

Jeden Tag nach der Arbeit, wenn er völlig verschwitzt war und seine Haare mit Sägespänen wie mit Läusen übersät waren, sah er sie auf ihrem Weg. Und jeden Tag fragte er sie, ob sie mitgenommen werden wolle. Er erklärte ihr, dass jemand, der so auffiel wie sie, nicht zu Fuß gehen und schon gar nicht arbeiten dürfe. Und sie sagte ihm, er solle sich scheren, Sauberkeit sei schon mit ein bisschen Seife und einer Bürste zu haben. Und er lachte über ihre Direktheit.

Aber irgendwann gab sie klein bei, und er nahm sie mit. Sie sagte, ihr Name sei Elizabeth Slade. Wie ein Verbrecher, der die Fahndungsplakate an den Wänden der Postämter in jeder Stadt ignorierte, durch die er kam, ließ Deets alle Vorsicht sausen und lud sie zum Mittagessen ein. Zunächst zögerte sie. Dann nahm sie an. Sie tranken Kaffee und aßen Apfelkuchen in Jocko's Diner in einer Ecke der Stadt, in der sie, wie sie ihm erzählte, bei Arpac arbeitete, dem Geflügelschlachthaus, und Hühnern die Hälse aufschlitzte. Er fragte, wie etwas so Zartes und Schönes seinen Lebensunterhalt nur so brutal verdienen konnte, und sie erklärte, es sei nun mal der einzig anständig bezahlte Job für eine Frau mit Schneid.

Eine Verabredung führte zur nächsten, bis er ihre Eltern besuchte und um die Erlaubnis bat, Mr. und Mrs. Slades Tochter heiraten zu dürfen. Die Slades hatten sie seit den Weihnachtsfesten ihrer Kindheit nicht mehr so glücklich gesehen, und so gaben sie Deets ihren Segen, seine eigenen Eltern taten es auch, und er machte ihr einen Antrag. Sie zog bei ihm ein, wohnte mit ihm in dem Blockhaus, das er auf den zwanzig Hektar Grund selbst gebaut hatte. Er sagte, er habe viel Geld. Sie müsse nicht arbeiten, wenn sie nicht wolle. Also kündigte sie bei Arpac, und zwei Wochen später gaben sie sich das Jawort.

Fünf Jahre lang verband sie ein Glück, das sich in den meisten Ehen selbst nach drei Kindern und zwanzig Jahren treuer Ergebenheit nicht einstellt. Sie hatten keine Kinder, nur das Glück, das sie ineinander fanden.

Tagsüber arbeitete er, kam abends heim und half ihr oft noch im Garten, den sie jeden Sommer neu bepflanzten. Trotz der ganzen Arbeiten, die sie verrichtete – Bohnen pflückte und brach, Getreide auslöste, Kartoffeln und Zwiebeln ausgrub und alles für den Winter einmachte –, fühlten sich ihre Hände auf seiner Haut wunderbar an. Weich wie die Zunge eines Rehkitz, voll unschuldiger Wärme.

Ihre schulterlangen Locken waren wie ihre Augen von der Farbe einer Walnuss, und ihre Haut war durch die Arbeit im Garten sonnengebräunt. In den ging sie barfuß, in abgeschnittenen Jeans und einem seiner alten abgetragenen Hanes-T-Shirts, schmutzig von der Hitze eines ganzen Tagwerks.

An anderen Abenden ging er nach der Arbeit jagen, damit Fleisch in die Kühltruhe kam. Er nahm die doppelläufige 12-Kaliber, die ihm sein Granddad vermacht hatte. Wegen dem Schlagbolzen zündete der rechte Lauf manchmal nicht. Dann musste man den Hahn noch einmal spannen und es erneut versuchen.

Eines Abends kam er mit mehreren ausgenommenen und gehäuteten Kaninchen, die er gleich in Salzwasser einlegen wollte, zurück nach Hause und fand sie auf dem Küchenboden. Als er mit dem Handrücken ihre Wange berührte, merkte er, dass sie ganz feucht vom Fieber war. Als wäre er in ein Hornissennest getreten, wurde Deets von wachsender Panik erfasst, er rief Dr. Brockman an und bat um einen Hausbesuch. Dann zog er Elizabeth aus und legte sie in die Badewanne. Sie hatte etwas gegen die üblichen Arzneimittel und das Kreiskrankenhaus, wusste die alten Methoden aber durchaus zu schätzen. So hatten ihre Eltern sie erzogen. Laugenwasser statt Seife, um das Sägemehl und den Schweiß aus der Fabrik abzuwaschen. Ein Hot Toddie bei einer Erkältung zur Lösung des Schleims im Kopf oder in der Brust. Speck bei einem Bienenstich, damit der Stachel so weit herauskommt, dass man ihn aus dem Fleisch ziehen kann. Frischgepresstes Tomatenmark mit Saure-Gurken-Wasser und einem Schuss Doppelkorn zur Behandlung eines Katers. Und wenn sie einen Hund hatte, der nicht früh genug geimpft worden war und sich einen Parvovirus eingefangen hatte, dann beendete sie sein Leiden, indem sie ihm den Lauf eines Gewehrs an den Schädel hielt und ihn für seine Beerdigung bereit machte. Mehr als einmal hatte sie ihrem Daddy dabei geholfen.

Und Deets war mit denselben alten Methoden aufgewachsen. Er zerstampfte Eisbrocken und packte sie in die Wanne. Hielt ihr warme Götterspeise in einem Kaffeebecher an die Lippen, damit sie nicht austrocknete und das Fieber runterging. Es hielt länger an als die Wehen bei der Geburt eines Kindes. Es dauerte Tage. Nicht Stunden.

Zunächst fürchtete er, ihr Gehirn könne Schaden nehmen, da der Körper nur so und so viel Hitze über so und so lange Zeit verkraften kann. Von seiner Mutter hatte er als Kind Geschichten über Männer und Frauen gehört, deren Fieber nicht schnell genug gesenkt werden konnte, so dass ihre Gehirne verbrutzelten wie die Kaninchen, die er mit Buttermilch bestrich und in Weizenmehl wälzte, anschließend in einer Pfanne mit Schmalz knusprig briet.

Als ihr Fieber endlich runterging, konnte sie sich nicht mehr an Namen und Gesichter, Orte und Zeiten erinnern. Sie sprach eine Zeit lang undeutlich, als hätte ihr jemand mit dem Kolben einer 38er den Kiefer zertrümmert.

Aber Brockman verschrieb seine Vitamine und versicherte Deets, Elizabeth würde sich erholen. Und als die Tage auf dem Kalender verstrichen, kehrte sie wieder in denselben Zustand zurück, in dem er sie ein paar Jahre zuvor geheiratet hatte.

Aber später sagte er sich, er hätte sie ihm nicht anvertrauen dürfen. Hätte Brockman seine Frau nicht anvertrauen dürfen. Trotzdem hatte er es getan.

Die Frau, die sich mit Dispatch unterhalten hatte, trat auf den Bürgersteig hinaus, wackelte die Straße entlang und verschwand am Dollar Store vorbei, hinter der Bank um die Ecke. Aber der Marshal hatte sich nicht blicken lassen. Er war so lahmarschig, wie Deets' Daddy sagen würde, dass er wahrscheinlich noch zu seiner eigenen Empfängnis zu spät kam.

Aber Deets würde warten. Wenn er etwas hatte, dann war das Zeit. Er war durch so viele Städte gereist, er konnte sich nicht mehr erinnern, ob dies seine zehnte Stadt oder sein zwanzigster Job war. Sie waren alle gleich. Er konnte sich aber sehr gut an die vier Merkmale erinnern, die eine Kleinstadt ausmachen: ein Postamt, eine Sheriff- oder Marshal-Station, eine Bank und ein Friedhof. Er schaute immer zuerst im Postamt vorbei, riss die Fahndungsplakate herunter, auf denen ein Mann gesucht wurde, der ihn verfolgte, sammelte sie in jedem Postamt in jeder Stadt ein. Jemand, der ihn nicht vergessen ließ. Der ihn nicht von vorne anfangen ließ.

Tagsüber fuhr er an der Bank und dem Büro des Marshals vorbei, und nachts spazierte er über die Friedhöfe und fragte sich, wie die Toten gestorben waren. Durch einen Unfall, eine Krankheit oder die Hände ihrer Geliebten, ihrer Verwandten.

Er war bis runter nach Greenville, Alabama, gekommen. War zurückgefahren über Dayton, Tennessee, Manchester, Milan und Dyersburg. Rüber nach Poplar Bluff und Garwood, Missouri. Aber über die Jahre hatte er allmählich über Illinois, Indiana, wieder den Rückweg nach Kentucky angetreten. War durch Owensboro, Elizabethtown, Bardstown, Mountsterling gekommen. War nach Moorehead gefahren, dann auf dem Rückweg durch Pineridge, Campton, Jackson, Hazard. Und jetzt suchte er in den Bergen von Whitesburg, Kentucky. Wo jeder den Stammbaum des anderen kennt, mit Dynamit fischt und mit einer doppelläufigen 12-Kaliber jagen geht. Entweder besitzt dein Daddy eine Menge Land, oder er arbeitet in einem der umliegenden Countys wie Harlan, wo gut gezahlt wird, in einem Kohlebergwerk. Sonntags erschien man immer in der Kirche, und ganz egal, was man in den Kingelbeutel warf, das war ein Ort, an dem die Leute ein einfaches und grundsolides Leben führten. Und hier hatte Deets begriffen, dass er schon so lange herumfuhr, dass er vergessen hatte, wer er war, vergessen hatte, wovor er davonlief.

Von Stadt zu Stadt hatte immer mal wieder jemand die Geschichte gehört. Darüber in der Zeitung gelesen, wenn er oder sie lesen konnte, oder etwas im Fernsehen gesehen, wenn er oder sie eine Antenne besaß. Hatte die Gesichtszüge des jungen Mannes gesehen, der er einst gewesen war, sauber rasiert und mit einem Babygesicht, das jetzt vom Alter abgenutzt war wie Reifen von Schotterstraßen, überzogen von Reue und Bedauern, die sich als Schatten stacheldrahtiger Barthaare und struppiger Locken in seine Gesichtszüge gruben. Seine Mähne, so grob und fest wie der Schwanz eines Pferdes, hing zu einem Zopf geflochten auf seinem Rücken. Die Person auf den Plakaten, die auf dem Beifahrersitz lagen, und der Mann, der sie einsammelte, litten ein und dieselben Qualen.

Deets kämpfte die Tränen der Erinnerung nieder. Wischte sich mit einer Hand den Rotz von seinem Flanellärmel, während er mit der anderen eine frische Pall Mall aus dem Päckchen zog, sie sich unangezündet zwischen die Lippen steckte und dachte: Er hätte es sehen müssen, zur Kenntnis nehmen. Aber ihre Liebe war ein Krüppel, der sich gegen Frostbeulen wehrte. Ihr Gefühl war für immer verloren, und er konnte nichts tun, als zu erkennen, dass es gegen Frostbeulen kein Heilmittel gab.

Er hätte merken müssen, dass sie den Appetit verlor und keine Mahlzeiten mehr zubereitete, den Garten nicht mehr pflegte, die Bohnen nicht mehr brach, kein Getreide mehr auslöste, keine Kartoffeln mehr ausgrub.

Alles verkam. Verdarb. Sie sagte, sie sei zu schwach. Sagte, sie sei müde oder habe die Zeit vergessen. Dass es nicht lange genug hell sei.

Das hatte sie ihm nach jenem ersten Anzeichen gesagt, nach jenem Fieber, und als sie nachts im Bett lagen und er mit den Händen über ihre warmen Konturen fuhr, ihrer Schönheit nachspürte, sie mit ihm Worte wechselte, versicherte, dass sie's morgen vielleicht versuchen wolle, sie brauche nur Ruhe, müsse bei ihm liegen. Diesem Mann. Ihrem Ehemann.

Aber dann kam er eines Abends von der Fabrik nach Hause, fand sie auf der Couch. Sie fühlte sich schwach, weil sie ein weiteres Anzeichen entdeckt hatte. Ein Ruck in ihrem Gehirn. Sie war zum Telefon gekrochen und hatte Brockman angerufen, der meinte, wahrscheinlich läge es an ihrem Blutzucker. Doch auch danach stolperte sie immer wieder, ihr Gleichgewichtssinn entsprach inzwischen dem eines Squaredancers mit Hinkebein oder Klumpfuß. Sie hatte ihre Haltung verloren, ihren Rhythmus und ihre Balance, wenn sie sich im Haus über den Holzboden bewegte, fand sie die aufrechte Position nicht mehr.

Deets vertraute Brockman, ebenso wie Elizabeth. Aber dann kamen die Verwirrtheit und die unkontrollierten Gefühlsausbrüche. Sie glaubte, eines ihrer Ohren sei größer als das andere. Sie bat ihn nachzusehen. Sie zu vergleichen. Sich anzusehen, was sie jeden Morgen im Badezimmerspiegel sah. Während einfacher Unterhaltungen weinte sie unkontrolliert über die Schönheit des Tages oder darüber, wie sich die Luft draußen auf ihrer Haut anfühlte, trocknete die Tränen, die ihre Wangen benetzten. Doch er konnte nichts entdecken und es wie sie auch nicht verstehen.

Brockmans Besuche und seine Vitaminkuren nahmen zu.

Sie glichen inzwischen den Besuchen eines Sensenmanns – deine Seele ist der fällige Tribut, und du kannst nichts tun außer warten.

Irgendwann ließ Deets endlich sein Vertrauen in Brockman und dessen Vitaminkuren fahren, zwang Elizabeth in seinen Scout und fuhr mit ihr ins Kreiskrankenhaus. Dort erzählte er von ihrem Fieber, ihrem Schwanken und Stolpern, dazu von ihrer Verwirrtheit wegen des Ohrs und ihren Gefühlsausbrüchen. Sie nahmen sie auf. Machten Röntgenaufnahmen. Machten Bluttests. Stellten eine geistige Unausgeglichenheit fest, die sich nicht behandeln ließ, sie war unheilbar. Eine winzige bösartige Ginsengwurzel hatte sich in ihrem Kopf ausgebreitet und in ihrem Gehirn verästelt.

Später fragte sich Deets, was er angerichtet hatte, weil er Brockman vertraut, zu lange gewartet, es aufgeschoben hatte. Er machte sich Vorwürfe.

Was sie hatte, würde dazu führen, dass sie sich in sechs Monaten oder weniger in einen Haufen lose Erde auflöste. Und es begann damit, die Zahlen vom Kalender zu reißen und damit auch das Band, das sie früher geeint hatte. Er kam von der Arbeit nach Hause und versuchte sie zu trösten, wollte bei ihr im Bett liegen, ihre Wärme neben sich spüren. Er wollte sie baden, für sie kochen und sie füttern. Er hoffte auf ein Wunder, aber sie hatte längst aufgegeben, was er nicht loslassen konnte. Sie brabbelte, sie sei wie ein Hund mit dem Parvovirus, sie leide, ihr Leben habe keine Qualität mehr, und sie müsse eingeschläfert werden. Das war eine Entscheidung, von der ihr Ehemann nichts hören wollte, geschweige denn, sich einverstanden erklären, sie auszuführen.

Jetzt, da er in seinem Scout saß, erinnerte er sich an den Geruch, als er sein Zippo-Feuerzeug aufflammen ließ. Es war der vertraute Geruch des funkenschlagenden Zündsteins, er sog Rauch ein, und seine Pall Mall wurde unten kohlschwarz. An jenem Tag, als er nach Hause kam, war es wie ein Zippo, das nicht brennen wollte. Der Zündstein wurde immer und immer wieder angeknipst, doch es war kein Brennstoff da. Kein Butan. Nur ein schwefeliger Funke. Er erinnerte sich, dass er an jenem letzten Tag früher nach Hause gekommen war, sie mit Blumen überraschen wollte. Und da stand Brockmans Cadillac in der Auffahrt. Deets ließ die Blumen fallen, rannte mit dem Antrieb eines Kurzstreckenläufers ins Haus. Das Zufallen der hölzernen Fliegengittertür, das Quietschen der Angeln übertönte den lauten Knall, nur der Nachhall hing in der Luft. Ein Geruch, dem er durch das Haus bis ins Schlafzimmer folgte. Dort fand er Brockman, der ihm die Sicht auf Elizabeth verstellte, die auf einem Stuhl neben dem Bett saß. Er packte den Arzt an den Schultern, wirbelte ihn herum, entdeckte dabei, was er zunächst nicht gesehen hatte, was die Wände besudelte und das Bett. Es war das, was fehlte – ein Teil seiner Frau, die noch lebte. Ihre Hände befingerten die Hand des Arztes, als spielten sie Klarinette, die Hand des Arztes, der ihr entweder geholfen hatte, sich die doppelläufige 12-Kaliber in den Mund zu schieben, oder versucht hatte, sie davon abzuhalten, den Abzug zu betätigen und sich den Kiefer abzusprengen. Hatten sie das gemeinsam geplant? Oder war der Arzt, wie Deets, in freundlicher Absicht gekommen und hatte sie ertappt?

Ihre Hände zitterten und glitten ab von dem gescheiterten Versuch, ihrem Leiden ein Ende zu setzen. Ihrem Selbstmord. Was Deets sich niemals eingestehen sollte.

Sie ächzte, röchelte und stieß Blutblasen aus, während ihre Daumen versuchten, den Hahn auf den rechten Schlagbolzen zurückzuschieben, der manchmal nicht zündete. Das Adrenalin gewann die Oberhand, und Deets verlor die Fassung, bekam einen Wutanfall, der dazu führte, dass er dem alten Doktor mit beiden Händen an die Gurgel ging. Dem Arzt glitt das Gewehr aus der Hand, als Deets so lange zudrückte, bis er den Doktor auf dem Boden hatte und seinen Schädel auf das Holz donnerte. Er schrie: »Was haben Sie getan, was haben Sie getan?«

Und als er merkte, was er getan hatte, lag der alte Arzt schon schlaff in seinen Händen. Aber Deets Frau lebte noch, versuchte, mit ihrer gespaltenen Zunge und ihren gesplitterten Zähnen Silben auszustoßen, ihr Gesicht war zur Hälfte verschwunden. Und als er all das sah, blieb ihm keine andere Wahl.

Die unbehagliche Wärme der Erinnerung an jenen letzten Tag, das war es, was Deets begleitete, ihn in jede Stadt, jedes Motelzimmer und jedes gemietete Farmhausbett verfolgte. Er konnte die Empfindungen abstellen, aber die Schuld, die er auf sich geladen hatte, war immer da. In seinem Kopf verwurzelt. Eine unheilbare Krankheit, die sein Gewissen auch noch nach all der Zeit quälte, obwohl er solch große Entfernungen zurückgelegt hatte. Am meisten vermisste er ihre Worte, die einmal ihre Gestalt neben seiner komplettiert hatten. Die Wärme der Erfüllung, längst vergangen.

Als er den Marshal sein Büro betreten sah, machte Deets die Zigarette im Aschenbecher aus und nahm die Bilder des Gesuchten vom Beifahrersitz. Die Geschichte, die ihm nicht gestattete, weiter davonzulaufen oder sich zu verstecken.

Im Büro des Marshals hing der Geruch von frisch aufgebrühtem Kaffee und ein Anflug von Old Forrester. Deets knallte die Bilder des Gesuchten auf den Schreibtisch. Der Marshal schlürfte seinen Kaffee und schmatzte mit den Lippen, kostete den Geschmack von Koffein und Bourbon mit einem übernächtigten Lächeln aus und fragte Deets: »Was haben Sie da?« Er entfernte den Bindfaden, rollte die Bilder auseinander, die Fahndungsplakate, die Deets über die Jahre aus all den Kleinstadtpostämtern mitgenommen hatte.

Deets erzählte dem Marshal, vor fünf Jahren sei ein Ehemann in einer kleinen Stadt im südlichen Indiana nach Hause gekommen und habe gesehen, wie ein anderer Mann seiner kranken Frau half, eine Flinte zu halten. Was er für den unvollendeten Selbstmord seiner Frau hielt. Der Name des Mannes, der die Waffe gehalten hatte, sei Dr. Brockman gewesen. Und in einem Anfall von Wut, habe der Ehemann den Arzt mit seinen bloßen Händen getötet. Anschließend blieb der Ehemann alleine mit seiner Frau, deren Gesicht auf der rechten Seite teilweise nicht mehr vorhanden war. Der Ehemann habe seine Frau nicht getötet, habe aber keine andere Wahl gehabt. Sie hatte ihre Schmerzen verstärkt, anstatt sie zu beseitigen. Und er schluckte den Kloß in seiner Kehle, legte ihr ein Kissen aufs Gesicht, verdeckte, was von ihr übrig war, und half ihr, das Gewehr zu halten, das rechts nicht gezündet hatte, und abzudrücken, spürte ihre Hand auf seiner beben, als er sie zum Abzug führte und den Finger krümmte. Er wandte den Kopf von ihr ab, spürte ihr Zittern und drückte mit dem Finger, bis seine Schulter einknickte und ihr Zittern aufhörte. Die Ehefrau hatte die kleine Ginsengwurzel in ihrem Gehirn zerstört, die ihr keine Energie spendete, sondern sie ihr raubte. Der Ehemann begrub seine Frau in dem Garten, den sie einst bestellt hatte, ließ den Arzt aber schlaff und leblos auf dem Boden des Schlafzimmers liegen. Dann packte er und floh vor dem, was er getan hatte. Der Partnerin, die er verloren hatte. Er fuhr von einer Kleinstadt in die nächste auf der Suche nach der Identität von Deets Merritt. Der Identität eines verstorbenen Mannes, dessen Todesanzeige er zufällig in einer kleinen Stadt in Tennessee entdeckt hatte. Doch er konnte nicht vergessen, wer er wirklich war, Scoot McCutchen, der Gesuchte, dessen Fotos der Marshal in Händen hielt.

Der Marshal, den jeder in der Stadt Mauckport »Mac« nannte, holte einige Male tief Luft und legte die Bilder auf seinen Schreibtisch zurück, zog eine Lucky Strike aus dem Päckchen, zündete sie mit einem Streichholz an, blies Rauch aus und nuschelte: »Nach all den verdammten Jahren auf der Flucht kommst du jetzt her und stellst dich.«

Mac sah Scoot direkt in die Augen und sagte: »Schuld ist eine schwere Last, die ein Mann mit sich herumschleppt. Alle seine Verfehlungen umschließen sie, aber eigentlich ist es nur eine Lektion, die er lernt, indem er lebt, damit er dasselbe nicht noch mal macht.« Er sagte Scoot, er kenne seine Geschichte. Habe die Fahndungsplakate gesehen. Habe in der Zeitung darüber gelesen, als der Leichnam seiner Frau exhumiert wurde. Wisse, dass die Behörden ihre Eltern, Scoots Schwiegereltern, kontaktiert hatten, damit diese das, was man für Elizabeth hielt, identifizierten. Danach hatten sie sie wieder dorthin gelegt, wo man sie gefunden hatte. So, glaubte ihre Familie, sei es richtig. Die alten Methoden. Entstanden aus der Erde, zurückgekehrt in die Erde. Und sie stellten einen Stein auf ihr Grab. Aber er wussste nicht, wo der Doktor begraben lag, nur dass sie seinen Wagen versteigert hatten und er keine näheren Verwandten hatte.

Der Marshal sprach über den Brief, den die Frau hinterlassen hatte.

Scoot sagte: »Ein Brief?«

Weil er in all den Städten, in denen er gewesen war und trotz all der Geschichten, die er in Orten und auf Raststätten im Vorbeigehen mitgehört hatte, von einem verdammten Brief nie etwas mitbekommen hatte.

Nickend erklärte ihm der Marshal, es habe einen Brief gegeben, in dem ausführlich stand, dass sie ihrem Ehemann gegenüber Andeutungen gemacht habe, er es aber niemals für sie getan hätte, sie niemals eingeschläfert hätte wie einen Hund mit Parvovirus, sie niemals von ihren Leiden erlöst hätte. Dass sie beschlossen habe, es selbst zu versuchen oder den Doktor zu bitten, ihr zu helfen. Der Marshal sagte Scoot, er würde ihn verstehen, weil er seine eigene Frau liebe, sie mehr liebe als die Schönheit, die Gott und die Natur erschafft und zerstört, mehr als die beiden Kinder, die er und seine Frau in die Welt gesetzt hatten, eins nach dem anderen, um ihren Stammbaum fortzuführen. Wenn seine Frau hätte durchmachen müssen, was Scoots Frau durchgemacht hatte, Gott, mitsamt all der Qualen, wissend, dass jeder verdammte Tag sie ihrem letzten näherbrachte, hätte er das Beste draus machen und nicht ihr Leben verkürzen wollen. Nach Hause zu kommen und zu sehen, wie ihr ein Mann dabei half, sich umzubringen, nun, er hätte dasselbe getan, vielleicht Schlimmeres.

Am liebsten hätte der Marshal seinen Eid gebrochen. Hätte die Fotos über den Mülleimer neben seinem Schreibtisch gehalten, ein Streichholz angezündet, eine Ecke der Fahndungsfotos angezündet und Scoot gesagt, solange er Marshal sei, sei Scoots Identität bei ihm sicher. Ob's recht oder unrecht war, der Mann hatte lange genug gelitten. Aber er wusste, das war keine Lösung für Scoot.

Für Scoot machte der Brief kaum einen Unterschied, als er seine Taschen ausleerte und der Marshal ihn in eine Gewahrsamszelle führte, ihn hinter Gittern einschloss. Er spürte die Federn unter der dünnen Pritschenauflage nicht, aber er spürte, wie die Schuld verschwand, die er über die vergangenen Jahre mit sich herumgeschleppt hatte, und er wartete auf seine Strafe, seine Buße.

Officer verwundet (Crystal-Junkies)

Es war verdammt noch mal zu früh für diesen Scheiß, sagte sich Moon Flispart, Officer des Department of Natural Resources, als er seinen Expedition über eine Landstraße lenkte und aus allen Poren Bourbon schwitzte. Sein Herz wummerte in seinem Schädel, war kurz davor, quer über die Windschutzscheibe zu explodieren, wegen des Knob Creek, den er letzte Nacht in sich reingeschüttet hatte, nachdem ihn seine Frau Ina als Rassisten beschimpfte hatte.

Moon hatte ihr von dem Laster voll illegaler Immigranten erzählt, den er wegen Geschwindigkeitsüberschreitung rausgewunken hatte. Hatte ihr von dem Dope erzählt, das er gerochen, aber bei keiner der Personen oder im Fahrzeug hatte finden können. Hatte ihr erzählt, dass er jedem Einzelnen den Führerschein abgenommen hatte. Und gewusst hatte, dass sie alle gefälscht waren. Er hatte die Einwanderungsbehörde angefunkt. Die hatten ihn zusammengestaucht. Hatten gemeint, er könne nicht beweisen, dass sie illegal waren. Hatten verlangt, dass er sie gehen ließ. Sie hätten weder den Platz noch die Zeit, sich um sie zu kümmern. Er hatte Ina erzählt, einer der Illegalen habe einen Führerschein besessen, ausgestellt auf den Namen Bob. Und da war Ina hochgegangen. Hatte ihm vorgeworfen nach rassistischen Kriterien zu urteilen.

»Illegale können doch amerikanische Namen haben.«

»Der Führerschein war auf den Namen Bob Dylan ausgestellt.«

Ina hatte Moon vorgeworfen, ihm sei sein Job, das Jagen, das Training mit den Hunden und das Angeln im Blue River wichtiger als sie. Hatte gesagt, sie habe es satt, und sich im Schlafzimmer eingeschlossen.

Anlass für Moon, sich auf der Couch im Keller in einer Flasche Bourbon zu ertränken.

Er hatte den ganzen Morgen versucht, zu Hause anzurufen. Immer wieder zwischen den Telefonaten, die er wegen unerlaubten Betretens von Privatbesitz führen musste und wegen der Jäger, die an der Wiegestelle in Harrison County Bier tranken. Als DNR-Officer in der Rotwildsaison hatte Moon mehr zu tun als ein preisgekrönter Mountain Cur, der eine Hündin besteigt, um seinen preisgekrönten Stammbaum fortzuführen.

Jetzt war es fast Mittagszeit. Sie war immer noch nicht drangegangen. Er wusste, er hatte sie verletzt, als er ihr an den Kopf geworfen hatte, sie solle sich gefälligst ein scheiß Hobby zulegen. Aber sie hatte ihn beschuldigt, ein herzloser Rassist zu sein. Herzlos konnte er ja noch verkraften, aber den Rassisten nicht. In seinen Augen war er ein rechtschaffener Mann, und es wurmte ihn gewaltig. Dann entdeckte er einen Truck in der Ferne, der mitten auf der Straße stand, die Warnblinker waren an, die Kühlerhaube oben, ein Scheinwerfer hing an den Kabeln herunter. Er schaltete sein Funkgerät ein: »Earleen?«

»Was ist Moon?«

»10-15. Hab einen Unfall.«

»Hat jemand ein Reh überfahren?«

»Sieht so aus.«

Moon fuhr von der Straße voller Schlaglöcher ab und vor den Truck, direkt neben ein Feld mit totem Gras, das an ein Kieferndickicht grenzte. Wälder, die Rusty Yates gehörten. Seit zehn Jahren hatte er ihn nicht mehr gesehen, geschweige denn an ihn gedacht. Rusty war wie vom Erdboden verschluckt, nachdem ihn seine Frau verlassen hatte.

Moon stieg aus seinem Expedition und merkte, wessen Truck dort verunglückt war, der von Brady Basham, einem kleinen farbigen Mann, der die Straße runter wohnte, ein Stück weiter von dort, wo einmal die Mühle gestanden hatte, die jetzt, wegen eines Feuers vor ein paar Jahren, nicht mehr da war. Brady war vom alten Schlag. Einer der besten Karpfen- und Katzenfischangler im ganzen County.

Moon grinste und sagte: »Hast du ein Reh überfahren?« Locken von der Farbe eines grauen Eichhörnchens lugten unter seiner schwarzrotkarierten Jägermütze hervor, und er sah Moon an, die Augen von winzigen roten Äderchen durchzogen und in der Mitte zwei große schwarze Punkte, und er sagte: »Das verfluchte Mistvieh hat mir altem knochigem Sack ein Schleudertrauma eingebrockt.«

Er zeigte an die Stelle, wo es herausgesprungen war, meinte, er sei auf die Bremse gestiegen. Aber es habe ganz schön was abbekommen, und noch mehr abbekommen hatte der Kühler seines verrosteten Ford Courier, der sich aber noch fahren ließ. Moon begutachtete den Schaden an Bradys Truck und nahm immer noch den leichten Geruch von Bleiche in der kalten Landluft wahr. Brady hielt den Scheinwerfer, der wie ein Augapfel heraushing, hoch und meinte, das Reh sei hinüber. Er sei ausgestiegen, das verdammte Reh aufgestanden und aufs Feld gehinkt.

Moon nickte. Dann sagte er zu Brady: »Hab mal 'ne Frage, hältst du mich für einen Rassisten?«

Brady lutschte an einem seiner vier Zähne, der vom vielen Rauchen und Trinken noch nicht schwarz geworden war, fuhr sich mit der Zunge übers Zahnfleisch und sagte: »Nee Moon, wir haben ja schon viele Nächte lang zusammen gesoffen und Katzenfisch im Blue River geangelt. Ich würde sagen, du bist ein genauso rechtschaffener Mann wie jeder Schwarze, dem ich je begegnet bin.«

Moon sah in die Saure-Maische-Seele des alten Mannes und sagte, er wisse die freundlichen Worte zu schätzen. Weil ihn seine Frau nämlich einen Rassisten genannt habe, nachdem er ihr von dem Truck mit den Illegalen erzählt hatte, den er wegen Geschwindigkeitsüberschreitung rausgewunken hatte. Er habe gewusst, dass sie illegal waren, habe aber nichts machen können.

Und Brady meinte: »Mit Frauen konnte ich nie was anfangen, es sei denn, wir haben Säfte ausgetauscht, verstehst schon, was ich meine.« Dann klopfte er Moon mit seiner zarten Taubenflügelhand auf die Schulter, und beide Männer brachen in Gelächter aus.

Basham wollte das Reh haben, falls Moon es fand. Er habe einen Jieper auf frisches Reh. Besonders das Lendchen und das Rehhack, aus dem er eigenhändig Dauerwurst machte. Er zeigte in die Richtung, in die er glaubte, dass das Reh gerannt war. Moon bat ihn, beim Truck zu warten, er würde ihn rufen oder wiederkommen, wenn er's gefunden hätte.

Jetzt lief Moon wie ein Hund, der von der Fährte abgekommen war, kreuz und quer über ein Feld. Sein Kopf war ein pochender Klumpen, obwohl er schon vier oder fünf Aspirin geschluckt hatte. Als er das dornige Gestrüpp an den

Ackerrändern sah, erinnerte er sich wieder daran, wie er vor Jahren mit Rusty Kaninchen gejagt hatte. Einen Schluck Whiskey aus der Flasche, um die Kälte aus den Knochen zu vertreiben.

Moon konnte nicht einordnen, was Rusty widerfahren war, nachdem ihn seine Frau verlassen hatte. Anscheinend entfernte die alltägliche Verantwortung im Job einen Mann in fortgeschrittenem Alter von einem Freund so weit, dass er nicht mal mehr merkte, dass er ihn vergessen hatte.

Als er die kalte Luft durch die Nase einsog, wurde der Geruch nach Bleiche stärker, aber Moon konnte nicht feststellen, aus welcher Richtung er kam. Er sah sich um, sagte Scheiß drauf und zog sein Handy aus der Tasche, prüfte, ob er Empfang hatte, wollte Ina noch mal anrufen, bevor er sich zu weit außerhalb ihrer Reichweite befand. Sie ging immer noch nicht dran.

Sein Kopf pochte weiter bei jedem Schritt, und er suchte die Erde unter den toten Grashalmen nach Blutspuren ab, hoffte, das Tier wäre irgendwo in der Nähe liegen geblieben. Er dachte an all die Wildunfälle, mit denen er's im Lauf der Jahre zu tun gehabt hatte. Und dass das Reh nie weiter als ein paar Meter gekommen und dann mausetot umgefallen war. Oder gleich beim Zusammenstoß. Aber nicht dieses zähe Miststück. Das war einfach weitergerannt. Und Brady wollte es haben. In dem schiefen Gebiss der alten Krähe steckten vielleicht gerade noch zwei Zähne. Was zum Teufel hatte er vor, wollte er's zu Tode lutschen? In den Mixer stecken und Rehbrei durch den Strohhalm trinken?

Noch ein paar Schritte und er sah eine Stelle, wo sich das Gras rot verfärbt hatte. Er fuhr mit der Hand drüber, um festzustellen, wie frisch es war. Das Blutgeschmier war noch warm. Das Vieh war verletzt und rannte rum auf Adrenalin.

Moon folgte dem Blut über das Feld und in ein Kieferndickicht.

Die Bäume ragten viele Meter hinauf bis hoch in den toten Himmel. Ranken und andere Pflanzen wuchsen hier und da. Er trat in die nasskalte Stille ein, seine Stiefel rissen die Decke aus blutverspritzten gelben Kiefernnadeln auf. Jeder Schritt wurde lauter und lauter und durchbrach die Stille des Waldes.

Er blieb stehen, sein Kopf war im Eimer und sein Magen im Arsch. Er war verkatert und hatte Hunger. Er schimpfte auf Ina, weil sie nicht an ihr verfluchtes Telefon ging, und auf Brady, weil er das Reh angefahren hatte. Er hoffte, Ina würde gebratenes Huhn mit Kartoffelbrei, Maiskolben, Brötchen und Zimtapfelscheiben machen, wenn er heute Abend von der Arbeit kam. Verdammt, beim bloßen Gedanken tat ihm der Magen weh. Er dachte, zum Teufel mit Brady, dem alten arschgesichtigen Schiefmaul, weil er das scheiß Reh haben wollte.

Als er noch ein paar Schritte weitergegangen war, hörte die Blutspur auf. Der Geruch von Bleiche trieb ihm plötzlich Tränen in die Augen und Rotz in die Nase. Als er sich in dem tauben Wald umsah, fiel ihm dank der Jagdausflüge von vor Jahren in der Gegend hier wieder ein, dass sich Rustys Farmhaus auf der anderen Seite des Dickichts befand. Er war nicht sicher, ob er's zuerst hörte oder spürte. Aber ein Stich, schlimmer als der einer Hornisse, durchdrang seine linke Schulter. Er war angeschossen worden.

In seinen Ohren schepperte es. Das Adrenalin rauschte. Er knallte auf den Boden wie ein Sack Kartoffeln. Lag auf dem Rücken und zog mit der rechten Hand seine 40-Kaliber-Glock aus dem Holster. Entsicherte mit dem Daumen. Rollte an einen Baum. Schob sich rücklings gegen eine Kiefer. Verringerte damit die Wahrscheinlichkeit, eine Kugel in den Rücken zu bekommen. Seine Lungen stubsten ihn in die Rippen auf der Suche nach Luft, rote Flecken zeigten sich auf seiner Jacke. Seine linke Schulter war von einer Gewehrkugel durchbohrt worden. Konnte ein Rotwildjäger gewesen sein, der ihn mit einem Reh verwechselt hatte, oder sonst irgendein irres blödes Arschloch.

Er legte die Pistole ab, zog mit seinem steif werdenden Arm das Funkgerät aus der Seitentasche und drückte auf die Sprechtaste. »Earleen? 10-78. Bin verdammt noch mal angeschossen worden. Ungefähr eine Meile von da, wo ich geparkt hab, auf Rothrock's Mill Road. Bin in einem Kieferndickicht auf dem Grundstück von Rusty Yates in Deckung gegangen.«

»Bleib da, Moon. DNR-Einheit, County K9 und ein Streifenwagen sind unterwegs.«

Moon hob seine Glock wieder vom Boden auf. Der Adrenalinrausch ging in Panik über. Schritte knirschten. Moon sah sich zwischen den Bäumen um, offene Stille. Er fragte sich, aus welcher Richtung der Schuss gekommen war, dann fiel ihm wieder ein, dass er Officer war, und er brüllte: »Hören Sie verdammt noch mal auf zu schießen, ich bin DNR-Officer Moon Flispart.« Und noch bevor er fertig war, schrie eine Stimme zurück: »Fick dich, du Eichhörnchen-Cop!«

Das hatte ihm gerade noch gefehlt, dachte er, ein durchgeknallter Redneck-Arsch. Er hoffte nur, der schmächtige Brady würde nicht auch noch mitten in die Scheiße hier platzen, weil er den Schuss gehört und gedacht hatte, Moon habe das Reh gefunden und von seinen Qualen erlöst.

Um sich herum hörte er Äste knacken, die Geräusche kamen näher, aber er konnte nichts sehen. Ihm wurde schwindlig wegen des Blutverlusts. Sein Verstand spielte ihm Streiche. Ein Zittern durchdrang ihn bis ins Mark.

Er rang nach Luft, kniff die Augen zu. Versuchte trotz des Durcheinanders in seinem Kopf die Kontrolle zu behalten. Besann sich auf seine Ausbildung. Kämpfen oder fliehen. Moon war Jäger. Für wen hielt sich dieser durchgeknallte Wichser, dass er glaubte, er könne auf einen DNR-Officer schießen. Er überprüfte nicht bloß Angel- und Jagdscheine und verhaftete Wilderer. Er hatte mehr Autorität als die Polizei von Stadt, County oder Staat.

Schritte kamen herangestapft, hielten inne, und Moon schrie: »Du hast noch eine Chance, dein verdammtes Gewehr fallen zu lassen und …« Verwirrt wie er war, erkannte er vor sich die Stiefel eines Mannes, der in fleckig kotzgrüner, schwarz- und schlammbrauner Kleidung vor ihm stand und den Lauf eines Gewehrs auf ihn richtete. Ein langer Schnurrbart teilte sein Gesicht in zwei Hälften, und seine Stirn war schorfig. Der Mann war Rusty Yates, und er sagte zu Moon: »Treibst dich hier rum, wo du nix zu suchen hast, Eichhörnchen-Cop. Glaubst, du kannst mich drankriegen?«

Aus irgendeinem Grund dachte Moon an Ina, an ihren Streit, dass er nicht mit ihr gesprochen hatte, und in diesem Bruchteil einer Sekunde pfiff ein Gewehrschuss durch die Luft. Moon ließ sich nach links fallen und drückte auf den Abzug der Glock. Einmal. Zweimal.

Er lag auf der Seite, starrte Rusty an, der zitternd auf dem Rücken lag, hustete, zu atmen versuchte, während sich seine

Lunge mit Flüssigkeit füllte. Er starb. Aus der Ferne näherte sich das Geheul von Sirenen, flackerte durch die Bäume. Von irgendwoher hinter Moon schrie jemand: »Scheiße! Scheiße!«

Moon war erledigt. Rusty hatte ihn um ein Haar verfehlt. Er konnte die fluchende Stimme nicht von den anderen Stimmen unterscheiden, die riefen: »Moon! Moon!«

Er hielt seine Pistole fest, erwartete, eine Kugel in den Rücken zu bekommen, sah, wie sich Rustys Brustkorb hob und senkte. Moon hatte ihm in die Brust geschossen. Dunkelrote Fontänen spritzten aus seinem Mund. Moon wollte ihm helfen, ihn auf die Seite rollen, aber sein Körper war in Kälte gehüllt, sein Gehör setzte aus, und der ihn umgebende Wald verlor seine Farbe.

Moon saß auf einem Holzstuhl. Sein Arm steif von der Schusswunde. In seinen Ohren kreiste noch der Klang der 12-Kaliber-Kugel, seine 40-Kaliber-Glock lag neben Rusty Yates, der seinen letzten Atemzug tat.

Moon hatte das Geschehen in Gedanken immer wieder durchgespielt. War aufgewacht in der Notaufnahme des Krankenhauses in Harrison County. Hatte Ina angerufen. Aber wie schon bei den Versuchen der Schwestern war sie auch diesmal nicht drangegangen. Er wurde am darauffolgenden Morgen entlassen. Fisher, ein Neuling beim DNR, hatte Moon zur Station der Sellursburg State Police begleitet, damit er kurz zu Protokoll gab, was passiert war. Ein Mann saß da und nahm alles auf; Brady, das Reh, der Gestank nach Bleiche. Die feuchte Stille. Und der Schmerz, der in seinem Arm loderte und Kälte mit sich brachte.

Die Beamten der Indiana State Police wussten, dass Moon keine andere Wahl geblieben war, klarer Fall von Notwehr.

Nach der Besprechung mit den Jungs von der State Police begleitete Fisher Moon nach Hause.

Jetzt saß er am Küchentisch, ein brauner Briefumschlag, auf dem in dicken fetten Druckbuchstaben MOON geschrieben stand, lag aufgerissen vor ihm. Ein Brief von Ina, neben seinem Glas, das wie sein Haus leer war. Er schüttelte den Kopf, alles nagte an ihm.

Er hatte mehr getan, als einen Mann zu erschießen. Er hatte jemanden getötet, mit dem er früher jagen gegangen war, einen alten Freund. Und zum ersten Mal in seinem Leben war Ina nicht da, um mit ihm darüber zu reden.

Er füllte sein Glas mit der teefarbenen Flüssigkeit, nippte am Bourbon, schmeckte das Feuer, das seinen Rachen bedeckte. Seinen Magen auskleidete. Auf der Seite des Gesetzes zu stehen bedeutete, dass man die Wahl hatte. Moon hatte viele Entscheidungen zu fällen, und immer waren davon Menschen und ihre Familien betroffen. Es gab Auseinandersetzungen innerhalb der Baumstruktur, der Verästelungen, der Zweige und Wurzeln. Sie waren die Gemeinschaft, der er diente. Aber in einer Welt, in der vom arbeitenden Mann mehr und mehr verlangt wurde, gab es, wie Moon vermutete, eine Bruchstelle zwischen Richtig und Falsch.

Moon hatte Rusty Yates jahrelang nicht mehr gesehen. Seine Frau hatte ihn verlassen, nachdem er seinen guten Job in der Fabrik verloren hatte, einer Batterienfabrik, die verkauft und nach Mexiko verlegt worden war. Wegen der billigen Arbeitskräfte. Was vielen Männern und Frauen die Lebensgrundlage entzog.

Rusty gehörten über achtzig Hektar mitten im Nirgendwo, er musste sich irgendwie durchschlagen, tat sich mit Ray Ray zusammen, die andere Stimme, die Moon Scheiße hatte schreien hören, und fing an, Crystal Meth zu kochen. Und wie's der blöde Zufall wollte, kam ihnen Moon zu nahe, als er für Brady Basham dem Reh hinterherrannte. Rusty und Ray Ray hatten im Wald gejagt, auf Speed und völlig überdreht. Hatten ihn in seiner Uniform gesehen und gedacht, er wolle sich von hinten anschleichen und sie einkassieren.

Fisher meinte, sie hätten Ray Ray erwischt und Brady ohne Reh, das nie gefunden wurde, nach Hause geschickt.

In dem Brief behauptete Ina, sie sei unglücklich. Habe es satt, dass er mit rassistischen Bemerkungen über andere urteile und ihr nie die Aufmerksamkeit schenke, die sie brauche.

Mit seinem Glas Bourbon in der Hand ging Moon von der Küche ins Schlafzimmer, die Schränke waren leer. Inas Gepäck war verschwunden. Er schämte sich zu sehr, um die Station anzurufen und nach ihrem Nummernschild fahnden zu lassen. Eine Beschreibung ihres 85er Toyota Land Cruiser durchzugeben. Er nahm noch einen Schluck aus dem Glas, das Eis klirrte, und Moon dachte, das Schlimmste war, dass er jetzt zu besoffen war, um sie zu suchen.

Die Sucht

Als er in die Schotterkurve fuhr, verlor Wayne die Kontrolle über den Ford Courier und trat aufs Gaspedal statt auf die Bremse. Der Motor heulte auf, und er raste geradewegs in das Ulmendickicht vor sich. Sein Kopf zertrümmerte die Windschutzscheibe, und warme Feuchtigkeit perlte ihm über die Stirn, während ihm Visionen von rasiermesserscharfen Klingen, die Fleisch zerteilten, und einer schreienden Frau durch den Kopf schossen.

Wayne ballte seine Hände zu Fäusten, erinnerte sich an seine Sucht, die er nicht länger bändigen konnte.

Von hinten biss sich Scheinwerferlicht durch die Nacht und in den Ford. Wayne drehte den Kopf ins Licht, das seine Augen mit schwarz-grünen Punkten tätowierte, bis er das rote und blaue Blinken erkannte.

Die Tür des Polizeiwagens schlug zu. Stiefel knirschten auf dem Schotter. Wayne sah, wie die Scheinwerfer die Gesichtszüge der herannahenden Gestalt im Seitenspiegel verdunkelten. Mit der rechten Hand packte er den hölzernen Schaft seines Marlin Unterhebelrepetierers 30/30 mit Nachtzielfernrohr auf dem Sitz neben sich. Erst vor wenigen Stunden hatte er damit ein Reh geschossen. Die Sucht trat ein Fieber in seinem Gehirn los, und er öffnete die Tür.

Fisher, der neue Officer, aktivierte sein Funkgerät.

»Moon, bist du da?«

»Gerade fertig mit den Jungs an der Mühle.«

»An der Wyandotte Road?«

»Noch ein paar Minuten weiter. Was ist los?«

»Sieht aus, als hätte Brady Basham mal wieder was von seinem Selbstgebrannten probiert. Sein Courier hängt mit der Schnauze voran ungefähr eine Meile vom Highway 62 auf der Wyandotte Road in den Bäumen.«

»Scheiße. Das irre Arschloch sollte nachts um die Zeit überhaupt nicht mehr fahren. Bin schon unterwegs.«

Fisher schwenkte den Strahl seiner Taschenlampe auf die blaue Plane über der vielfach gespachtelten Fordkarosserie. Die Fahrertür ging auf. Eine Gestalt stieg auf den Schotter. Fisher rief: »Alles klar, Brady? Sieht aus, als würdest du ganz schön in der Scheiße sitzen. Moon ist schon unterwegs, der kriegt das wieder ...« Seine Taschenlampe beleuchtete ein bis auf die Knochen angespanntes Gesicht, gespickt mit jeder erdenklichen Form von Raserei.

Der Lauf des 30/30 spuckte eine orangefarbene Flamme aus. Trennte Mark von Fleisch an Fishers rechter Schulter. Ein Gefühl, als hätte ihn eine fünfzig Pfund schwere Spitzhacke getroffen. Die Lampe fiel klappernd auf den Kies, und er folgte ihr, versuchte, dabei noch etwas zu sagen. »Du ... du ... hast auf mich geschossen.«

Wayne ließ die leere Patronenhülse herausspringen. Stellte sich über Fisher, lauschte dem Pfeifen seiner Lungen, das nach einer Mischung aus Asthma und Schock klang. Fisher versuchte, über die Brust nach seiner Glock zu greifen. Wayne drückte den Lauf in Fishers linke Schulter. Drückte ab. Erde und Knochen explodierten. Fisher zuckte und erstarrte. Wayne ließ eine weitere leere Hülse herausspringen.

Kniete sich hin. Seine Ohren klingelten vom Gewehrschuss, und er legte sein 30/30 neben Fisher ab, dessen blinzelnde Augen auf Waynes leeres Starren trafen. Fishers Mund fing an wie ein Bierfass zu schäumen, als er stöhnte: »Wayne, warum tust du das?«

Wortlos zog Wayne mit seiner rechten Hand sein rasierklingenscharfes Abhäutemesser. Mit der linken dämpfte er Fishers schäumenden Schrei. Die Sucht ließ Waynes Griff am Messer fester werden. Er drückte die Klinge zwischen die feuchten Folikel aus Haar und Ohr. Fand die weiche Stelle aus Gewebe. Vom Krieg entstellte Gesichter schrien in vertrauten Sprachen durch Waynes Gedanken. Er trennte das Ohr vom Schädel, so wie er's schon in den Bergen gemacht hatte. Cooper verkam zu einer schlaffen Hülle. Genauso wie jene anderen.

Die Sucht prickelte wie mit Nadeln in Waynes Eingeweiden, als er das Ohr aufhob und es zu dem anderen in seinen wüstenfarbenen Tarnanzug steckte. Sein Messer wieder verstaute. Seine 30/30 nahm.

Hinter ihm knisterte das Funkgerät an Fishers Gürtel mit elektrostatischer Stimme. »Fisher, Brady, alles klar?« Wayne kannte den Namen, der zu der Stimme gehörte. Moon. Erinnerungen aus den Jahren, bevor er eingezogen worden war, in Afghanistan gedient hatte. Er und sein Vater hatten mit diesem Mann Waschbären gejagt. Wayne hörte in der Ferne einen Motor dröhnen. Sah die Baumspitzen wie römische Kerzen auflodern und verschwand in den Wäldern.

Reifen kamen schlitternd zum Stehen. Moon trat in den Staub der Scheinwerfer. Sah die Silhouette auf der Straße.

»Scheiße!«

Moons Finger berührten Fishers Nacken. Sein Puls raste. Schweiß spritzte von seiner Stirn. Moon drückte auf die Sprechtaste seines Funkgeräts.

»Earleen?«

»Was gibt's, Moon?«

»Hab hier einen verletzten Officer. Atmet noch. Ungefähr eine Meile runter vom 62 auf der Wyandotte Road. Brauche schnellstmöglich einen Krankenwagen!«

»Ist unterwegs.«

In Fishers rechter Schulter befand sich ein nadelgroßes Loch. Angeschossen aus anderthalb oder zwei Metern Entfernung, schätzte Moon. Fishers Mund schäumte über wie Alka-Seltzer, bis runter in den Kragen seines braunen Uniformhemds. Moon fand, dass Fishers linke Schulter aussah, als hätte sie irgendein Arschloch mit einer kleinen Dynamitstange geöffnet. Ein Schuss aus nächster Nähe. Dann fiel ihm die bluttriefende Stelle auf, an der früher Coopers linkes Ohr gewesen war.

»Dieses Arschloch! Halt durch, Fish.«

Moon drehte sich um, die Hand auf seiner 40-Kaliber-H&K. Leuchtete mit der Taschenlampe in den Wald. Nichts. Er suchte im Ford. Eine fast leere Kiste mit Milwaukee's Best auf dem Boden unter dem Beifahrersitz. Eine leere Flasche Old Forrester. Ein großer schwarzer Kanister auf dem mit Klebeband geflickten Sitz, ein Suchscheinwerfer. Auf dem Armaturenbrett ein leeres, wiederverschließbares Plastiktütchen mit Spuren von Crystal Meth. Moon dachte, Brady ist doch kein beschissener Meth-Junkie.

Er leuchtete mit der Lampe über die blaue Plane, die die Ladefläche von Brady Bashams Truck verdeckte. Zog sie runter. Fliegen summten in die Nacht. Der Geruch von frischem

Fleisch flutete seine Atemwege. Drei Umrisse. Es war Anfang Oktober, die Rotwildsaison war noch nicht eröffnet, und hier lagen zwei Hirschkühe. Gewildert und ausgenommen. Und ein Mensch. Ein toter Freund. Moon verzog das Gesicht, sprach erneut in sein Funkgerät. »Earleen?«

»Sag an, Moon.«

»Zusätzlich zu dem verletzten Officer haben wir noch zwei gewilderte Hirschkühe und einen Toten. Brady Basham wurde ermordet.«

»Ich geb's an die Kollegen vom County weiter.«

Moon sah sich Bradys Haut genauer an. Rau wie abgewetztes Rohleder. Die schieferfarbenen Haare verklebt. Die Augen zu Schlitzen geschlagen. Plattes Knorpelgewebe ersetzte die Nase. Wie Fisher fehlte auch Brady das linke Ohr.

Eines war klar, Brady hatte seinen Ford Courier nicht selbst zu Schrott gefahren.

Moon konnte kaum schlucken, als er seinen toten Anglerfreund betrachtete, und er fragte: »Durch was für eine Hölle bist du heute Nacht gegangen, Brady?« Er wusste, dass er toter war als die Katzenfische, die sie ausgenommen und deren Haut sie in vielen Nächten Whiskey trinkend in seiner Küche gekocht und sich dabei Geschichten über Frauen erzählt und Jagdgeheimnisse und Mythen ausgetauscht hatten. Moon drückte zwei Finger an Bradys Hals, wunderte sich, wie warm sein Leichnam noch war. Als er die Finger wegnahm, war Moon überzeugt, dass Brady innerhalb der letzten Stunde getötet worden sein musste.

Wer auch immer das getan hatte, war zu Fuß unterwegs. In welcher Richtung? Moon vermutete, den Hügel runter: Da ging es leichter voran. Er hatte ihn gerade verpasst.

Moon betätigte wieder das Funkgerät: »Earleen?«

»Was noch?«

»Weck Detective Mitchell und County Coroner Owen. Funk Sparks an, wir brauchen seinen Hund. Ich vermute, der Täter ist zu Fuß unterwegs. Bewaffnet und gefährlich. Schick außerdem ein paar Kollegen zu Brady nach Hause. Seine Tochter wohnt bei ihm. Wollen hoffen, dass sie noch lebt.«

Moon strahlte Fisher mit der Taschenlampe an. Bemerkte das glänzende Messing neben ihm. Ging in die Knie. Eine noch warme Patronenhülse, eine 30/30. Wahrscheinlich das Kaliber, das Fishers Schulter durchbohrt hatte.

Die Lunge brannte, und Laub raschelte unter jedem Schritt. Waynes Augen gewöhnten sich an die Nacht, er trug die 30/30 auf dem Rücken und wich den Bäumen aus. Sprang über die Stämme der bereits gefällten. Er hörte Sirenen. Kniete sich hinter einen morschen Baum. Beobachtete einen Krankenwagen und zwei Polizeifahrzeuge aus dem Wald heraus, ihre Blaulichter zerhackten die Schatten auf der Wyandotte Road.

Waynes Herz schlug wie ein Maultier austritt, sehr fest. Er setzte sich, um Luft zu holen. Erinnerte sich an das Klopfen an der Tür seines Wohnmobils. Und daran, wie er Brady aufgemacht hatte, der draußen auf dem Heufeld von Waynes Vater stand, eine perlend kalte Dose Milwaukee's Best in der Hand. Wollte nachtjagen, ein paar Hirsche wildern.

Wayne sagte: »Klar.«

Brady fragte: »Kannst du die 30/30 mitnehmen? Ich hab bloß eine 22er dabei.«

Wayne schnappte sich eine Packung Patronen und das Gewehr, das neben seiner streng riechenden Matratze lag.

Brady nahm einen Schluck von seinem Bier und sagte: »Hab einen frischen Kasten und eine ungeöffnete Flasche Whiskey dabei.«

Wayne war seit Tagen auf. Seine Augen waren rotgerändert. Er versuchte, die Sucht zu betäuben, spülte die Amphetamine mit Bourbon runter, rauchte Kette. Immer wenn das High nachließ, verfolgten ihn laut ächzende und kreischende Visionen. Er hatte Line um Line gehackt, das feuchte Talkumpulver inhaliert, sich damit sein Gehirn versengt und jegliches Gefühl von Scheu und Mord erstickt.

Als er aus seinem Wohnmobil kam, hörte er in der Ferne eine Fliegengittertür zuschlagen, sah einen alten Mann aus dem Sandsteinhaus treten, in dem Wayne aufgewachsen war. Sein Vater Dennis ließ ihn draußen im Wohnmobil übernachten, mit dem sie früher, als er noch jünger gewesen war, gemeinsam campen, jagen und fischen gefahren waren. Wayne hatte nicht mehr in dem Haus geschlafen, seit er aus Übersee zurückgekehrt war. Seitdem seine Mutter Dellma gestorben war. Er hatte nie getrauert, sich nie verabschieden können, aber er vermisste ihre Gespräche und dass sie ihm, wenn was schiefflief, sagte, es würde schon wieder werden. Alles funktionierte immer irgendwie. Er vermisste die Flanellbettwäsche und die handgenähten Decken, die Eintöpfe und Braten von dem Fleisch, das er mit seinem Vater geschossen hatte, dazu das frische Gemüse, das seine Mutter im Garten geerntet und eingemacht hatte. All die Düfte und Geschmäcker. Die Frau hatte Behaglichkeit in ihr gemeinsames Zuhause gebracht. Aber Wayne hatte all das für immer in den afghanischen Bergen begraben.

Dennis' Haare in der Farbe einer Turteltaube lagen quer über seinem Kopf. Er stand da in seiner Dickies-Arbeitshose und einem weißen Hanes-T-Shirt, das er reingestopft hatte, und fragte: »Willst du weg?«

Er war Vietnam-Veteran. Er verstand die Art, wie sein Sohn mit dem, was er gesehen und getan hatte, umging.

Wayne sagte: »Ich bin spät dran.«

Sein Vater nickte und sagte: »Pass auf dich auf.« Als wüsste er, dass die Kacke eines Tages nicht mehr dampfen, sondern überkochen würde. Wayne erkannte das an den Bewegungen seines Vaters. Der schlurfende Gang, das durchdringende Starren, die Hände tief in den Taschen seiner verwaschenen blauen Hose vergraben, schien er sich vor allem darüber Sorgen zu machen, wann sein Sohn ausrasten würde. Dennis wusste nicht alles, aber ein bisschen was schon. Im Dschungel von Vietnam hatte er die dunklen Seiten seiner selbst gesehen. Hatte Wayne erklärt, dass eine Therapie vielleicht helfen könnte, obwohl er selbst nie eine gemacht hatte. Damals, als er gedient hatte, hatte niemand Respekt vor Soldaten gehabt. Von ihm wurde erwartet, dass er nach Hause kam, tat, als sei nichts geschehen, und alles so lange mit Alkohol hinunterspülte, bis er wieder der Alte war.

Wayne fragte seinen Vater: »Kann eine Therapie auch helfen, wenn man die Seite gewechselt hat?«

Sein Vater fragte ihn nie, was er damit meinte, aber Wayne sagte: »Krieg ist eine sehr verwirrende Art, die Probleme eines Landes zu lösen. Nicht jeder will so leben wie wir, aber wenn sich Uncle Sam einmischt, hat keiner mehr die Wahl.«

Wayne winkte seinem Vater. Dennis winkte ebenfalls und ging zurück ins Haus. Wayne hatte das letzte bisschen Meth und seine 30/30 dabei. Brady hatte noch nie gut genug sehen können, um nach Einbruch der Dunkelheit zu fahren, schon damals nicht, bevor Wayne zum Militär gegangen war, als er und Brady noch nachts gemeinsam Welse im Blue River angeln waren, deshalb setzte sich Wayne ans Steuer. Sie kurvten über gewundene Landstraßen runter zur alten Mühle, die Kinder vor Jahren niedergebrannt hatten. Felder erstreckten sich über Hunderte von Hektar. So viel Holz, Grün, wilde Tiere und Ruhe, wie man sich nur wünschen konnte.

Bradys angeschlagener Arm hatte den Suchscheinwerfer über die abgeernteten Felder wandern lassen, die stoppelig und trocken langsam an ihnen vorbeizogen. Bis Augen im Licht reflektierten. Schüsse fielen.

Die erste Hirschkuh kippte um. Wayne hatte beide gleich vor Ort ausgenommen. Das Blut hatte gedampft und das Gestrüpp verfärbt. Er hatte seine Hände und ein Messer benutzt, das Innere ausgekratzt.

Wayne war zu Bradys grauer Hütte gefahren, um das Rehfleisch zu teilen. Bradys Tochter Dee Dee war raus zum Ford gekommen. Sie hatte ein Frühstück für die späte Nacht vorbereitet. Drinnen setzte sich Wayne, der sich für Nahrungsaufnahme nicht interessierte, an den Küchentisch und sagte Brady, sie müssten sich um das Fleisch kümmern, bevor es verdarb. Brady wischte seine Bedenken beiseite, sagte, für eine Flasche Boone's Farm, den er als Brause mit Kick bezeichnete, sei immer noch genug Zeit.

Dee Dee flirtete mit Wayne. Kitzelte ihn am Hals mit ihren langen Fingernägeln, lackiert in der Farbe einer Zunge. Wayne versuchte, sie gar nicht zu beachten, als sie sich vor ihm tief herunterbeugte und eine Kanne mit heller Bratensauce abstellte. Eine Schüssel mit Keksen mit einem Handtuch abgedeckt. Eine Platte voll Speck. Sie starrte ihn aus ihren braunen Augen an. Schulterlanges Haar, so schwarz wie verkohltes Holz. Ihre Bluse halb offen, das karamellfarbene Dekolletee direkt vor ihm.

Bradys Handfläche schlang sich um ihren Arm. Er zerrte sie vom Tisch weg. Geschirr klirrte und zerbrach auf dem Holzboden. Brady hob seine freie Hand, und Dee Dee flehte: »Daddy, bitte nicht!«.

Die Sucht aus den Bergen färbte Waynes Inneres schwarz wie Tinte. Alkohol und Drogen waren zu blanker Wut geronnen. Wayne packte Bradys Handgelenk von hinten, hielt den alten Mann davon ab, seine Tochter zu schlagen, und wirbelte ihn herum, so dass sie sich von Angesicht zu Angesicht gegenüberstanden. Brady ließ Dee Dee los. Sie fiel nach hinten und sah, wie Wayne seine Faust in Bradys linke Niere rammte. Wayne spürte seinen Blutdruck ansteigen und ein Knacken in den Ohren. Er donnerte Brady was auf die Augen. Schlug ihm die Nase platt wie einen Pfannkuchen. Packte ihn an seiner Truthahngurgel. Drückte zu. Knochen gaben nach wie Bleistiftminen.

Dee Dee schrie, Wayne solle aufhören. Brady erschlaffte. Wayne war in jene andere Daseinsform übergewechselt. Zog sein Messer, drückte die Klinge ans Knorpelgewebe, schnitt Brady das Ohr vom Schädel. In dem Moment spürte er, wie vier kleine Stahlzinken seinen Rücken durchbohrten.

Dee Dee hatte ihn mit einer Gabel gestochen. Wayne drängte sie gegen die Spüle. Lippen flehten, während ihr Wasser in die Augen stieg. »Bitte, nein! Es tut mir leid, es tut mir leid.« Wayne packte sie an der Gurgel, drückte immer fester zu, während er in seinen Erinnerungen schwamm. Lagebeschreibungen von Orten, die in seinen Gedanken verzeichnet waren. Koordinaten von Höhlen und Dörfern. Ein gefesselter Mann mit Augenbinde, schwitzend wegen der

Schreie einer unschuldigen Frau. Kleidung reißt, dazu ihre ausländische Stimme.

Die Spannung wich aus Dee Dee. Er hatte sie erwürgt. Er hatte noch nie eine Frau getötet und hatte es auch gar nicht gewollt. Er ließ sie auf den Boden fallen, lud Brady mit den beiden Hirschkühen auf den Truck. »Die Toten zusammentragen« hatten sie das in den Bergen genannt. Sie wurden aufgehäuft, manchmal, um sie zu begraben, manchmal, um sie zu verbrennen. Er schnappte sich den Old Forrester vom Boden des Ford, ohne zu wissen, wohin er unterwegs war oder was er tat. Er fuhr einfach los und trank Whiskey, bis alles vor ihm schwarz wurde, er sich auf der Wyandotte Road wiederfand und aus Versehen aufs Gas statt auf die Bremse trat. Frontal gegen die Ulmen knallte. Die Sucht bohrte sich in seine Eingeweide.

Jetzt hallte das Bellen eines Hundes durch den Wald, aus dem Wayne gerade gerannt kam. Lichter öffneten die Dunkelheit, ließen die Wyandotte Road in der Ferne sichtbar werden. Ein Suchscheinwerfer flackerte zwischen Baumstämmen im Wald. Waynes wie ein Maultier ausschlagendes Herz kehrte zurück. Er stand auf. Rannte in das trübe Licht am Fuße des Hügels, wo ein alter Schuppen stand. Von hinten durchtrennten Zähne Sehnen und Muskeln, arbeiteten sich weiter nach oben zu seinem Oberschenkel vor. Der Schmerz war stumm, als Wayne stolperte und zusammen mit dem Hund den Hang hinunterrollte, die 30/30 auf dem Rücken. Das Laub klang wie Papiersäcke, die immer und immer wieder aufeinanderschlugen. Gliedmaßen gaben nach und scheuerten aneinander, bis Wayne und der Hund im Tau auf dem Gelände unterhalb des Schuppens am Highway 62 landeten.

Wayne packte den Hund, presste ihn an den eigenen drahtigen Körper und erstickte dessen Angriff wie ein Schraubstock, der sich um seine Muskeln und Knochen festzieht. Er kniff dem Schäferhund zwischen Schulter und Ohr ins Fell, zog gleichzeitig mit der rechten Hand das Messer aus der Schutzhülle, fixierte den schnappenden Kiefer des Tiers, teilte das Fell unterhalb des Halses und zwang die Klinge in das Hirn des Hundes.

Vier aus einem Fellhaufen ragende Beine blieben reglos liegen, als er das linke Ohr abschnitt.

Die Expeditions des DNR und der Hundestaffeln hielten auf der Wyandotte Road. Moons Suchscheinwerfer beschien das feuchte Gras, zeigte den Mann, der dort in seinem grauen T-Shirt und dem blutbefleckten Wüstentarnanzug stand. Arme und Gesicht wie in Eis gemeißelt. Seine Klinge funkelte im Licht. Rot und Blau strahlten grell hinter Sparky und Moon, die aus dem Truck gestiegen waren. Sie befanden sich keine fünfzehn Meter mehr von dem Mann entfernt, als Moon seine 40-Kaliber-H&K zog. Er erkannte den Mann. Er war mit ihm und Dennis, seinem Vater, auf die Jagd gegangen, bis der Junge vor einigen Jahren in den Krieg gezogen war. Er konnte sich an keine Details erinnnern, genauso wenig mochte er glauben, dass er derjenige war, der Brady ermordet hatte. Moon schrie: »Lass das Messer fallen, Wayne.«

Sparky leuchtete mit der Taschenlampe auf seinen Hund in der Ferne, eine bewegungslose Silhouette.

»Das irre Arschloch hat Johnny Cash getötet.«

Moon hob seine 40-Kaliber-H&K. Bat ihn: »Zwing mich nicht, das zu tun, Wayne.«

Wayne schätzte die Distanz. Er hatte bei Übungen Männer schon auf dieselbe Entfernung erledigt. Er bekämpfte die rauschhafte Erkenntnis, dass er sich in Gefahr befand, getötet werden konnte. Er ließ das Messer fallen. Aber der Gedanke trieb ihn an und er drehte sich um. Hinkte erst, dann rannte er. Spürte eine Explosion in seiner linken Schulter, als er den Highway 62 überquerte. Hörte einen Mann schreien: »Er hat meinem Johnny Cash das verfluchte Ohr abgeschnitten!«

Wayne hörte noch ein paar weitere Explosionen, spürte aber nichts. Er sprang über die Leitplanke, fiel einen steilen dunklen Hang hinunter. Zweige und Äste bemalten seinen Körper mit Striemen. Gesichter loderten in seinen Gedanken auf. Männer in Dörfern. Gefesselt.

Wayne platschte in den warmen Strom, den er als Kind mit einem Autoreifen entlanggepaddelt war. Kam auf dem flachen Felsgrund auf. Drang zurück an die Oberfläche. Keuchte. Ließ sich auf dem Rücken flussabwärts treiben wie ein Laubblatt. Beachtete seine gesplitterten Eingeweide und sein lädiertes blutiges Äußeres nicht. Wusste, er war nur sechs Meilen oder weniger von Zuhause entfernt. Erinnerte sich, wie es mit einem Mann angefangen hatte. Einem Bauern, wie sein Vater einer war, in ausgefranste braune und graue Lumpen gehüllt, mit einem spitzen Bart.

Die US-Soldaten in Waynes achtköpfiger Einheit hatten geglaubt, dieser Mann und die Männer, die jetzt gefesselt mit dem Rücken vor der schmutzigen Mauer saßen, seien in Wirklichkeit Taliban und würden Informationen über den Aufenthaltsort der Soldaten weitergeben, die sie durch das Tal unterhalb ihres Dorfes hatten ziehen sehen.

Der Bauer hatte gebettelt, ihnen versichert, er sei kein Taliban. Drei der Soldaten nannten ihn einen Lügner, spuckten ihn an, statuierten an ihm ein Exempel. Zersäbelten ihm die Ellbogengelenke und übergossen ihn mit Benzin, das sie aus einem verrosteten Generator abgesaugt hatten. Vor den Augen seiner Frau und seiner Tochter.

Die Kontrolle verlor er, als fünf Soldaten die Frauen nach hinten in den Schlammverhau schleiften, Schreie in einer fremden Sprache laut wurden und er Kleidung reißen hörte.

Er war über den sandigen Boden durch eine Tür geeilt und hatte gesehen, wie ein lachender Soldat die Frauen mit der Pistole bedrohte und zum Schreien brachte. Die anderen beiden Soldaten hielten eine jüngere Frau am Boden fest, und einer stand über ihr, warf seine Ausrüstung ab und knöpfte sich den Kampfanzug auf.

Wayne packte den Soldaten an der Schulter und zerrte ihn herum. Der Mann sah ihn an und sagte: »Kommst schon auch noch dran«, und wollte sich wieder zu der Frau umdrehen. Wayne packte ihn erneut, diesmal fester, und der Soldat ging mit der Bewegung mit, warf sich auf ihn. Rammte Wayne die Schulter in den Magen. Drängte ihn gegen die Wand. Schlug ihn, so dass ihm die Luft wegblieb. Verpasste ihm eine Kopfnuss. Keuchend bezeichnete er Wayne als alle möglichen Arten von einem Arschloch. Wayne spürte den warmen Strom aus seiner blutenden Nase und den Lippen. Hörte den Farmer im anderen Raum schreien, weil seine Haut brannte. Wayne reagierte.

Er erwachte mit einem Messer in der einen und einer Neun-Millimeter in der anderen Hand, einen Haufen linker Ohren im Schoß. Die Sucht im Gehirn.

Jeder Mann in seiner Einheit hatte ein Ohr weniger und eine Kugel im Kopf. Dem brennenden Afghanen war nicht mehr zu helfen. Die Frauen waren völlig verängstigt, befanden sich im Schockzustand. Die übriggebliebenen Männer im Dorf waren vor Schreck völlig außer sich, lebten aber noch, hielten Abstand, betrachteten ihn mit geronnener Ehrfurcht und Angst. Er half den Farmer zu begraben und die sieben Soldaten zu verbrennen, die er ermordet hatte, die Asche im Tal zu verstreuen.

Wayne hatte die Seite gewechselt. Kannte die US-Routen in die Berge und wieder hinaus. Lockte US-Soldaten in Hinterhalte. Er hatte ein Elitetrainig absolviert, wusste genau, wie die Taliban an ihre Informationen gelangten. Langsames Ausweiden. Aussicht auf Freilassung. Gefolgt von Enthauptung. Methoden aus dem Mittelalter. Von heiligen Männern gutgeheißen. Er tötete die Bösen zusammen mit den Guten. Und zum Schluss kämpfte er sechs Monate lang in den Bergen einen Krieg gegen sich selbst. Lebte mit den Bauern in deren Dorf. Versuchte zu verstehen, was er tat. Was aus ihm geworden war. Bis er begriff, dass nichts davon Sinn ergab. Aber da war es zu spät.

So was passiert, wenn ein Bauernjunge aus Southern Indiana beim militärischen Eignungstest hervorragend abschneidet. Mit einer Klinge besser umgehen kann als ein philippinischer Messerkämpfer. Über ganze Maisfelder hinweg genau ins Schwarze trifft. Stehvermögen besitzt wie Ali vor seiner Einberufung. Spuren besser verfolgt als ein Bluthund. Wayne wollte seinem Land dienen. Seine gottgegebenen Fähigkeiten zum Einsatz bringen. Unglücklicherweise hatte Gott andere Pläne für ihn.

Jetzt trug der Fluss Wayne hinunter ins dunkle Tal, und er erinnerte sich, wie die Amerikaner das Dorf durchkämmt und ihn gefunden hatten. Fragten, was er dort machte und wo die anderen waren.

Sie isolierten ihn zwei Jahre lang. Wollten wissen, was in den Bergen passiert war. Er sagte, er könne sich nicht erinnern. Jeden Tag sprach er mit Ärzten. Erzählte ihnen von seiner Wut, dem Beben der Erde. Den Toten, die er gesehen hatte, den Toten, die er getötet hatte. Sie gaben ihm Medikamente, stellten ihm Fragen über Fragen, führten endlose Tests an ihm durch. Danach wurde er als psychisch unfähig eingestuft, weiterhin seine Pflicht zu erfüllen, und bei voller Militärrente ehrenhaft entlassen.

Wayne schwamm oben auf dem warmen Strom, griff nach den freiliegenden Wurzeln eines Baumes, hielt sich daran fest, wusste, dass es egal war, wohin oder wie weit ihn der Fluss trug, weil die Sucht immer in ihm sein und warten würde.

IM TOD NOCH SCHÖN

Bishop stand mit dem Rücken zu Christi knietief im Strom des Blue River, der so kalt war, dass einem die Knochen gefroren, und umklammerte seine Angelrute mit der Faust. Christi fuhr erneut mit Fingerspitzen zart wie Blütenblätter über seine Nackenfalten. Anstatt zusammenzuzucken, schlug er ihr auf die Hand.

Sie fragte: »Was soll das?«

»Hab dir doch gesagt, wir müssen Schluss machen.«

»Aber du bist den ganzen Sommer zu mir gekommen.«

Christi wohnte vom Fluss aus eine Meile die Straße rauf, in Laufnähe. Bishop und sie verband eine Schwärmerei noch aus der Kindheit, daraus war ein Flirt geworden und anschließend sogar eine Affäre.

»Ich bin hier zum Angeln und um dir zu sagen, dass du nicht mehr ins Haus kommen sollst, nicht unangekündigt auftauchen. Wir sind Cousin und Cousine. Wir wollen's dabei belassen.«

Christi, die nicht ganz sicher stand, ließ ihre Angel fallen und zwang dem unsanft abgekühlten Bishop ihre warmen Lippen auf. Dann holte sie Luft und bettelte: »Tu's nicht.« Er blieb stumm. Sie fuhr fort: »Ich bring sie für dich um. Dann gibt's keine Melinda mehr. Nur Christi und Bishop.«

Ihre Worte bedeuteten nach Bishops über vierzigjähriger Vorstellung von Richtig und Falsch Gefahr. Falls das mit ihm und Christi jemals rauskam, würden ihre Familien sie verstoßen, aus der Gemeinschaft drängen, in der sie lebten. Die Sache musste anders als mit Worten beendet werden, denn bislang waren diese noch nicht bei ihr angekommen.

Bishop ließ seine Rute fallen. Knallte seine Fängerhandschuhhände auf Christis Ohren. Sie verschluckte einen Schrei. Er fuhr mit den Fingern in ihr dichtes schwarzes Haar mit den kiefernnadelgroßen grauen Strähnen. Brachte sie mit einem Tritt aus dem Gleichgewicht. Drückte sie in die Strömung und setzte sich rittlings auf ihre Brust. Christis Beine platschten. Bishops Hände verschluckten ihre, mit denen sie seit zwanzig Jahren montags bis freitags von acht bis fünf Sendungen bei der Harrison County Post sortiert hatte. Nagelte sie an ihre Kehle. Sah zu, wie Blasen, gefüllt mit verlorenem Atem, im kalten Wasser platzten. Redete sich ein, ihm bliebe gar nichts anderes übrig, sie wollte ja nicht hören.

Ein Fahrzeug kam über die Schotterstraße aus dem Tal angerast. Christi hörte auf, sich zu wehren, als das Fahrzeug hörbar langsamer wurde. Das verdammte Quietschen der Lenkung klang irgendwie vertraut, aber Bishop fiel nicht ein, woher er es kannte, und es verband sich mit dem unregelmäßigen Rhythmus, der in seinem Kopf pochte und pulsierte. Das Motorengeräusch erstarb. Bishop drückte Christi weiter in das flache felsige Flussbett, Wahnsinn tobte in seinem Blutkreislauf.

Eine Tür wurde zugeschlagen. Doch sein Gehör spielte ihm Streiche, und wegen des Rauschens seiner Eingeweide und dem Strömen des Flusses, in dem er saß, konnte er nicht feststellen, aus welcher Richtung das Geräusch kam. Er hörte Stiefel, die Schotter lostraten, und das Umknicken von Unkraut und Zweigen. Er erstarrte, sah am Ufer entlang, konnte aber die Quelle der Geräusche wegen der Nervosität, die in ihm heranwuchs, und der statischen Geräusche, die ihm von der Oberfläche des Flusses entgegenkamen, nicht ausmachen.

Als der kalte Strom seine Finger so taub hatte werden lassen, dass sie schmerzten, und sie sich nicht mehr bewegte, stand er auf und ließ ihren Leichnam an die Oberfläche treiben. Ihre Achselhöhlen umfassten seine nassen Schienbeine. Auf der überwucherten Talstraße oben sah er keine Bewegung. Er zerrte sie ans Ufer. Nahm eine Dose Miller High Life aus einem Sixpack, das am Ufer lag. Machte sie auf. Kippte das Bier runter. Fragte sich, was er mit der Leiche machen sollte.

Er zerdrückte die Bierdose und machte noch eine auf. Nahm einen langen tiefen Schluck, schloss die Augen, schüttelte den Kopf und lachte. Spürte, wie das Gefühl, ein Leben ausgelöscht zu haben, durch seine Adern aufstieg.

Da er direkt über ihr stand, konnte er schlecht behaupten, sie sei ertrunken, dachte er und blickte ihr in die starrenden Zellophanaugen. Der Schock, der ihre kreideweißen Wangenknochen abgeschliffen hatte. Die blauen Flecken, die sich bereits wie Tintenkleckse an ihrem Hals und ihren Handgelenken bildeten. Das nasse geblümte Kleid mit den beiden perfekten Rundungen, die eine liegende Acht darunter bildeten. Er sagte sich: »Selbst im Tod noch schön.«

Bishop erinnerte sich, wie sein Vater und er hier in der Gegend geangelt hatten, seit er eine Schnur an einer Rute und einen Köder an einem Haken befestigen konnte. Erinnerte sich an all die Barsche mit den großen Mäulern, den blauen Kiemen so groß wie eine Hand und an die Katzenwelse, die sie gefangen hatten. Er zog eine Zigarette aus seiner Hemdtasche, die nicht nass geworden war. Dazu ein trockenes Ohio-Blue-Tip-Streichholz. Kniete nieder, zündete es an. Ließ seine Lungen Kohle fördern, während seine Augen dem Fluss stromabwärts folgten. Als er den Rauch ausblies, stand es ihm so klar vor Augen wie eine Vision seines Schöpfers; eine Grube so tief, dass sich selbst die Dunkelheit darin verlor, ein unbezeichnetes Grab Christi.

Er folgte dem Trampelpfad voller Stiefelabdrücke mitten durch das verdorrte Gestrüpp, das mit Fischgräten und zerdellten Bierdosen zugemüllt war, bis zum Schotter der Talstraße oben, wo sein rostiger Chevy stand. Er sah in beide Richtungen ins Tal hinunter, entdeckte nirgendwo am Straßenrand ein Fahrzeug. Ging noch ein Stück weiter, blieb aber nicht stehen. Er hatte keine Zeit zu verlieren.

Er öffnete die Tür seines Trucks, zog die Jutesäcke hinter dem Sitz hervor, in denen er die Waschbären, Kaninchen oder Eichhörnchen transportierte, die er während der Jagdsaison schoss. Nahm die rostige Holzfällerkette. Zog eine Zange aus dem Handschuhfach. Ein Stück Stacheldraht vom Boden. Er sah noch einmal die Straße rauf und runter, blieb still stehen, ein Windstoß kratzte ihm übers Gesicht, riss ein paar lose Zweige aus den umstehenden Bäumen, deren Blätter allmählich die Farbe von Kürbissen annahmen, während sein Herz gegen sein Trommelfell hämmerte. Ringsum niemand außer ihm. Wieder unten am Flussufer, füllte er die Jutesäcke mit flachen Feuer- und Kalksteinen. Band sie zu. Schob sie unter Christis nasses Kleid. Erinnerte sich, dass ihre Haut nach Cider roch. Er band den Draht um ihren mehlfarbigen Körper, dachte daran, wie sie sich auf dem Vordersitz seines Trucks an seiner Brust gerieben hatte, zog den Draht mit der Zange fest. Die Stacheln rissen ihr die Haut auf. Bildeten winzige rote Bäche, die ihre Schönheit überzogen. Er verstärkte das Gewicht noch mit der rostigen Holzfällerkette, die er um sie schlang und an den Enden verhakte. Er zog ihren steifen Körper stromabwärts, wie ein kleines Boot. Bis er an das Angelloch kam, das er aus seiner Jugend kannte. Wo, wie sich Bishop erinnerte, ihm sein Vater, als sie dort knietief im Wasser standen und in das dunkelgrüne, fast schwarze Loch starrten, gesagt hatte, dass dies genau der richtige Ort sei, falls man mal was zu verstecken hätte.

Er wischte sich den Schweiß von der Stirn, betrachtete ihre Locken, die sich ausbreiteten, während ihr der rauschende Fluss das Kleid über die Schenkel schob, über die er gestern noch mit den Händen gefahren war, als sie ihm die Gürtelschnalle geöffnet und sich ihre Münder getroffen hatten, und er zwinkerte, aber ihre toten Augen zwinkerten nicht zurück, sie durchbohrten ihn. Und er sagte: »Ich hatte keine andere Wahl.« Und er hoffte, ihm würde vergeben werden.

Er schob sie in das undurchdringliche Schwarz. Tauchte mit ein, leitete ihren sinkenden Körper, das kalte Wasser ließ seine Knochen erstarren, brannte in seinen Gelenken. Bis ganz auf den Grund, wo seine Hände einen glatten überstehenden Flussfels ertasteten, unter den er sie klemmte. Ein Hohlraum wie gemacht für einen menschlichen Körper. Mit geschlossenen Augen schob er ihren Leichnam hinein, bis er den Fels an seinen Schultern und im Gesicht spürte, schob sie mit beiden ausgestreckten Armen in die unbekannte Leere.

Er tauchte auf, mit dem schmerzhaften Bedürfnis nach Luft, die Lungen verkrampft und aufgeblasen. Hatte das Gefühl, durch die Bremsleitung eines Traktors zu atmen.

Bishop setzte sich am Flussufer in den Sand und warf Feuersteine. Seine Kleider trieften in der Abendsonne. Seine

Zähne klapperten. Er sagte sich, er habe seine Familie vor der Schande seiner Verfehlungen schützen müssen.

Irgendwo oben an der Straße hörte er, wie eine Fahrzeugtür zuschlug. Und entfernt das Warmlaufen eines Motors, der unten im Tal verschwand.

Das Essen stand dampfend auf dem Nussbaumtisch. Bishop hatte die nach Fluss stinkenden nassen Klamotten ausgezogen, war frisch aus der Dusche gekommen und schaufelte jetzt gebackenen Kohl. Nahm sich einen gebutterten Maiskolben. Dann packte er sich zwei gebratene Schweinekoteletts auf den Teller, fragte sich, ob seine Frau Melinda darauf wartete, dass er seine Sünden gestand. Was er den ganzen Sommer nach der Arbeit in der Möbelfabrik getrieben hatte. Worunter er heute einen Schlussstrich gezogen hatte. Der Körper, den er auf dem Grund des Flusses versteckt hatte.

»Bist du Fenton begegnet, als du angeln warst?«

»Nein, wieso?«

Melinda stand am Herd, drehte das Gas auf und entzündete eine blaue Flamme. Ging mit einer Lucky Strike zwischen den Lippen in die Knie und inhalierte. Sah mit ihren haselnussbraunen Augen Bishop direkt in seine blauen. Er dachte, vielleicht könne sie die Seele der toten Frau in seinem starren Blick treiben sehen.

»Er wollte heute Abend im Blue River fischen gehen.«

»Hab keine Spur von ihm gesehen, keine Ahnung, wo der Junge fischen war. Wenn er überhaupt fischen war. Wahrscheinlich war er wieder mit dem Beckhart-Jungen saufen.«

»Du musst grad reden, du hast selbst gesoffen.«

»Hab mir paar genehmigt, ich bin vierundvierzig, keine zwanzig, und ich verstoß gegen kein Gesetz.«

»Ist schon das dritte Mal diese Woche, früher war's nur am Wochenende.«

»Mach dir lieber Sorgen um den Jungen und was der treibt. Ich zahl nicht noch mal Kaution und hol ihn aus dem Knast raus.«

»Er müsste jeden Moment zuhause sein, der lässt sich keine Mahlzeit entgehen, die ihm seine Mutter kocht.«

Während sie sprach, hörten sie den Truck ihres Sohnes draußen vorfahren, die Reifen rutschten weg, die Lenkung quietschte, als er zum Stehen kam.

Die Fliegengittertür ging auf und fiel wieder zu. Fenton kam in die Küche getrampelt, die rostbraunen Haare zurückgekämmt. Ein Gesicht wie das von Bishop, als dieser noch jünger war. Wie glattgeschliffenes helles Holz. Nur dass das Alter aus Bishops jetzt unbehandeltes graues gemacht hatte, das durch Schmirgeln nur noch schneller altern würde.

»Hab dir doch gesagt, der lässt sich's nicht entgehen, wenn seine Mama kocht.«

Aber ihre Worte verhallten im Nichts. Bishop stieß mit der Gabel laut klappernd an seinen Keramikteller, schlitterte auf seinem Stuhl zurück, ließ die Füße der Holzbeine über das Linoleum kreischen, während er gekünstelt hustete und zur Eingangstür schoss. Er stand vor Fenton, blickte ihm direkt in die Augen, zuckte vor Wut. Der Wahnsinn, der Bishop am Blue River erfasst hatte, wuchs sich zu einem Schwarm Bienen aus, die daran gehindert wurden, ihr Honignest zu versorgen. »Wo warst du, Junge?«, knurrte er.

Stille. Dann: »Bin rumgefahren.«

»Wieder mit diesem Beckhart-Jungen? Arbeitest du nicht mehr?«

Fenton schlich um seinen Vater herum, unverschämt genug, dessen Blick zu erwidern, und seine Stiefel hinterließen eine Schmutzspur auf dem abgewetzten Linoleum bis zum Spülstein. Melinda schüttelte den Kopf. Fenton drehte das Wasser auf und fing an, sich mit einem Stück Seife die schmatzenden Hände einzuschäumen. Er hatte oft gesehen, wie sein Vater Hühnern die Hälse umgedreht, Kaninchen und Eichhörnchen erschossen hatte. Wie er, die Klinge in der einen Hand, ihre weißen Bäuche aufgeschlitzt und ihnen mit den Fingern der anderen die violetten und beigegrauschimmernden Eingeweide herausgerissen hatte. Dasselbe hatte er mit Barschen und Brassen gemacht. Hatte Lebewesen getötet, damit Fleisch in die Kühltruhe und auf den Tisch kam. Er kniff die Augen zu, wusste, dass er bis heute nie zuvor gesehen hatte, wie sein Vater einem Menschen das Leben genommen hatte. Und während er in der vorangegangenen Stunde über Nebenstraßen durchs County gefahren war, hatte er versucht, Sinn in das zu bringen, was er seinen eigenen Vater hatte tun sehen: Christi ermorden.

Zwischen dem Resopaltresen und dem perlweißen Kühlschrank sagte Fenton: »Hatte heute frei, musste keine Einkäufe in Tüten packen, also bin ich in der Gegend rumgefahren.«

Bishop machte den Mund auf, ohne nachzudenken, und fragte: »Wo bist du rumgefahren?«

Fenton hängte das Handtuch wieder an den Haken und malte sich aus, wie kalt das Wasser gewesen sein musste, das die vierzig Jahre alten Knochen umspült hatte. Allein vom Zusehen aus dem sterbenden Gestrüpp heraus war er steif geworden wie ein Totempfahl aus Panik. Er drehte sich um und starrte den Mann an, den er seit zwanzig Jahren »Vater« nannte. Fragte sich, was ihn dazu getrieben hatte, seine eigene Verwandte zu töten. Eine Meinungsverschiedenheit? Geld? Das konnte er sich nicht vorstellen, er hatte nie mitbekommen, dass auch nur ein einziges unfreundliches Wort zwischen ihnen gefallen war. Immer nur Lachen und alberne Späße. Christi war die einzige Frau, die er kannte, die Bier trank, fischte und sogar jagen ging.

In dem Moment sagte Fenton zu Bishop: »Ich war unten am Blue River, hab angehalten, wollte zu dir …«

Bishop sah's in Fentons Augen, die Angst vor dem, was er seinen Vater hatte tun sehen. Er hob die Stimme und sagte: »Am Blue River? Warst wieder saufen und bist rumgefahren, hab ich Recht?«

Melinda stand ausdruckslos da, sah und spürte die Spannung im Raum, die sich steigerte, ihr die Luft zum Atmen nahm, und sie fragte: »Fenton, willst du deinem Vater nicht antworten?«

Fenton konnte nicht fassen, wie seine Mutter und sein Vater reagierten, und war völlig verwirrt, als er seinen eigenen Namen hörte. Seine Lippen sahen aus, als hätte er ein Stück verfaultes Obst gegessen, das jetzt in seinen Eingeweiden gärte. Fenton wollte den Satz beenden und sagte: »Ich hab dich unten am Blue River gesehen, wie du …«

Bishop trat näher an Fenton heran, fixierte die Flasche Early Times hinter ihm auf der Anrichte und fiel ihm erneut ins Wort: »Junge, du bist so krank, kommst noch vor Sonnenuntergang sternhagelvoll hier rein. Hast deine Lektion immer noch nicht gelernt, oder?«

Fenton versuchte, noch einmal etwas zu sagen: »Hab gesehen, was du getan …«

Hart und grob wie trockene Erde, presste Bishops Hand das Blut aus Fentons Mund. Bishop drückte Fenton gegen die

Anrichte. Asche und Tabak stoben auseinander, als Melinda ihre Zigarette aufs Linoleum fallen ließ. Bishop griff hinter Fenton nach der Flasche Early Times. Stieß sie Fenton vors Gesicht.

»Du hast gesehen, was ich getan hab? Dann wär's schön gewesen, wenn du mir geholfen hättest.«

Melinda schrie: »Was hat er gesehen? Was hast du gesehen, Fenton?«

»Hat gesehen, wie sich sein Vater den Arsch aufgerissen hat. Der verfluchte Katzenfisch hat mich umgeschmissen. Hätte mir fast den Kopf aufgeschlagen. Deshalb war ich auch pissnass, als ich nach Hause gekommen bin. Aber unser Junge hier war natürlich zu beschäftigt, sich die Flasche an den Hals zu hängen, als dass er seinem alten Herrn hätte helfen können.«

Bishop inhalierte die Luft von Fentons aufgesprungener Lippe, grinste dreckig und sagte: »Ich kann's so deutlich an dir riechen wie frische Jauche auf 'nem Acker.«

Und das konnte er wirklich. Fenton hatte ein paar alte Biere gekippt, die er unter dem Fahrersitz versteckt hatte. Hatte versucht, seine Nerven zu beruhigen, nachdem er seinen Vater beobachtet hatte. Und schnell, wie eine Mokassinschlange ihre Giftzähne in ihre Beute schlägt, rammte Bishop seine geballte linke Faust Fenton in die T-Shirt-Brust. Wirbelte ihn in einem unvollständigen Radius herum und auf den Küchentisch, der mitsamt dem dampfenden Essen und den Keramiktellern über das Linoleum schlitterte. Melinda schrie: »Nein! Aufhören!« Fenton kam schnell vom Tisch runter. Traf auf Bishops Rückhand. Angst trieb ihn zur Fliegengittertür hinaus. Blut, so warm wie gebratenes Speckfett, tropfte ihm von der Nase. Er trat auf den Kiesbeton des Gehwegs hinaus. Bishop folgte ihm barfuß und fluchend. »Lauf, du charakterloser Hurensohn, lauf.«

Wie viel hatte dieser faule, nutzlose Säufer von Sohn wohl gesehen, gehört?

Bishop schraubte den Deckel von der Flasche Bourbon. Wie ein Walkerhound, der sich festbeißt, packte er Fenton an der Schulter und schleuderte ihn herum.

»Du willst trinken, dann trink.«

Bishop kippte Fenton Bourbon ins blutverschmierte Gesicht. Er brannte in seiner Nase und auf den Lippen.

Aus der Küche schrie Melinda: »Aufhören!« Bishop hob die Stimme und sagte: »Halt dich da raus.«

Der Wahnsinn vom Blue River durchfuhr Bishop erneut. Er prügelte Fenton vom Gehweg. In seinen Augen war Fenton nicht mehr sein eigen Fleisch und Blut, er war wie Christi, eine Bedrohung seiner alltäglichen Existenz. Er würde ihm die Zunge rausreißen oder ihn töten, wenn's drauf ankam.

Bishop packte Fenton mit der linken Hand an der Kehle. Warf ihn gegen eine der Ulmen auf dem Hof. Fentons Gesicht schwoll rot an. Luft hämmerte in seinen Lungen, löste sich von seinen aufgesprungenen Lippen.

Bishop drehte die Flasche mit seiner Rechten um, öffnete Fentons Mund mit der Linken und kippte ihm Bourbon in die blinzelnden Augen und ins sabbernde Maul.

»Gefällt dir das, Junge? Willst du trinken, nach Hause kommen und respektlos zu mir sein, deiner Mutter Kummer machen? Dir werd ich's zeigen.«

»Hör auf, du Arschloch.«

Bishop ließ die Flasche fallen. Zog sein Case-XX-Taschenmesser heraus. Fuhr mit dem Daumen über die Klinge, mit der er schon so einige Waschbären, Eichhörnchen und Kaninchen gehäutet und ausgenommen hatte. »Mach ahhh, Junge!«

Fentons Hände umschlossen Bishops Suppenknochenhandgelenk, und er blickte zu Boden. Sah Bishops nackte Füße und stampfte auf.

Bishop fluchte: »Drecksau.« Ließ das Messer fallen. Machte einen Schritt zurück. Hob die Füße, als stünde er auf geschmolzenem Blei. Fenton folgte ihm wie ein Schwein, das sich in Scheiße suhlt. Stampfte mit den Füßen auf. Rammte Bishop die Faust ans Kinn. Zähne bissen aufeinander, hackten in die Zunge. Bishop spuckte Blut dicker als braune Bratensauce. Fenton packte die leere Flasche Early Times. Zerschlug sie auf Bishops Gesicht. Warf ihn zu Boden. Wo er sich auf allen vieren krümmte, den Kopf schüttelte und Blut spuckte.

Verwirrtheit und Wut pochten in Fentons Herz. Er hob den Stiefel, trat Bishop zwischen die Rippen. Sah, wie roter Speichel aus dessen Mund floss. Fenton dachte an den Truck, den er ein Stück vom Blue River entfernt, draußen vor der alten Scheune, geparkt hatte, in der Rudy Sawheaver sein Heu unterbrachte. Anschließend war er zurückgegangen und hatte seinen Vater überraschen wollen, wurde stattdessen aber selbst überrascht. Er hatte Bishop knietief im grünen Fluss stehen sehen, die Leiche trieb zwischen den Beinen seines Vaters.

Von verdorrtem Gestrüpp verborgen, beobachtete Fenton, wie Bishop den Leichnam ans Ufer zerrte. Sah das bleiche Fleisch der Frau, das Blümchenkleid, die nassen, rußfarbenen Locken, die ihr im Gesicht klebten. Der Anblick wurde von Wimpernschlägen unterbrochen, und er setzte, was er sah, zu einem Bild seiner Cousine Christi zusammen.

Fenton trat Bishop immer wieder mit den Stiefeln zwischen die Rippen. Die Venen seitlich an Bishops Hals wurden so dick wie Regenwürmer, die unter vergammeltem Holz hervorquellen. Er hob eine Hand an seine Kehle. Er keuchte und stöhnte. Fenton erinnerte sich, wie Bishop Christis Leiche in den Fluss gezogen hatte, bis er sie nicht mehr sehen konnte. Fenton hatte starr vor Panik im Gestrüpp gestanden.

Bishop riss seinen grauen irren Schädel hoch, suchte Fenton. Der hatte sein Knie gehoben, ließ seinen Stiefel auf Bishops Gesicht niedergehen und kniete sich neben ihn, bewegte seinen Mund neben das Ohr seines Vaters. »Du sagst mir jetzt die Wahrheit, warum du Christi ermordet hast. Los, sag's.«

Bishops Umrisse zeichneten sich grobkörnig auf dem Boden ab, ausgestreckt mit dem Gesicht nach unten lag er reglos da. Eine Lache aus Blut bildete sich um seinen Schädel. Fenton berührte den Nacken seines Vaters, spürte einen Puls, bekam aber keine Antwort.

Hinter ihnen wurde die hölzerne Fliegengittertür zugeschlagen. Ein dumpfer Schlag traf Fenton am Hinterkopf. Ließ schwarzen Schmerz darin vibrieren. Raubte ihm Sicht und Halt. Ließ ihn auf die Erde neben seinen Vater fallen. Es war der Kolben einer 12-Kaliber in den Händen seiner Mutter Melinda, die sich fragte, was ihr einziges Kind getan hatte.

»Ist schon eine Woche her, und die Cousine von deinem Vater ist immer noch verschwunden.«

»Die ist irgendwo im Blue River, wenn ich's dir nicht erzählt hätte, würdest du nicht mal wissen, dass sie weg ist.«

»Junge, wir haben den Fluss zwei Meilen in der einen und zwei Meilen in der anderen Richtung durchkämmt. In jeder Ecke und Ritze nachgesehen. Und einen Scheiß gefunden.«

»Ich hab gesehen, wie mein Vater ihre Leiche mit Steinen beschwert, eine Holzfällerkette drumgewickelt und sie in den Fluss gezogen hat.«

»Das kauf ich dir nicht ab, zwischen den beiden ist nie auch nur ein böses Wort gefallen. Wenn jemand eure Cousine ermordet hat, dann glaube ich, dass du es warst.«

»Warum sollte ich sie töten?«

»Keine Ahnung. Lust, Geld? Vielleicht hat sie gesehen, wie du was gemacht hast, was du nicht hättest machen sollen.«

»Zum Beispiel?«

»Werden wir wahrscheinlich nie erfahren, weil wir sie nicht mehr fragen können. Ich weiß nur, du hast getobt wie wild und nach Whiskey gestunken, als wir dich hergebracht haben. Die Deputies haben leere Bierdosen auf dem Boden von deinem Truck gefunden. Kippenpäckchen unter dem Sitz, dieselbe Marke, die wir auch am Flussufer gefunden haben.«

»Hab doch schon gesagt, Vater hat mir den Whiskey übergekippt.«

»Whiskey oder Bier, spielt keine Rolle, beides hattest du in dir und auf dir drauf. Deine Mutter sagt, du bist nach Haus gekommen, hast dich komisch benommen, bisschen betrunken. Sagt, du hast Streit mit Bishop angefangen.«

»Angefangen? Die ist irre, ich hab mich nur verteidigt.«

»Fenton, ich frage mich, wenn du gesehen hast, wie Bishop Christi in den Fluss gezerrt hat, wieso hast du nicht versucht, ihn dran zu hindern? Oder bist zu mir gekommen?«

»Hab schon gesagt, dass ich unter Schock war, hab nicht

gewusst, was ich tun soll. Außerdem hast du mir immer schon das Leben schwergemacht.«

»Kleiner, du kriegst denselben Respekt von mir wie ich von dir.«

Fenton stand hinter Gittern, fleckig vom Gestank sabbernder Säufer und Frauenverdrescher, gekleidet in verwaschene schwarz-weiße Countyknaststreifen. Eine Pritsche war an der Wand befestigt. Aus der Toilette hinter ihm stank es nach Pisse.

Auf der anderen Seite stand Sheriff Koons in Khakiklamotten. Eine Insel aus grauem Haar schmiegte sich an seinen Hinterkopf, passend zum Schnurrbart. Zwei tiefe Falten zogen sich über seine Wangen. Er blickte in Fentons müde babyblaue Augen, sagte, ich will dir was sagen, Fenton. Ich kenne Bishop so lange, wie es in Harrison County Autos gibt. Das ist ein hart arbeitender alter Sack. Du, andererseits, wurdest schon ein- oder zweimal mit diesem Beckhart-Jungen beim Saufen erwischt, und neulich hast du an der Tankstelle das Klo demoliert. Hast dich mit meinem Deputy angelegt. Dazu kommt, dass du deinen Vater in den Rollstuhl geprügelt hast. Du bist ein Pulverfass. Deine Aussage ist so viel wert wie ein preisgekröntes Rennpferd mit kaputten Gelenken und schiefer Hüfte. Völlig unbrauchbar. Deshalb wirst du wegen versuchten Mordes angeklagt.«

Koons Worte verhallten, bevor sie Fentons Ohren erreichten. Ungerührt von der Anklage gegen ihn, ließ sich Fenton auf die Matratze fallen, die sich anfühlte wie Beton. Kalt und hart. Und er fragte sich immer noch, was Bishop mit Christis Leiche gemacht hatte.

Der Unfall

Das Telefon in einer Hand und ein Freizeichen am anderen Ende der Leitung, wachte Stanley immer wieder auf. Zwischen jedem Klingeln versank er in einen Traum, in dem er von einem Sattelschlepper gezogen wurde und vom Milliardär zum Penner abstieg.

Als die »Fickretärin« des Arztes fragte, warum er einen Termin haben wolle, erzählte ihr Stanley von seiner Angst. Depressionen. Vielleicht sogar ein Schockzustand. Suchen Sie sich's aus. Stanley fragte sich, warum ein Patient nicht seinen Arzt anrufen und sagen darf, ich fühl mich heute einfach scheiße.

Fickretärin – so nannten er und seine Frau Ingrid die Sekretärin des Arztes, weil das ihr Beschäftigungsverhältnis wohl am besten beschrieb.

Am Telefon fragte die Fickretärin, ob er schon einmal wegen dieser Symptome beim Arzt gewesen sei?

»Bei Ihnen in der Praxis«, sagte er, »vor ein paar Wochen.«

Stanley klemmte sich den Hörer zwischen Ohr und Schulter und blickte in den Badezimmerspiegel, die Augenwinkel noch voller Schlafkruste. Sein strähniges Haar erinnerte an geschmolzenes Gummi und stand in alle Himmelsrichtungen ab. Als er jünger war, hatte er sich über solche Leute lustig gemacht.

Die Fickretärin sagte: »Hat er Ihnen gesagt, dass Sie einen weiteren Termin vereinbaren sollen?«

Zum Plaudern rief er jedenfalls nicht an. Manchmal begriff Stanley diese Leute nicht, diese Orte und Dinge. Diese ganzen Substantive. Er kannte die Definitionen nicht.

»Ja«, sagte er zu ihr.

»Name?«

»Stanley, Stanley Franks.«

»Geboren am?«

»2. Februar 1970.«

»Und Sie wohnen 337 Kennedy Drive?«

»Das ist richtig.«

»Morgen um zehn? Passt Ihnen das?«, fragte sie.

»Nein, tut es nicht. Ich brauche heute einen Termin.«

»Tut mir leid, Dr. Towell hat heute keinen Termin mehr frei.«

Gedämpft hörte er sie sagen, das sei der Bi-polare.

»Was zum Teufel soll das heißen, bi-polar?«, brüllte er. »Ich bin nicht bi-irgendwas, weder polar noch sexuell. Ich bin ein Homo sapiens. Ein heterosexueller weißer Mann.«

Jetzt erklärte sie's: »Das ist ein Zustand.« So nannte sie das.

»Aha, verstehe, Sie halten mich also für einen Spinner. Einen Geisteskranken.«

Jetzt entschuldigte sie sich. Sagte: »Ich wollte damit nicht sagen, dass ich Sie für geistesgestört halte, Mr. Franks.«

»Doch, das wollten Sie sagen, Sie wollten sagen, dass ich nicht alle Tassen im Schrank habe. Passen Sie auf, Lady, ich glaube, ich kann Sie nicht besonders gut leiden.«

»Na gut, vielleicht kann ich Sie heute noch irgendwo dazwischenschieben, Mr. Franks.«

»Heute?«

»Ja, Sir. Wie sieht's aus in zwei Stunden?«

»Ich werde da sein.«

Stanley drückte auf die Taste, um das Gespräch zu beenden, und dachte, was man nicht alles machen muss, um einen Termin bei seinem Arzt zu bekommen. Bevor man sich's versieht, landet man in der Anstalt oder bei einer Selbsthilfegruppe und rennt sabbernd und mit Lätzchen durch die Gegend. Auf dem Rücken ein Namensschild mit der Aufschrift: Loser.

Er lief durchs Haus und dachte: Das Problem an meiner Frau ist, dass sie eigentlich kaum noch da ist. Entweder ist sie schon bei der Arbeit, wenn ich aufwache, oder ich liege schon im Bett und schlafe, bevor sie nach Hause kommt. Er hängte ihr ein Post-it hin, schrieb drauf: »Ingrid, bin beim Arzt. Komme später. Stanley.«

Als er sich am Empfang meldete, erklärte Stanley, er sei weder bi-polar noch sonst eine Transe. Im Wartezimmer erzählte ihm anschließend eine alte Rosine von einer Frau, die neben ihm saß, dass ihr Schließmuskel bereits dreimal repariert werden musste. Er sah sie an und sagte: »Ihr Arschloch wurde dreimal geflickt?«

»Ja«, sagte sie. »Mein Schließmuskel.«

Ihr Gesicht ähnelte Brownies, die viel zu lange im Ofen gewesen waren, und es war mit genug Lippenstift und Eyeliner bemalt, um die Lagerbestände von Revlon aufzufüllen. Ihre Haare waren so häufig gefärbt worden, dass sie als Sicherheitsrisiko gelten mussten. Er sagte: »Gibt's da keine Obergrenze?«

Ihre Regenbogenlider lösten sich beinahe von ihren Augen, als sie etwas nuschelte und sich irgendwo anders, außerhalb seines Blickfelds, hinsetzte.

Dann kam das Wiegen, Blutdruck- und Temperaturmessen. Er hatte abgenommen, kein Fieber, aber sein Blutdruck war leicht erhöht.

In dem kleinen schachtelartigen Wartezimmer mit der Edelstahlspüle und der Untersuchungsliege kam er sich vor wie in einer Gefängniszelle. Unter Quarantäne gestellt. Durch den Spalt unter der geschlossenen Tür sah er draußen auf dem Gang Schatten durchs Licht eilen. Halbsätze aus Unterhaltungen, Stimmen, die er nicht erkannte, drangen zu ihm durch. Wenn die doch bloß ihre verdammten Mäuler halten könnten. Stattdessen schloss er die Augen, biss die Zähne aufeinander und ging auf dem karierten Fußboden auf und ab.

Als Dr. Towell den Raum betrat, war Stanley in einem Zustand, dass er sich vorstellte, er würde seine Hände um Towells Hals legen.

Und Towell sagte: »Wie geht's uns denn heute, Stanley?« Wenn er Fragen wie diese stellte, zweifelte Stanley an seiner Kompetenz. Das hier war eine Arztpraxis. Er war der Arzt.

»Seit dem Unfall«, sagte Stanley, »nicht mehr so gut.«

Der Arzt machte ihm ein Zeichen, sich zu setzen, und sagte: »Was stimmt denn nicht?«

Dr. Towells zusammengewachsene Augenbrauen anstarrend, fing Stanley an, alles Mögliche auszuschließen: »Alles, woran ich denken kann, sind Menschen, die mir den Stinkefinger zeigen. Ich träume sogar von einem abgetrennten Arm in einem Anzug von Armani, der mich an meiner Arbeitsstelle durch die Gänge jagt. Mich in einen Fahrstuhl zwingen will. Dann wache ich auf, zeige mir selbst den Stinkefinger und beschimpfe mich als trauriges Arschgesicht.«

»Wie lange geht das schon so?«, fragte er.

»Seit meinem letzten Besuch bei Ihnen vor ein paar Wochen, aber manchmal schreie ich bei der Arbeit einfach, nein, nein, ich nicht! Ohne Grund. Wenn ein Telefon klingelt, bleibt mir fast das Herz stehen. Kollegen wollen mit mir sprechen und ich fahre sie an: ›Wer hat euch erlaubt, den Mund aufzumachen?‹«

So wie er jetzt gerade den Arzthelferinnen, die im Gang hin und her rannten, sagen wollte, dass sie verdammt noch mal die Klappe halten sollten. Nur dass er Dr. Towell davon nichts erzählte.

Dr. Towell, in dessen Haaren winzige weiße Schüppchen hingen, sagte: »Also arbeiten Sie wieder?«

»Ja.«

»Obwohl ich Sie sechs Wochen lang krankgeschrieben habe?«

Zunehmend gereizt erwiderte Stanley: »Ja.«

Dr. Towell überlegte und fragte: »Sind Sie seit dem Unfall noch mal Fahrstuhl gefahren?«

»Nein«, sagte Stanley. »Ich nehme jeden Tag die Treppe. Hab sogar eine Unterschriftenliste rumgehen lassen, damit die Leute den verfluchten Fahrstuhl nicht mehr benutzen.«

»Hat's was gebracht?«

»Nein, hat es nicht. Die Leute, mit denen ich zusammenarbeite, sind so unsensibel, was meine Genesung angeht. Das sind Lobbyisten einer Generation, die erwartet, dass alles auf Knopfdruck funktioniert. Ich hatte wirklich gedacht, es wäre in Ordnung, wenn ich wieder arbeiten gehe. Ich hatte gedacht, ich würde drüberstehen.«

»Vollkommen verständlich«, sagte der Arzt. »Aber so was braucht Zeit, Sie leiden unter PTBS, einer posttraumatischen Belastungsstörung. Das ist ein Krankheitszustand, der dadurch verursacht wird, dass man Zeuge eines entsetzlichen Ereignisses wird.«

»Toll«, sagte Stanley, »ich bin also ein Spinner. Ein Penner, nicht für die Reproduktion geeignet.«

»Nein«, sagte Towell schmunzelnd. »Sie machen nur eine schwere Zeit durch.«

»Das tu ich auf jeden Fall, man träumt ja nicht jeden Tag, dass man an seinem Arbeitsplatz von einem abgetrennten Körperteil gejagt wird.«

»Ich werde Ihre Dosis Zoloft erhöhen, und dann empfehle ich Ihnen einen guten Psychiater. Ich werde mich heute noch mit ihm in Verbindung setzen, ihn bitten, mich nach dem ersten Gespräch mit Ihnen zu kontaktieren, um zu besprechen, welche Medikamente er verschreibt, wenn Ihnen das recht ist?«

Was bleibt mir anderes übrig, fragte sich Stanley und sagte: »Toll, jetzt bin ich schon ein wissenschaftliches Projekt der Medizinergemeinde, ich meine, Sie erhöhen meine Dosis, das bedeutet aber auch, dass die Nebenwirkungen schlimmer werden, der unruhige Magen, der trockene Mund, die Verstopfung und die nervösen Zustände. Das hab ich alles schon«, sagte Stanley. »Wollen Sie, dass es mir besser oder schlechter geht?«

Stanley glaubte, dass man alles hinterfragen musste, sonst endete man zahnlos in Tijuana, nuckelte mit einem Kerl namens Valdez an einem Corona und konnte sich nicht erinnern, wie man dort gelandet war.

»Die treten nur vorübergehend auf«, sagte Towell.

»Das haben Sie bei meinem letzten Besuch auch über die Kopfschmerzen gesagt.«

»Haben Sie noch Kopfschmerzen?«

»Nein.«

»Möglich, dass Sie von den Nebenwirkungen gar nichts mitbekommen. Außerdem sollten Sie zusehen, dass Sie sich bewegen. Dass hilft auch, Stress abzubauen.«

Stanley schüttelte Towells Hand und ging raus auf den Flur, wo die Mitarbeiter sich lautsprecherlaut unterhielten und Stanley an nichts anderes denken konnte, als jemandem einen Bleistift ins Auge zu rammen, um Stress abzubauen.

Es war jetzt einige Monate her. Stanley hatte zugesehen, wie sein Spiegelbild in der Mitte aufgetrennt wurde. Die verchromten Türen öffneten sich. Ein Atom in zwei Hälften. Ein Mann wollte gerade den Fahrstuhl betreten, als die Türen sich wieder schlossen. Der Mann machte panisch einen Schritt zurück, doch sein Arm war zwischen den Türen eingeklemmt, während der Fahrstuhl sich nach oben in Bewegung setzte. Der Mann zog an seinem Arm, konnte ihn aber nicht befreien. Stanley stand im Fahrstuhl. Der Fahrstuhl fuhr nach oben, immer weiter nach oben. Stanley packte mit einer Hand den Arm des Mannes und wollte ihn rausschieben, mit der anderen Hand zog er an der Tür, wollte sie öffnen, und der Mann schrie.

Nein, er brüllte: »Tu was!«

Stanley packte den Arm mit einer Hand, drückte mit der anderen auf alle möglichen Knöpfe, und der Mann zog seinerseits an seinem Arm und brüllte: »Du blödes kleines Arschloch, was hast du vor?«

Eine Glocke ertönte, das Signal für einen Nothalt, nur hielt der Fahrstuhl nicht. Nichts funktionierte.

Stanley schrie panisch: »Ich hab den scheiß Fahrstuhl nicht erfunden!«

Der Mann zeigte Stanley den Finger. Streckte ihm den Muschigriffel entgegen. Stanley schob an seinem Arm herum und dachte, das bringt nichts.

»Du blödes Arschloch!«, sagte der Mann. »Lass los!« Irgendetwas in Stanley veränderte sich in diesen Augenblicken. Etwas wurde abgeschaltet, und etwas anderes sprang an. Und Stanley dachte, dieser Mann ist ein undankbares Stück Scheiße. Ein Kackbrocken, den man nicht aus dem Arsch bekommt. Stanley ließ den Arm des Mannes los, versuchte, die Türen mit beiden Händen aufzuhebeln, und durch den Spalt dazwischen sah er das Gesicht des Mannes, schweißnass und rot wie ein kandierter Apfel, und er streckte Stanley immer noch den Stinkefinger hin. Der Fahrstuhl ruckelte, während er sich Zentimeter für Zentimeter nach oben bewegte, und je mehr Stanley an den Türen herumschob, desto fester schlossen sie sich. Als er sich hinkniete, sah er, dass der Mann auf den Zehenspitzen stand. Und der Mann schrie: »Du Arschloch!«

Das Letzte, woran sich Stanley an jenem Tag erinnern konnte, war jede Menge rotes Blut im Stockwerk obendrüber und dass er nach Hause wollte. Blut, wie man es in einem Schlachthaus sieht, wenn eine Kuh oder ein Schwein geschlachtet wurde. Und er dachte, jemand vom Roten Kreuz hätte es bestimmt gebrauchen können. Das ganze Blut.

Danach nahm Stanley alles nur noch bruchstückhaft wahr. Verkehrt herum. Irgendwas in seinem Kopf löste sich. Alles war fremd.

Als er den Mann mit geschlossenen Augen auf der Trage liegen sah, sagte Stanley zu ihm: »Sie müssen das von der positiven Seite betrachten, ohne den Arm wiegen Sie weniger. Sie dürfen umsonst parken und haben das Recht, öffentliche Behindertentoiletten zu benutzen, die viel größer sind als die normalen. Sie bekommen sogar ein besonderes Nummernschild.«

Der Mann sagte nichts.

Stanleys Frau sagte immer, man muss das Negative ins Positive verkehren. Aber danach war sie nicht mehr häufig zuhause gewesen. Sie war ihm nicht gerade das, was man eine Stütze nennt.

Es war nicht Stanleys Schuld. Als untersucht wurde, wo der Fehler lag, entdeckte der Inspektor des für die Zulassung und Sicherheit von Fahrstühlen zuständigen Kentucky Departments, dass die Sensoren, die verhindern, dass sich die Türen schließen, nicht richtig verkabelt und Kontakte defekt waren, die eigentlich hätten verhindern sollen, dass der Fahrstuhl hochfährt, wenn die Türen noch offen sind.

Die Rasenfläche draußen vor Stanleys Haus ist eine Stolperfalle, die ihm an den Gummisohlen seiner Adidas klebt. Aus dem Haus sind Ingrids Klamotten verschwunden. Die Schränke sind leer. Sämtliche Mary-Kay-Kosmetik-Produkte auf ihrem verspiegelten Schminktisch fehlen. Stanley schiebt einen elektrischen Rasenmäher vor sich her, irgendwie ist ihm seine Erinnerung abhandengekommen. Seine Frau hat nicht mal ein Post-it dagelassen. Das wäre doch normal gewesen. Allgemeine Regel des Anstands. Man lässt den anderen, ganz besonders einen Ehepartner wissen, wo man ist. Wie lange man wegbleibt.

Er schiebt den Rasenmäher vor sich her, während in den umliegenden Häusern immer mehr Lichter angehen. Das sind die, die Stanley als neugierige Nachbarn bezeichnet. Er will seinen Rasen mähen; er ist ganz und gar eingenommen von seinen Pflichten. Genesung. Der Arzt hat's empfohlen, man nennt es Bewegung, vielleicht sollten die das auch mal versuchen, anstatt bloß zu glotzen.

Beim Umrunden der Garage sieht er bei Brent einen Schatten hinter den Vorhängen. Brent Wallace und seine Frau Vickie sind Nachbarn, mit denen man Bier trinkt und an den Wochenenden gemeinsam grillt. Ständig reden sie über ihren Sohn Stevie, der gerne mit Handtaschen spielt und so tut, als wäre er ein Mädchen. Sie bezeichnen das als Phase.

Hinter Stanley lugen die Connleys durch ihre Doppelglasfenster. Sie haben ein Kind namens Kip. Ständig verfehlt er die erste Stufe hoch zur Veranda und knallt mit dem Gesicht zuerst auf den Boden. Dann heult er wie ein Weichei.

Gemeinsam ist ihnen allen, dass sie neugierige Arschgesichter sind. Die stecken alle unter einer Decke, wollen Stanley in den Wahnsinn treiben. Er ist der Ansicht, die sollten sich um ihren eigenen Scheiß kümmern. Oder ihm helfen, seine Frau zu finden. Er könnte natürlich seine Schwiegermutter anrufen. Aber das ist eine schlechte Idee, wenn man bedenkt, dass sie längst unter der Erde ist. Dann hätte sein Schwiegervater endlich einen guten Vorwand, ihn zu hassen. Schwiegereltern und ihre Abneigungen.

Brent steht auf der Veranda, eine große Silhouette vor hellem Licht. Jedenfalls glaubt Stanley, dass es Brent ist. Er brüllt etwas, aber Stanley kann es nicht richtig verstehen. Sieht er nicht, dass Stanley zu tun hat? Seine Stimme kann den großen Profirasenmäher nicht übertönen.

Stanley fragt sich, was Brent glaubt. Er hat zu arbeiten. Probleme zu lösen. Eine Frau zu finden. Und hinter Brent kommen noch mehr Nachbarn in ihren Nachthemden und Pyjamas mit Taschenlampen an. Sie bewegen die Lippen, und ihre Gesichter sind verzerrt vor Wut.

Wahrscheinlich wollen sie Stanleys neuen Rasenmäher borgen. Wenigstens können sie ihn alle hören. Carl wohnt gegenüber. Er ist der Grund, weshalb sich Stanley den neuen Rasenmäher zugelegt hat. Als Carl sich den alten geliehen hatte, hatte er nämlich das Öl nicht überprüft und das Gerät abgefackelt. Genaugenommen ist es explodiert. Dann hat sich Carl die Motorsense geliehen. Hat sie auf Hochtouren laufen lassen. Hat ähnlich geklungen wie Leatherface in Texas Chainsaw Massacre, wenn er eine Leiche zersägt. Hat Feuer gefangen. Hat das gesamte Viertel verräuchert. Nur weil jemand taub ist, muss er noch nicht dumm sein. Alle in der Gegend haben den Rauch gerochen. Jemand hat sogar die Feuerwehr gerufen. Eine Woche später schlief Carl mit einer brennenden Zigarette im Mund ein und fackelte seine Veranda ab.

Also, wer hier im Viertel lebt, wird bei der Hausratsversicherung als »Risikogruppe« gehandelt. Dieser Carl, das ist ein bescheuertes Arschloch.

Brent sieht in Stanleys Augen wie ein riesiger Leuchtkäfer aus, der einen Schwarm anderer Leuchtkäfer, alle mit wuchtigen Taschenlampen bewaffnet, zu Stanley führt.

Stanley hat keine Zeit für Smalltalk, seine Frau ist verschwunden, und er muss den Rasen mähen. Hat zu tun. Muss nachdenken.

Brent löst sich aus dem Rudel, leuchtet Stanley mit seiner Taschenlampe in die Augen, der Rasenmäher läuft noch, und

Stanley denkt, der vergeudet meine Zeit. Das muss eine Halogenlampe sein, Stanley kann nicht mehr erkennen als eine Silhouette. Seinen Umriss.

»Hey«, sagt Stanley. »Wenn du helfen willst, dann folge mir mit dem Licht, damit ich besser sehen kann.«

»Was zum Teufel machst du da?«, fragt Brent.

Stanley schüttelt den Kopf und denkt, Brent ist so ziemlich der Letzte, den man bei einer Scharade im eigenen Team haben will. Er sagt: »Na ja, einen Allergietest mache ich nicht, wonach sieht es denn aus? Ich mähe meinen Rasen.«

»Stanley«, sagt er. »Es ist zwei Uhr morgens, die Leute wollen schlafen.«

»Aha, verstehe, jetzt sind also alle anderen wichtiger als ich.«

Er weicht vor Brent und den anderen Nachbarn zurück, der Rasenmäher, läuft immer noch, aber einer der Schritte ist kein Schritt, es ist ein Ausrutschen. Ein Fallen. Den Fuß unter dem Rasenmäher, spürt er eine Welle aus Schmerz gefolgt von einem Gefühl von Benommenheit. Der Bedienschalter ist fixiert und der Kontrollhebel nach unten gelegt, so dass der Rasenmäher weiterfährt. Er mäht den Rasen ohne Stanley. Auf Autopilot.

Stanley guckt auf seinen Fuß, und alles ist blau, grün und gelb umgeben von einer schwarzen Masse. Brent steht über ihm, jedenfalls glaubt er, dass es Brent ist, blendet ihn mit seiner Taschenlampe.

Stanley sagt: »Nimm das scheiß Licht aus meinem Gesicht.«

Sein Hintern wird feucht vom Tau, er blinzelt, will die losen Fetzen seines Schuhs betrachten. Seine zerschnittenen Zehen sind nicht ab, aber fast. Sein Fuß ist feucht und warm. Brent fasst Stanley an die Schulter und sagt: »Bleib ruhig.«

Stanley sagt: »Mir geht's gut, aber fass mich nicht an.«

Stanley kann den Rasenmäher im Nachbargarten hören. Jetzt mäht er den Rasen von einem andern. Dabei war er doch fast fertig.

»Alles klar?«, fragt Brent.

Stanley sagt: »Abgesehen davon, dass ich meine Zehen verloren habe und nicht weiß, wo meine Frau ist, sicher, macht mir einfach Spaß, hier wie ein Depp rumzusitzen. Ein bisschen wertvolle Zeit mit meinen neugierigen Nachbarn verbringen.«

Stanley denkt, das hat man davon, wenn man sich mit seinen Nachbarn »gut versteht«. Manchmal will man einfach jemandem ein Auge mit einem Tintenfüller ausstechen. Keinem Kuli. Mit einem Papermate-Flexigrip, der ist dick und angenehm. Stanley sagt: »Warum gehst du nicht und weckst Carl, dann können wir mein Haus niederbrennen oder besser noch, lass ihn meinen neuen Rasenmäher abfackeln.«

Das Geräusch des Rasenmähers entfernt sich immer weiter. Garten für Garten springen die Bewegungsmelder an.

Brent sieht auf Stanley herunter und sagt: »Stanley, deine Frau hat dich nach dem Unfall verlassen.«

Mit starrem Blick sagt er: »Was redest du da?«

»Dein Schwiegervater und der Fahrstuhl«, sagt Brent. »Er gibt dir die Schuld daran, dass er seinen Arm verloren hat.«

Manchmal will man einfach so tun, als wäre man ein anderer. So tun, als wäre das, was passiert ist, ein einziger großer Unfall. Dass die Frau auf dem Weg nach Hause ist und der Schwiegervater einen liebt, wie einen Sohn. Stattdessen aber sieht Stanley Brent und die ihn umstehenden Nachbarn, und alles wird schwarz. Er fragt sich, ob einer dieser neugierigen Nachbarn jemals einen Krankenwagen rufen wird?

Der alte Mechaniker

Es war eine Zeit, in der man die seelischen Verwundungen des Krieges ignorierte. Was er mit den Gemütern anstellte. Mit dem Sehen, dem Hören und dem Mitgefühl. Und wie der Krieg wurden auch Misshandlungen von Frauen nicht wahrgenommen. Die Leute taten, als wäre es gar nicht passiert. Es war eine Zeit, in der Bis-dass-der-Tod-uns-scheidet als unumstößliches Ehegesetz galt. Und Ehefrauen ihre Ehemänner nicht verließen, sondern ihnen gehorchten.

Als der Mechaniker die Frau schlug, wackelten noch im gegenüberliegenden Zimmer die Wände. Die Frau prallte von einer Wand ab und flog wie eine siegreiche Flipperkugel gegen die andere. Es gab kein elektronisches High-Score-Harmoniegedudel. Nur ihre inständigen Beteuerungen, es täte ihr leid, die aber auf keinerlei Mitleid trafen. Nur auf blinde Raserei. Und obwohl die Tür der drei mal drei Meter großen Schuhschachtel von Schlafzimmer geschlossen war, wanderte die Gewalt durch den Gipskarton, erreichte und infizierte das Wohnzimmer. Wo auf einer durchgesessenen Couch zwei heranwachsende Mädchen hockten und mit Blicken am Schwarz-Weiß-Fernseher klebten. Der Fernseher verzierte die Zimmerecke mit Tom und Jerry. Mit der Sucht der Zeichentrickfigur nach Gewalt zur Belustigung von Kindern. Sie ließen Türen knallen und klemmten allerhand Körperteile ihres Gegenübers dabei ein. Zerschlugen Geschirr auf dem

Kopf des anderen. Holzhämmer, die wie die Fäuste im gegenüberliegenden Schlafzimmer auf lebendiges Fleisch eindroschen.

Die schöne bunte Tapete konnte es nicht verbergen. All das Hässliche in der Luft. Die Mädchen wussten, dass ihnen mit dem Versuch, die Frau, ihre Mutter, zu verteidigen, dieselbe Behandlung widerfahren würde. Zehn Fingerknöchel verteilt auf zwei berauschte Fäuste.

Diese Gedanken hatten sich in ihre unschuldigen Gemüter gegraben, gehörten wie das Atmen zu ihrem alltäglichen Leben. Sie waren die akzeptierte Norm.

Die Mädchen blinzelten nicht und gerieten auch nie in Versuchung, das Wohnzimmertischchen vor sich zu berühren, nach den harten roten Zimtbonbons des Mechanikers in der Glasschale zu greifen. Das war eine unausgesprochene Regel. Was dem Mechaniker gehört, darf man nicht anfassen.

Im Fernsehen zog Jerry Tom einen Holzhammer über den Kopf.

Die Schlafzimmertür ging auf, und das Betteln und Weinen ihrer Mutter wurden vernehmbar, der Mechaniker trat an den Wohnzimmertisch heran, sein Körper war feucht vom Wolkenbruch seiner Grausamkeit, er blieb stehen und schöpfte eine Handvoll Zimtbonbons aus der Schale. Stopfte sie sich in den Mund. Schüttelte den Kopf. Sein Gelächter folgte seinen Schritten in einen anderen Raum.

In der Küche knackte eine Bierdose auf. Dann folgte das Geräusch von Lippen, die genussvoll auf Schaum stoßen. Die Mädchen klebten vor dem Fernseher, versteckten ihre Ängste. Ihre Mutter wimmerte immer noch. Der Mechaniker sagte: »Hoffentlich kommt ihr nicht nach ihr. So verantwortungslos. So respektlos.« Keine Antwort. Kein Wort. Die

Mädchen versteckten ihre Angst. Setzten, noch minderjährig, Pokerfaces auf.

»Habt ihr gehört, was ich gesagt hab?«

Kein Wort, nur die verheulte Pein ihrer Mutter, die im Schlafzimmer versiegte. In Gedanken Bilder davon, wie sie die kleinen Fäuste ballen. Fingerknöchel anspannen wie aufbrechende Erdnussschalen. Solche Bilder verbergen ihre Angst.

Der Mechaniker schrie: »Ihr zwei werdet heiraten, und wenn euer Mann zur Haustür reinkommt, nachdem er sich den ganzen Tag den Arsch aufgerissen hat, dann steht das Essen auf dem Tisch.«

Im Fernseher ging Tom Jerry an die Gurgel.

Da niemand reagierte, drehte der Mechaniker weiter auf. »Antwortet mir. Hört auf, euch zu benehmen wie eure verantwortungslose Mutter da drüben.«

Die beiden Mädchen blickten dem Mechaniker einmütig ins Gesicht, nickten und sagten: »Ja, Daddy.«

Im Fernseher quetschte Tom das Leben aus Jerry heraus. Im allerletzten Moment spuckte Jerry Tom in die Augen. Tom ließ Jerry fallen.

Auf der Couch sahen die Mädchen einander an, dachten hinter schwarzen, leeren Blicken dasselbe. Der Speichel sammelte sich in ihren Backen. Sie schätzten den Abstand.

Der Mechaniker ging mit einer weiteren Handvoll Zimtbonbons ins Schlafzimmer zurück. Knallte die Tür hinter sich zu.

Rasch zielten die Mädchen, sperrten die Münder auf und schon spritzten zwei kleine Fontänen mit geringem Wasserdruck abwechselnd durch die Luft, sie saugten und spuckten. Zielten auf die Schüssel und überzogen die Bonbons mit

Spucke, hielten nur inne, um mehr zu sammeln. Immer wieder machte der Mechaniker eine Prügelpause und holte sich eine Handvoll Bonbons. Ihre Spucke blieb unbemerkt, und er kehrte ins Schlafzimmer zurück, während sie hilflos sitzen blieben. Innerlich aber lachten sie darüber, dass sich der Mechaniker ihre Spucke einverleibte, sie sich schmecken ließ und runterschluckte. Äußerlich aber gab es nichts, das die Tonspur der Misshandlung ihrer Mutter übertönen oder abstellen konnte, die sie oft bis Sonnenaufgang nicht einschlafen ließ.

Manchmal kam der Mechaniker nach Hause und jagte alle aus dem Haus in den Hof, wo sie bis Anbruch der Dunkelheit bleiben sollten. Bis zur Schlafenszeit. Und einmal wollte Lucky, der Hund der Mädchen, nicht zu bellen aufhören, und der Mechaniker erschoss ihn. Er habe einen schlechten Tag auf der Arbeit gehabt, meinte er.

Es dauerte viele Jahre, bis die Mutter den Mut aufbrachte und es wagte, gegen das Gesetz der Eheschließung zu verstoßen. Sie ließ sich von dem Mechaniker scheiden und heiratete erneut. Einen Mann, den sie als »verrückten Spinner« bezeichnete, der sie aber liebte und mit Achtung und Respekt behandelte. Nicht mit Fäusten. Und er ließ sie bis nach Sonnenaufgang schlafen. Dann wachte sie auf zu den Klängen von »Der Preis ist heiß«, während er ohne brutales Gebell Taster's-Choice-Kaffee in ihren Becher mit heißem Wasser löffelte.

Aber der Mechaniker war nicht von der Bildfläche verschwunden. Jedes zweite Wochenende hatte er Besuchsrecht bei seinen beiden Töchtern. Eines Sommers holte der Mechaniker die Mädchen unangemeldet von der Schule ab. Fuhr mit ihnen nach Westen zum Grand Canyon. Mount Rushmore. Yellowstone Park. Ohne dass ihre Mutter davon wusste – sie wurde nicht gefragt. Sie konnte nur bei der Behörde Beschwerde einreichen und warten. Drei Wochen lang trugen die Mädchen dieselben Kleider, mit denen sie an jenem Tag in die Schule gegangen waren. Es war ein Geiselurlaub.

Das waren die Geschichten, die Sue, die jüngere Tochter, ihrem Sohn Frank erzählte. Sie nannte sie frühe Kindheitserinnerungen. Das waren die Geschichten, die sie Frank erzählte, wenn sie den alten Mechaniker im Supermarkt sahen, an der Tankstelle oder in der Bank. Und Frank stellte ihr immer Fragen. Warum laufen wir vor ihm weg? Will er uns was tun?

Sue hatte schwanger von der Highschool weg geheiratet. Nicht lange nach Franks Geburt fingen die Anrufe an, dann kamen Briefe von dem alten Mechaniker, in denen stand, er wolle sie besuchen, seinen Enkel kennenlernen. Sie konnte die Erinnerungen nicht aus ihrem Gedächtnis vertreiben, den Hass und die Angst, die sie gegenüber diesem Mann empfand, den sie als Monster betrachtete, nicht als ihren Vater. Will, ihr Ehemann, konnte sich nicht vorstellen, dass ein Junge seinen Großvater nicht kennt, von einer Tochter, die ihren Vater verabscheut einmal ganz zu schweigen. Will hatte seinen eigenen Vater schon früh an den Krebs verloren und war ohne dessen Einfluss aufgewachsen. Er wollte nicht, dass seinem Sohn dasselbe widerfuhr. Er konnte es einfach nicht verstehen. Und sie sagte, wenn Wills Vater seine Mutter jahrelang jeden zweiten Tag hätte Blut spucken lassen, dann würde er's verstehen. Ein Wort ergab das andere, sie gerieten in Streit über das Leben und die Mühen, die es mit sich brachte, die Rechnungen, das Essen, die Zeit miteinander und dass man anscheinend nie genug davon hatte, bis weder Will noch Sue mehr konnten. Sie wollte nicht, dass Frank in einem Zuhause aufwuchs, in dem geschrien und gestritten wurde. Nach fünf Jahren reichte sie die Scheidung ein.

Sue konzentrierte sich auf ihren Sohn. Will bekam ihn jedes zweite Wochenende.

Sie wollte Frank ohne Konflikte großziehen, ihn von der Gewalt fernhalten, die sie erfahren hatte. Wollte, dass alles normal war. Dass er Spielsachen hatte, ein Fahrrad und eine Schaukel. In seinem Leben war Kontakt zu dem alten Mechaniker nicht möglich. Nachdem neun Jahre vergangen waren, unterbrochen von weiteren, nie erwiderten Telefonanrufen und ungelesenen Briefen und Karten vom alten Mechaniker, sprach Sues Schwester Mary sie an. Ihr Vater hatte mit ihr über Sue gesprochen und er wolle Frank kennenlernen. Mary erklärte Sue, sie solle ihrem Vater eine Chance geben, weil sie es auch getan und er sich verändert habe. Er sei jetzt harmlos. Obwohl er sich nie für irgendetwas entschuldigt hatte, was er damals getan hatte, fand Mary, Frank verdiene es, seinen Großvater kennenzulernen. Er sei alt genug, um sich selbst ein Urteil über den Mann zu bilden.

Nach wochenlangem Nachdenken erklärte Sue Frank: »Dein Großvater möchte dich kennenlernen. Einen kleinen Ausflug mit dir machen.«

Frank überlegte ernsthaft, ob er nicht lieber zum Jahrmarkt gehen und aus Mülltonnen leben sollte. Abgesehen von den Geschichten, die er gehört, und den wenigen Gelegenheiten, bei denen er ihn in der Stadt gesehen hatte, war sein Großvater nur in Form von Weihnachts- und Geburtstagskarten präsent, in denen Geld oder ein auf Frank ausgestellter Scheck steckten.

Frank fragte Sue: »Warum sagst du immer der alte Mechaniker zu ihm und nicht Dad? Und warum durfte ich ihn nicht schon vorher kennenlernen?«

Sue erklärte ihm: »Er hat als Ingenieur bei der Army gearbeitet und wurde später Automechaniker, der sich mit so gut wie allem auskannte, was mit Mechanik zu tun hat. Er war sehr gut mit seinen Händen. Und ich hab's dir nie erlaubt, weil ich, nach allem, was er deiner Großmutter angetan hat, nicht wollte, dass du Zeit mit ihm verbringst.«

»Was will er mir denn tun, ich meine, mit mir machen?«

Frank stellte sich einen Ausflug vor, bei dem ihn der alte Mechaniker mit den Fäusten bedrohte, die Frank aus den Geschichten kannte. Dass er ihn zwang, tote Tiere an den Rändern der alten Landstraßen aufzusammeln. Ihn bis zum Anbruch der Dunkelheit als Geisel hielt. Und dann die toten, verwesenden Tiere an die Bäume der Leute band, gegen die der alte Mechaniker einen Groll hegte.

Als der alte Mechaniker Sue gesagt hatte, was er mit Frank vorhatte, wohin er ihn mitnehmen wollte, hatte sie sich auf die Zunge gebissen und ihre Angst niedergekämpft. »Er will dich mit zum Schusswaffen- und Messerflohmarkt nehmen. Und dann zum Essen. Dich kennenlernen.«

»Und du hast ihm das erlaubt? Kannst du nicht mitkommen?«

Sue ließ sich nicht anmerken, dass ihr das Vorhaben zunächst Angst gemacht hatte, und sagte: »Ja, Frank. Er hat eine Chance verdient. Und nein, ich komme nicht mit. Um Himmels willen, du bist jetzt vierzehn. Ich bin zweiunddreißig, es wird höchste Zeit, dass ich die Vergangenheit ruhen lasse und du deinen Großvater kennenlernst. Er ist jetzt ein alter Mann. Und harmlos. Ist nicht gesund so zu leben.«

Harmlos?, fragte sich Frank. Wütend und verängstigt spielte er alle Horrorszenarien durch. Die Prügeleien. Das Erschießen des Hundes. Die Entführung im Sommer. Frank stellte sich vor, wie ihn der alte Mechaniker auf ein von Mauern, Stacheldraht und Sprengfallen gesichertes Gelände führte. Dort würde er Frank in seinem bombensicheren Keller an eine Wand neben seinen Sandsack ketten, der gefüllt war mit den Männern und Frauen, die er mit seinen prügelnden Händen ermordet, anschließend zerschnitten und, aus welchem wahnsinnigen Grund auch immer, deren Knochen und Überreste zu Asche zermahlen hatte.

Als er Frank die Hand schüttelte, kam diesem der Händedruck des Mechanikers so stark vor wie ein Schraubstock. Frank glaubte, der alte Mechaniker könnte einem Mann mit bloßen Händen den Schädel zerdrücken und ihm mit einem einzigen Schlag die Luftröhre zerquetschen.

Der aufgedunsene rot, weiß und schwarz karierte Flanellbauch des alten Mechanikers wurde von zwei roten Hosenträgerstreifen zusammengehalten. Frank hatte ihn in der Stadt gesehen, aber nie aus der Nähe. Das Alter machte sich an seiner Haltung bemerkbar, und es ließ seine Haut schleimig-schlaff wirken. Sein Haar lag graumeliert auf seinem Kopf, glattgekämmt wie bei Ward Cleaver und unter einer blauen Wollmütze versteckt, die an die von Jack Nicholson in *Einer flog über das Kuckucksnest* erinnerte. Ein Buch, das Frank gelesen, und ein Film, den er mit seinem Vater gesehen und der in seiner Phantasie die Angst vor geisteskranken Irren noch verstärkt hatte. Das Gesicht des alten Mechanikers war von Altersflecken übersät. Dazu alte Aknenarben aus der Teenagerzeit. Die Gesichtszüge erinnerten Frank an

eine Mischung aus einer übergroßen schnurrhaarlosen Ratte und ALF, der Weltraumpuppe aus dem Fernsehen.
　Der alte Mechaniker fragte: »Bist du so weit?«
　Frank nickte nur, sagte: »Ja.«
　Die Mutter gab Frank ein Abschiedsküsschen auf die Wange. Wünschte ihm viel Spaß, musterte ihren Vater, konnte keine Anteilnahme oder irgendwelche Worte aufbringen, nur Erinnerungen. Sagte: »Bring ihn bis sechs Uhr zurück.« Und noch mal ausdrücklich: »Komm nicht zu spät.«

Frank sitzt auf dem Beifahrersitz des Dodge Truck. Sein Blut wird dünner, und sein Herz schlägt unregelmäßig. Der alte Mechaniker haut mit einer Hand auf die Hupe. Hält sich mit seiner Kritik an den Fahrkünsten der Fahrers vor ihm nicht zurück. Frank fragt sich, warum seine Mutter einverstanden war. Der alte Mechaniker schreit: »Wenn du in Tennessee oder Texas auch so fährst, machen die Kleinholz aus dir.«
　Ohne nachzudenken, platzt es aus Frank raus: »Wir sind hier in Indiana. Der fährt doch gar nicht durch Tennessee oder Texas.«
　Der alte Mechaniker guckt Frank aus gelben Augen durchdringend an und sagt: »Guck mal, Frank, du kannst eben auch nicht fahren. Ich kann denen da nicht hinterherkriechen. Die halten einen bloß auf.«
　Frank legt die Stirn in Falten und sagt: »Ich bin vierzehn, ich hab noch nicht mal einen Führerschein.«
　Nach Franks Bemerkung wächst seine Angst, wegen des Blicks des alten Mechanikers, dem Drängen in seiner Stimme, dem Kommandoton und der Kontrolliertheit. Das alles verrät ihm, dass ihm der alte Mechaniker auf den Zahn fühlen will. Der Waffenmarkt ist ein Probelauf.

Beim Waffenmarkt sind Tische aufgestellt und über einen Saal verteilt, so groß wie eine riesige Schulkantine. Verkäufer in schwarzen Hanes-T-Shirts mit Bierbäuchen, die ihnen über die grünen Armeehosen hängen, verkaufen neue und gebrauchte Schusswaffen und Messer. Ein paar davon sind Blech, wie der alte Mechaniker meint. Alter Schrott. »Aber es gibt auch ein paar Schnäppchen«, erklärt er Frank. »Musst dich bloß auskennen, die Augen offenhalten.«

Sie gehen zwischen den Tischen herum. Die Gänge rauf und runter. Der alte Mechaniker wirkt auf Frank gelassen, glücklich. In seinem Element. An einem der Tische bleiben sie stehen, und der alte Mechaniker nimmt eine Waffe in die Hand. Frank schließt die Augen, hat Angst, er könnte sie laden. Zum Amok laufenden Rentner werden. Der alte Mechaniker sagt: »Siehst du, das meine ich, das ist eine Berretta Modello, hergestellt 1934, so was haben die Italiener vor dem Zweiten Weltkrieg benutzt. Eine echte Antiquität.«

Frank fehlen die Worte, als er sieht, wie der alte Mechaniker die Waffe wieder auf den Tisch legt, ohne auf jemanden gezielt zu haben. Sie gehen an weiteren Tischen vorbei. Der alte Mechaniker schüttelt den Kopf, zeigt auf einen Tisch, auf dem sich Pistolen und Messer stapeln, und er sagt zu Frank: »Das da sind alles billige Imitationen, gebrauchter Müll, den die als antike Schusswaffen bezeichnen. Wahrscheinlich haben die den Mist draußen im Freien liegen lassen, damit er rostet und alt aussieht. Das Zeug ist zu nichts zu gebrauchen.«

Frank hält den Blick starr geradeaus gerichtet. Den Mund geschlossen.

An einem anderen Tisch nimmt der alte Mechaniker eine Pistole, die Frank meint, in einem 007-Film gesehen zu haben, und der alte Mechaniker fragt: »Weißt du, was das Ding hier angeblich ausgelöst haben soll?«

Frank rät: »Einen Banküberfall?«

»Nein. Angeblich wurde damit der Erzherzog von Österreich erschossen. Mr. Ferdinand. Das war der Auslöser für den Ersten Weltkrieg. Ist eine FN Browning Modell 1910.«

Der Verkäufer mischt sich ein: »Na ja, das weiß niemand ganz genau, geht bloß …«

Das Gesicht des alten Mechanikers ist eine zornverzerrte Maske. Er sagt: »Geht dich bloß gar nichts an. Siehst du nicht, dass ich mich mit meinem Enkel unterhalte?«

Franks Herz läuft einen Staffellauf, als der alte Mechniker die Waffe auf den Tisch knallt. Sie gehen weiter, und der alte Mechaniker brummt: »Keine Achtung vor Männern wie mir, die für die Bürgerrechte von Idioten wie dem da und für dieses Land gekämpft haben.«

Frank verkrampft innerlich, als er sich vorstellt, wie sich die Hände des alten Mechanikers um den Hals des Verkäufers schließen. Er möchte sich unter einem Tisch verstecken. Sich ganz kleinmachen. Er weiß, wie sich seine Mutter und seine Tante jeden Tag gefühlt haben, als noch sie das Publikum des alten Mechanikers waren.

Frank möchte gehen, aber der alte Mechaniker will Frank etwas kaufen. Sie bleiben an einem Tisch mit Messern stehen. Der alte Mechaniker nimmt ein Springmesser. Beschließt, dass es das sein soll. Nicht das mit dem Sicherheitsbügel, der dafür sorgt, dass die herausspringende Klinge niemanden verletzt. Der alte Mechaniker kauft ein Nato-Springmesser mit einer Klinge so scharf wie ein Skalpell. Ohne Sicherheitsbügel. Einfach nur mit Springfunktion. Stabil genug, um die Klinge in einen Menschen zu stoßen.

Er bezahlt es, und Frank fragt nach, weil er nicht weiß, ob seine Mutter das gutfinden wird.

»Deine Mutter? Frank, du bist vierzehn, was machst du denn, wenn du's mal brauchst?«

Als er es in seine Tasche steckt, kann er an nichts anderes denken, als daran, was seine Mutter gesagt hat: Der alte Mechaniker ist harmlos.

Im Ponderosa Steakhouse serviert die Kellnerin Teller mit All-You-Can-Eat-Steak-and-Shrimp. Alle im Restaurant hantieren mit Messern, schneiden die Steaks auf Keramiktellern voller Blut und Fett. Um Frank und den alten Mechaniker herum vermischen sich Lippenschmatzen und gedämpfte Gespräche.

Frank nimmt ein medium rare gebratenes Stück Rib-Eye in den Mund, kaut und lässt sich den Fleischsaft schmecken. Offensichtlich ist das, was sich der alte Mechaniker unter medium rare vorstellt, etwas anderes als das, was der Mann am Grill zubereitet hat. Der Mann am Grill versteht nichts vom Grillen. Der alte Mechaniker fixiert Frank, während er auf dem Fleisch herumkaut und sagt: »Der Scheiß ist kalt. Und zäh. Den Cholesterinklumpen würde ich keinem räudigen Hund zum Fraß vorwerfen.«

Frank sieht den tollwütigen Wahn in den Augen des alten Mechanikers, während sich dessen narbige Nasenlöcher weiten. Der alte Mechniker lässt Messer und Gabel auf den Teller fallen. Sie klappern allen in den Ohren. Frank hält den Mund geschlossen. Mit den Zähnen kaut er das Fleisch, und er sieht die Blicke, die sich in den alten Mechaniker bohren. Er hört das Klappern von Besteck, und dann kommt die Kellnerin zurück.

»Alles in Ordnung, Sir?«

Der alte Mechaniker sagt: »Wo habt ihr denn die Köche und die Kuh her? Schmeckt wie vom Boden eines Abfallcontainers im Schlachthaus gekratzt. Hab in ausländischen Schützengräben schon besseres Dosenfutter gefressen. Ich hab meinen verfluchten Enkelsohn hergebracht, weil wir ein gutes Steak essen wollten. Hierfür muss man sich schämen.«

Frank stippt ein Stück Shrimp in die dicke rote Sauce. Dann steckt er es sich in den Mund. Die Kellnerin entschuldigt sich und sagt: »Ich hole den Geschäftsführer.« Der alte Mechaniker nimmt sein Steakmesser und hält es hoch. Frank betrachtet die Schraubstockhände. Seine Kehle schnürt sich zu, und seine inneren Organe schwellen an. Die Kellnerin kehrt ihnen den Rücken zu. Der alte Mechaniker hält inne, dann legt er das Messer wieder auf den Teller neben das Rib-Eye-Steak, schiebt den Teller bis an die Tischkante und hebt die Stimme.

»Hey?«

Die Kellnerin wendet ihre Aufmerksamkeit erneut dem Tisch der beiden zu, und der alte Mechaniker winkt, zieht eine Schnute und sagt: »Nicht nötig.« Er wird leise, als müsse er etwas überlegen, und fragt: »Weißt du, wer ich bin?«

Die Kellnerin reagiert mit einem verwirrt starren Blick und sagt: »Nein, Sir.«

»Ich bin Veteran des Zweiten Weltkriegs. Ich hab nicht in einem Weltkrieg gekämpft, damit inkompetente Schlampen wie du mir einen Scheiß wie den hier servieren. Weißt du, was passiert wär, wenn ich im Krieg so gekämpft hätte, wie ihr hier grillt und serviert? Dann würden wir jetzt deutsch oder japanisch sprechen.«

Der Kellnerin treten Tränen in die Augen. Sie zittert.

»Musst entschuldigen Frank, aber so wie in diesem Land hier Menschen behandelt werden, das regt mich auf. Ich hab's satt.«

Die Worte gehen Frank durch und durch, während er seinen letzten Shrimp isst. Der alte Mechaniker sagt: »Wir gehen.«

Entweder fährt der alte Mechaniker eine komische Strecke, oder er ist dabei, Frank in seinem Dodge Truck zu kidnappen. Frank weiß, dass er das seit Jahren geplant hat. Und jetzt passiert es. Er entführt Frank in einen unangemeldeten Geiselurlaub.

Frank umklammert das Einzige, was ihm zur Verteidigung bleibt. Das Springmesser in seiner Tasche. Der alte Mechaniker sagt: »Wir fahren bei mir zu Hause vorbei, ich hab was für dich.«

Der Ort. Der alte Mechaniker hat schon einen Ort ausgesucht, wo Frank sich in einem unbezeichneten Grab hinter dem Haus die Gänseblümchen von unten ansehen soll. Franks Nerven machen das nicht mit, vielleicht auch, weil er ein oder zwei Shrimps zu viel gegessen hat, dreht sich ihm der Magen um. Dreht sich um wegen der Gedanken an alles, was er noch vor sich hat. Was er noch zustande bringen oder erleben muss. Sport zum Beispiel. Den Abschlussball. Saufen. Mädchen und Titten.

Er umklammert das Messer in seiner Tasche noch fester. Starrt auf die Hände am Lenkrad. Er könnte ihm das Messer in eine seiner starken halsumdreherischen Hände stoßen. Der alte Mechaniker hat gefragt, was wenn er's braucht. Hat er das gemeint? Aber das könnte zu einem Gerangel führen. Frank könnte dabei draufgehen. Er will nicht sterben. Der alte Mechaniker fährt langsamer. Biegt auf eine Schotterstraße ein. Frank fängt an zu zittern, guckt den alten Mechaniker an, der anhält. Hier sind keine Mauer und kein Stacheldraht. Nur eine alte graue Hütte mit einem Blechdach am Ende einer Sackgasse. Der alte Mechaniker sagt: »Das ist es.«

Frank sitzt auf einer muffigen braunen Cordcouch, die Hand immer noch am Springmesser. Seine Nerven sind zerschossen, weil er sich in dem ihm fremden Haus befindet, in dem seine Mutter aufgewachsen ist. Er sieht die Szenen aus vergangenen Zeiten vor sich. Die vergilbten Zeitungsstapel auf dem abgetretenen blauen und selten gesaugten Teppich. Die Holzwände sind mit schwarzgerahmten verblichenen Fotos von lächelnden Soldaten gesäumt. Sie halten die Daumen hoch. Da sind Aufnahmen von Franks Mutter und von seiner Tante, als sie noch klein waren und Zahnlücken hatten. Frank sieht den alten Mechaniker aus einem Zimmer, dem Schlafzimmer vermutlich, in den Flur gehen, so eng wie ein Gewehrlauf. Er hat eine rechteckige militärgrüne Metallkiste dabei. Der alte Mechaniker lässt sich neben Frank auf der Couch nieder. Zieht sich die Wollmütze vom Kopf. Franks Herz läuft Amok, während er das Springmesser fest umklammert hält, sich fragt, was in der Kiste ist.

Der alte Mechaniker räuspert sich und sagt: »Ich glaub, du weißt, dass ich im Zweiten Weltkrieg gekämpft hab?« Frank hat Angst vor dem, was in der Kiste ist, vor dem, was passieren wird, und sagt: »Nein, Mutter hat nie erzählt, dass du in einem Krieg warst, bloß das andere.«

Der alte Mechaniker guckt Frank schief an und sagt: »Das andere?« Frank blickt auf die Hände und sagt: »Das mit dem Verprügeln.«

Der alte Mechaniker schüttelt den Kopf, fährt sich mit seiner trockenen Schmirgelpapierzunge über die Lippen.

»Die Zeiten ändern sich so wie die Menschen, deshalb hab ich dich hergebracht.«

Frank starrt die grüne Kiste an und sagt sich, wenn ihn der alte Mechaniker auch nur mit einem einzigen Finger berührt, wird er auf diese Hände einstechen, bis sie nicht mehr zu gebrauchen sind.

Und der alte Mechaniker sagt: »Der Krieg war die Hölle für mich, Frank. Was ich getan und gesehen hab. Als ich nach Hause gekommen bin, hab ich nicht gewusst, wie ich darüber reden soll. Wusste nicht, wie ich mich verhalten soll.«

Franks Hand an dem Messer in seiner Tasche schwitzt, und der alte Mechaniker sagt: »Hab's im Kopf abgespeichert. Die ganzen Bilder haben die Gewalt in mir hochkochen lassen, und ich konnte sie gegenüber anderen Leuten nicht im Zaum halten. Ich wurde zum Trinker und zum Schläger, dem ständig die Sicherung durchbrennt. Hat sich gut angefühlt, andere fertigzumachen.« Frank stellt sich die Hühnerhauthände an seinem Hals vor, und der alte Mechaniker sagt: »Ich kann mir ungefähr vorstellen, was deine Mutter, deine Tante und deine Großmutter über mich erzählt haben. Was ich ihnen angetan hab.«

Frank reibt mit dem Daumen an dem Knopf, bereit, die Klinge aufschnappen zu lassen. Er will hier raus. Weg von diesem gestörten alten Mechaniker und seiner Blechkiste. Er könnte den alten Mann erstechen und weglaufen, aber er weiß nicht, wo er ist. Was, wenn er den alten Mann nur verletzt und der ihn jagt? Dadurch wird es nur schlimmer.

Als der alte Mechaniker in die Kiste greift, spannen sich die tiefen Furchen in seinem aknenarbigen Gesicht, und er beißt die kaffeeverfleckten Zähne aufeinander. Anscheinend hat er etwas vor. Zu Frank sagt er: »Vielleicht kannst du eines Tages verstehen, was ich alles getan hab. Das Schlechte und das Gute auch.«

Franks Phantasie redet ihm ein, dass in der Kiste wahrscheinlich eine Pistole liegt. Handschellen. Lappen und Seile. Sein Folterwerkzeug. Frank will das Messer aus der Tasche ziehen. Will die Klinge aufschnappen lassen, will schreien: »Dreh hier bloß nicht durch. Ich weiß, was du für Sachen gemacht hast, fahr mich einfach nach Hause!« Aber er begreift, dass ihm sein kleines Messer jetzt auch nicht helfen wird.

Der alte Mechaniker zieht ein Bayonett mit einer langen schwarzen Stahlklinge aus der Kiste und sagt: »Warte.« Es ist zu spät.

Frank sieht die dunklen Flecken und hält sie für das Blut all derer, die dem Mann je über den Weg gelaufen sind, und er sagt: »Warum? Damit du mich mit der Machete da erstechen kannst?«

Der alte Mechaniker schüttelt den Kopf, schmunzelt und sagt: »Ich will dich nicht erstechen. Und das ist keine Machete. Das ist ein Bayonett. Hat Howard Case gehört. Ein Bursche aus Kentucky, der mit mir gedient hat. Groß wie ein Scheunentor. So weiß wie die Fettschicht auf frischgemolkener Milch.«

Frank sagt: »Hast du's geklaut?«

Der alte Mechaniker holt tief Luft und stößt sie langsam wieder aus. »Nein, Case und ich wurden mit anderen Soldaten am Strand von Okinawa abgeworfen. Gingen davon aus, dass die Hölle über uns hereinbricht. Aber die Hölle ließ auf sich warten, bis wir weiter ins Land vorgedrungen waren.« Er lässt das Bayonett sinken, hält inne und sagt: »Rannten in

Deckung, Case und ich, der Boden bestand aus rauchenden Explosionen. Ich hatte eine Holzkiste mit Granaten auf dem Rücken. Case war neben mir, wich den Bleischwärmen aus. Man konnte feindliches Feuer nicht von unserem eigenen unterscheiden. Wir warfen uns auf den Boden. Eine Kugel bohrte sich durch die Kiste, vorbei an den ganzen Granaten, kam auf der anderen Seite wieder raus und hat Case das Gesicht weggerissen. Ich hab sein Gewehr gepackt. Hab das aber erst später kapiert. Seine Initialen waren in den Holzkolben geschnitzt.« Der alte Mechaniker hebt das Bayonett. Überreicht es Frank und sagt: »Es gehört dir, wenn du's willst.«

Frank lässt das Springmesser in seiner Tasche los, zieht die Hand raus und nimmt das Bayonett. Er spürt das kalte massive Gewicht in seiner Hand, während ein Finger der anderen über die Flecken fährt.

Der alte Mechaniker zieht noch etwas aus der Kiste. Ein dreieckiges Stück roten Stoff mit einem blauen Streifen in der Mitte, an dem ein fünfzackiger angelaufener Messingstern hängt. Frank kneift die Augen zusammen. »Was ist das?«

Der alte Mechaniker presst die Lippen aufeinander, und sein Gesicht verkrampft, so ernst wird es, und er sagt: »Das ist eine Bronze-Star-Medaille. Hat mir die Armee verliehen, weil ich in Okinawa gegen die Japaner gekämpft hab. Weil ich Menschen getötet hab.«

Frank blickt auf die vernarbten Pranken des alten Mechanikers und erinnert sich an die Geschichten, die sie umgeben.

»Ist das deine Entschuldigung für das, was du meiner Großmutter angetan hast?«

Der alte Mechaniker legt den Bronze-Star wieder in die Kiste.

»Pass auf, ich muss nicht rechtfertigen, was ich getan hab, nicht vor dir, vor niemandem. Das soll keine Entschuldigung sein. Das ist einfach nur das, was in der Kiste ist. Wollte, dass du's siehst, bevor ich sterbe, und weißt, wer ich war und wie ich mir den hier verdient hab.«

Eine feuchte Spur wandert über das Aknegesicht des alten Mechanikers. In Frank wallt Wärme auf.

Der alte Mechaniker zeigt auf die Bilder an den Wänden.

»Ich kann nur sagen, dass ich meine Wut und meine Verbitterung an deiner Großmutter ausgelassen hab. Das war nicht richtig. Sie hat's erduldet, bis sie nicht mehr konnte. Ich bin mit dem, was ich gesehen und getan hab, nicht fertiggeworden. Wenn ein Mann einem anderen das Leben nimmt, dann verfolgt ihn die Erinnerung an seine Schuld, und er lebt auf ewig im Schatten der Toten.«

Der alte Mechaniker neigt den Kopf, und Frank fürchtet, er lässt gleich das Gesicht in die Hände sinken.

Das Drängende, der Kommandoton und die Kontrolliertheit in der Stimme des alten Mechanikers sind jetzt verschwunden. Er ist harmlos.

Frank ist hin und her gerissen. Er legt die Geschichten, mit denen er aufwuchs, ganz hinten in seinem Kopf ab – die Zimtbonbons und Tom und Jerry, den toten Hund – und erinnert sich an das, was ihm seine Mutter gesagt hat, der alte Mechaniker verdiene eine Chance.

Frank steht auf und sieht dem alten Mechaniker ins Gesicht, er legt ihm eine Hand auf die Schulter und weiß, dass ihm der alte Mechaniker vielleicht nur etwas vorspielt. Er lässt das Bayonett nicht los. Aber er will es wissen. »Echt, hast du wirklich in einem echten Krieg gekämpft, im Zweiten Weltkrieg? Hast du wirklich Menschen umgebracht?«

BLÖDES STÜCK SCHEISSE

Die Augustsonne brannte durch das Wellblechdach des Farmhauses in Illinois. Der Streit um einen Versicherungsbetrug wuchs in handfeste Raserei aus. Cooley, ein mulattenfarbiger Indianer, beförderte Connie mit einer Rückhand in ihr schmales Elfenbeingesicht quer über den Küchentisch, an dem ihr Sohn Pine Box saß und einen Teller zermanschte Eier aß. Connie riss Pine Box die Gabel aus der Hand. Sprang vom Tisch auf. Bohrte sie tief in Cooleys Halsschlagader.

Cooley grapschte nach der Gabel, wobei es rot aus ihm herausströmte wie aus einer frisch angezapften Ölquelle, sein Herz raste, und durch die Zähne presste er: »Du Schlampe!«

Connie stürmte aus der Küche, den Flur entlang und holte ein doppelläufiges 12-Kaliber-Gewehr aus dem Schlafzimmer. Wieder in der Küche, stemmte sie die Flinte in Cooleys wallendes Crazy-Horse-Haar, das sich über seine Bärenschultern ergoss.

Mit Hinterwäldlerstimme befahl sie: »Pine Box, hol uns ein Fall-City-Bier aus dem Kühlschrank. Warte draußen auf Mama.«

Pine Box machte den Kühlschrank auf, nahm zwei Dosen und durchquerte die Küche. Die von Tritten lädierte Tür knallte hinter ihm in den Rahmen. Daraufhin explodierte es aus beiden Läufen, und der Indianer, der sich mit täglichen

Fausthieben in Pine Box' Gemüt gegraben hatte, verschied auf dem Linoleum.

Vor acht Jahren hatte Connie Pine Box genommen und war mit Cooley aus Indiana nach Illinois geflohen, nachdem ihr Vater versucht hatte, Pine Box zu ertränken, weil er ihn für einen Bastard hielt. Connie war so erzogen, dass sie Zuwendung und Misshandlungen für ein gleichwertiges Blatt aus demselben Kartensatz hielt. Ihr kam es nur darauf an, wie es gespielt wurde. Ihr Freund Cooley hatte einfach ein paar Mal zu häufig dieselben Karten auf den Tisch geknallt.

Wangen und Fingernägel des achtjährigen Pine Box waren dreckverschmiert. Bremsspuren drei Wochen alter Schokolade und Eier zogen sich wie Bandwürmer um seine Lippen. Unter einem alten Hickorybaum kosteten seine Lungen eine Pall Mall, und er teilte sich ein Fall City mit seiner Mutter.

Er fragte Connie: »Was machen wir jetzt, Mama?«

Connie strich sich ihre goldenen Locken mit den nach einer Billig-Kolorierung verbrannten Wurzeln aus dem Gesicht und rülpste: »Jetzt packen wir zusammen, fahren die zwei Stunden rüber nach Indiana, tun uns mit deinem Onkel Lazarus zusammen und ziehen den Versicherungsbetrug durch, ohne dass irgendein Indianer unseren Anteil versäuft.«

Die Reifen spuckten Kies, und Pine Box blieb umgeben von dichtgewachsenen Eichen im Wendekreis einer Sackgasse in den südöstlichen Wäldern von Kentucky stehen. Er sah Connie und Lazarus in den neonviolettfarbenen Morgen entschwinden. Er erinnerte sich an die unverschlossenen Fenster, durch die er geklettert war, um Schmuck zu stehlen. Die Arbeitenden stopften ihr Bargeld unter die Matratzen. In ihren Schubladen lagen Kaffeebüchsen desselben Inhalts. In den Tiefkühltruhen. In den Kühlschränken. Er kannte alle Verstecke, Cooley und Connie hatten es ihm beigebracht. Aber er hatte nie geholfen, einen Wagen zu demolieren, um hinterher die Versicherungsprämie zu kassieren.

Onkel Lazarus hatte erklärt: »Manche Leute glauben, dass man am besten durchs Leben kommt, wenn man in einer Fabrik schuftet. Der Traum ist gestorben, als Reagan ins Amt kam. Betrug, Schwindel, Diebstahl. Das ist das einzige Leben, das dein Onkel Lazarus und deine Mama kennen. Und das einzige, das du je kennenlernen wirst.«

Nikotinverbrannte Finger schwangen das Eisen. Erst links, dann rechts. Zertrümmerten die Scheinwerfer des nippelfarbigen 82er Cadillac mit Zuckergussverdeck. Lazarus war nach Hazard, Kentucky, gefahren. Eine dreieinhalbstündige Fahrt von Amsterdam, Indiana, entfernt, wo er manchmal abstieg. Er hatte sich für die Gegend entschieden, weil sie so ländlich war. Es gab nur Hügel und ein paar Menschen, durch unzählige Meilen voneinander getrennt. Außerdem hatte er hier unten keine Bekannten. Nichts, das einen Verdacht auf ihn lenken könnte, wenn er den Wagen als gestohlen meldete.

Lazarus hatte den Cadillac zwischen grün bewaldeten Hügelhaufen mit Häusern drauf, die man nicht sehen konnte, geparkt. Connie war ihm gefolgt. Hatte Pine Box gegen Lazarus getauscht. Jetzt hatte Pine Box fünf Minuten, bis Lazarus und Connie mit dem Dodge Duster wiederkamen. Sie standen am Ende der Straße und hielten nach Autos Ausschau, nur falls doch mal eins vorbeikommen sollte. Lazarus hatte Pine Box eingebläut, aus dem Caddy müsse ein Totalschaden werden, Schrott.

Pine Box stieg auf die verchromte Stoßstange. Donnerte mit den Stiefelhacken auf die Haube. Sechs Mal mit dem Stemmeisen ausgeholt und die Windschutzscheibe sah aus wie gerissener Asphalt. Er kletterte auf das Zuckergussverdeck und vollführte denselben Hackentanz wie auf der Motorhaube. Dann rutschte er die Heckscheibe runter. Über den Kofferraum auf den Kies. Sein Herz schnalzte in seiner Hühnerbrust. Er holte mit dem Eisen aus, zertrümmerte beide Rücklichter. Hob das schlangenzüngige Ende über den Kopf, zerbeulte den Kofferraumdeckel. Ging zur Fahrerseite, machte die Tür auf. Legte das Eisen auf den weißen Ledersitz. Schweiß brannte in seinen Brackwasseraugen, als er ein winziges Klappmesser aus der Tasche zog. Fummelte die Klinge heraus und ermordete den Sitz. Ließ ihn Schaumstoff bluten.

Unter dem Sitz zog er das Streichholzbriefchen und den Reinigungsspiritus hervor, die Lazarus dagelassen hatte. Tränkte die Innenausstattung so lange damit, bis ein Alkoholiker vergleichsweise sauber gerochen hätte. Er packte das Eisen. Klemmte es sich unter die Achsel. Öffnete das Streichholzbriefchen. Merkte plötzlich, wie sich eine Klauenhammerhand in seinen dörrfleischfarbenen Locken vergrub und ihn rückwärts über den Kies springen ließ wie einen flachen Feuerstein über die Wasseroberfläche eines Teichs. Das Eisen klirrte. Pine Box' Hände und Knie bissen auf Schotter.

Tränen blubberten hoch und verwandelten sich in echte Wut. Pine Box stand auf und betrachtete den alten Mann mit dem grauen Maiskolben-Haar und dem tabakverfleckten Hanes in der Latzhose, der schwarzen Schleim spuckte.

»Was machst du auf meinem Grund und Boden, du kleiner Hurensohn?«

Der alte Mann sah die Schotterstraße rauf und hörte den Duster die frühe Morgenluft durchschneiden.

»Wer zum Teufel?«

In Pine Box' Händen kribbelte jene Gewalt, die er Connie und Cooley einander hatte antun sehen, so wie andere Samstagmorgens Trickfilme glotzen. Er packte das Eisen, holte aus und knallte es dem alten Mann ans Schienbein. Unter der Jeans splitterte der Knochen. Der Alte ging in die Knie. Geplatzte Gefäße behinderten seine Sicht. Er spuckte: »Kleiner Scheißer! Weißt du, mit wem du dich anlegst?«

Der alte Mann donnerte Pine Box mit der Rückhand auf den Schotter. Pine Box brüllte: »Verdammt!«

Cooley hatte ihn verdroschen, bis er rot gespuckt und gepisst hatte und kaum noch gehen konnte. Oder reden. Oder essen und schlafen. Pine Box schluckte das Bittere herunter und beäugte sein Ziel mit wässrigen Augen. Stand auf. Versetzte dem Fleisch des alten Mannes einen Hank-Aaron-Schlag. Rollte ihn auf den Rücken, vergrub beide Hände in seinem Gesicht und stöhnte auf.

Tränen verbanden die Schmutzspritzer auf Pine Box' Wangen, als wären's die Sommersprossen eines Rothaarigen. Rotz tropfte ihm aus der Nase, und er hob das Streichholzbriefchen auf. Connie trat auf die Bremse des Dusters. Pine Box rang dem Streichholz eine Flamme ab. Zündete das komplette Briefchen an und warf es auf den Vordersitz des Cadillac, der Feuer fing wie die Hölle, von der die Baptisten jeden Sonntagmorgen predigten.

Lazarus öffnete die Beifahrertür und brüllte: »Steig ein, kleiner Scheißer!«

Pine Box humpelte zum Duster, lutschte Rotz und spuckte Blut. Lazarus zog ihn rein und die Tür zu. Der alte Mann kam noch mal gerade so auf die Füße, sein Gesicht war mit Altersflecken gesprenkelt und blutüberströmt. Seine Kinnlade hing runter und bewegte sich nicht. Aus seiner Kehle gurgelten zusammenhanglose Laute. Seine Hände berührten den Kotflügel des Duster auf der Beifahrerseite. Connie trat aufs Gas, ließ den alten Mann hinter ihnen zurück. Lazarus schrie: »Halt an, ich mach ihn fertig.«

»Keine Zeit«, behauptete Connie, als sie zurück auf die Hauptstraße steuerte und Pine Box Tränen in ihrem Schoß vergrub. »Wir haben drei Stunden Fahrt nach Indiana vor uns, müssen Pine Box und mich wieder bei dir abladen. Ihn hübsch zusammenflicken wie einen Methodistenjungen in der Sonntagsschule.«

Sie fuhr mit einer Hand am Lenkrad, mit der anderen streichelte sie Pine Box über die schmierigen Locken. Auf der anderen Seite des Fahrerfensters gingen Bäume und eingezäuntes Weideland eine verschwommene Verbindung ein.

Sie lenkte kurz über den schartigen Gehweg. Die Hinterreifen kläfften. Schwarzer Rauch schoss von den Eichen am Wendekreis hinter ihnen in den Himmel wie ein brutales Sommergewitter.

Eine Explosion erfüllte die frühmorgendliche Luft. Erschütterte das umgebende Weideland und den Asphalt. Ließen die Heckflügel des Dodge Duster scheppern. Connie stieg weiter aufs Gas. Wischte Pine Box die rote Rotzmischung von der kaputten Nase und den rissigen Lippen und verspürte denselben Schmerz, den sie kannte, seitdem sie zum ersten Mal in die Hölle geblickt hatte, die man gemeinhin Leben nannte.

Bevor er mit seiner rauen Hand an der Fliegengittertür rüttelte, roch er die Überbleibsel verkohlter Knochen auf fremdem Grund. Er zog seine vernickelte 38er aus dem Hosenbund. Spannte den Hahn und öffnete die Tür.

Vergammelte Gliedmaßen verdarben die Luft in der Küche des Farmhauses ähnlich wie die Kommunistenhaut, die er in Dschungelgebieten in Übersee zerschnitten, zerquetscht und verbrannt hatte.

Grüne Fliegen summten in der feuchtwarmen Luft. Während Maden durch Innereien und Schwarzkirschblut, verteilt auf dem Linoleumboden, pflügten und schwammen.

Schrot hatte den rostigen Kühlschrank und die vergilbten Tapeten gesprenkelt. Was aber auf den ersten Blick auffiel, war die Gabel, die in seinem Hals steckte. Der Mann hielt sie mit den Händen umklammert, als hätte er einen winzigen Mast für eine Friedensfahne in den Boden gerammt.

Kurts Brauen schoben Falten auf seine Stirn. Seine Unterlippe kroch unter die obere, und mit tiefer, rauer Stimme murmelte er: »Perverse Schlampe.«

Er stand da mit seinem perlenbesetzten Gürtel. Armbänder aus Tierhaut waren um jedes seiner suppendosenstarken Handgelenke geflochten. Seine Haut war in zwölf Monaten Dschungelhitze von Granatsplittern tätowiert worden. Feuergefechte, die ihn zu dem gemacht hatten, was er heute war. Hohl.

Er löste wieder den Finger vom Hahn seiner vernickelten 38er. Schob sie sich in den Hosenbund. Er wusste, dass die Frau und ihr Sohn, die er beide jagte, weg waren. So wie er wusste, was ihr und dem Mann, der sich über das Linoleum verteilte, Spaß gemacht hatte.

Als er über ihn hinwegstieg, bewunderte er kurz den Schädel: unförmig wie eine geplatzte und schorfige Warzenmelone, die auf einen Hals und auf Schultern gesetzt und dem Verfall preisgegeben wurde.

Kurt hatte mit Leuten wie ihnen zu tun, solange er denken konnte und seine nackten Füße in Rattenlöcher, Wohnwagen, Hinterzimmer oder Hahnenkampfscheunen setzte. Ein Mann, der eine Frau missbraucht, und eine Frau, die sich genau danach sehnt. Beides drehte ihm den Magen um, ließ Erinnerungen an seine Mutter wach werden, an die blaue Flamme eines Gasherds, über der ein Küchenmesser erhitzt wird. Nacheinander versengten sie erst ihre Geschlechtsteile, dann seine. Mama aufmischen, lachte sie. Verunstaltet würde er es nennen. Er schüttelte die Erinnerung aus seinem Kopf, es machte ihn krank, wenn er sich vorstellte, was der Junge bereits gesehen und getan haben musste.

Kurt war engagiert worden, um die Frau und ihren Sohn zu finden, und zwar für den Mann, den sie vermeintlich tot hatten liegen lassen. Mr. Hayden Attwood, dem unten in Hazard, Kentucky, eine Farm gehörte. Der jetzt aber mit Verbrennungen zweiten Grades im Krankenhaus lag. Den Kiefer verdrahtet. Die Rippen gebrochen und das linke Schienbein gesplittert. Er pisste rot in einen durchsichtigen Schlauch. War nicht in der Lage, auch nur einen Satz zu lallen, und schrieb stattdessen für den Hazard County Deputy Sheriff und Detective auf, woran er sich erinnerte, nämlich nichts.

Der Deputy Sheriff erklärte Mr. Attwood, das verkohlte Nummernschild, das sie gefunden hatten, sei auf einen Mr. Lazarus Dodson registriert, der oben in Indiana lebte. Er hatte weder einen ständigen Wohnsitz noch eine Festanstellung. Er war ein Spieler, ein Billard-Zocker. Hatte bis spät in einer Bar in Corydon gesoffen. Kam raus und sein Fahrzeug war weg. Hatte den Wagen gestohlen gemeldet. Aber

Mr. Attwood war kein großer Anhänger des Gesetzes. Er wollte den Jungen bluten sehen, der ihn geschlagen hatte, und genauso auch die Frau, deren Silhouette er kurz erblickt und die ihn überfahren hatte, und er hatte seine eigene Form von Gerechtigkeit für die gestörten Gesetzesbrecher, die ihm das angetan hatten. Ihr Vollstrecker war Bonfire Kurt. Der seit seiner Entlassung von den US-Marines vor zweiundzwanzig Jahren, damals '72, für Mr. Attwood gearbeitet hatte.

Mr. Attwood hatte die Nummer des Duster aufgeschrieben, die sich ins Mark seines Gehirns gebrannt hatte, als ihn dieser überrollte. Bussarde hatten über ihm gekreist, während er vom brennenden Cadillac geschmort wurde.

Er gab das Kennzeichen Kurt, der glaubte, Lazarus stehe in irgendeiner Verbindung zu der Frau und dem Kind. Attwood verlangte, dass sich Kurt auf das Kind und die Fahrerin konzentrierte. Aber Kurt ging zuerst zu Lazarus. Wollte seinen Alltag unter die Lupe nehmen. Sehen, ob die Frau und der Junge auftauchten. Er fand Lazarus in einer Bar in Indiana. Sah ihn trinken und Pool spielen. Dann in einem schäbigen Hotel absteigen. Der Duster mit der Frau und dem Kind tauchte nicht auf. Dafür aber die Bullen. Einer in Zivil behielt Lazarus gemeinsam mit Kurt im Auge, trank Kaffee und aß Donuts.

Kurt ließ die Bullen machen, zapfte seine Verbindungsmänner an, die ihm halfen, Leute zu finden, die nicht gefunden werden wollten. Das Nummernschild vom Duster verriet, dass Connie und ihr Sohn Willie Voyles zwei Stunden von Lazarus entfernt hinter der Grenze zwischen Illinois und Indiana bei einem gewissen Jimmy Joe Cooley untergekommen waren. Teilzeitdieb und Betrüger. Vollzeitsäufer. Kurt hatte sich ein Szenario zurechtgelegt: Connie und Cooley hatten den Cadillac für Lazarus mitgenommen. Connie war im Duster gefolgt. Willie hat ihn zu Schrott gekloppt. Dann kamen Cooley und Connie zurück, um Willie abzuholen. Lazarus hat den Wagen gestohlen gemeldet. Die Polizei findet ihn abgefackelt in Kentucky. Wenn der Scheck von der Versicherung in der Post liegt, bezahlt Lazarus sie für den Job.

Was in dem Farmhaus passiert war, hatte sich Tage zuvor zugetragen. Bevor der 82er Cadillac gestohlen und angezündet wurde. Cooley war steif wie ein Knochen, war mindestens schon eine Woche am Verrotten. Die arme Sau hatte mit dem Caddy-Beschiss nichts zu tun.

Weil er den Gejagten Gesichter geben wollte, folgte er dem flohverseuchten Teppich im Flur bis zu einem Tuch, das als Tür zum Schlafzimmer fungierte. Darin lag in der Ecke hinten links eine abgenutzte Kingsize-Matratze. Einschusslöcher und Fickflecken intakt. Eine Steppdecke mittendrauf. Keine Kissen. Es roch nach Moder und Schimmel. Ein paar Fliegen hatten sich auf einem verbeulten und zerkratzten Aktenschrank, der als Kommode diente, häuslich eingerichtet. Hemden, Jeans, Socken und Boxershorts hingen aus den geöffneten Schubladen. Keine Bilder an den nikotinverfärbten Wänden. Nur ein paar faustgroße Löcher. Er öffnete die Tür eines Wandschranks. Fand dort einen mit vergilbtem Klebeband verschlossenen Pappkarton. Nahm den Deckel ab. Blätterte die durcheinandergeworfenen Schwarz-Weiß-Fotos von Männern und Frauen durch. Einige davon jung. Einige alt. Bis er ein buntes Polaroid fand, unter das die Namen »Connie und Willie 1980« gekritzelt worden waren. Die Frau war auf prollige Art sexy. Schmutzige Wasserstoffflocken. Ein erbarmungslos knochenweißer Teint. Bodenlose Augen wie von einem Gott ausgehöhlt, der seinen Spaß im Austeilen von Schmerz fand.

Die Locken des Jungen waren verdorrt. Die Augen in zwei Tümpel gemeißelt. Seine Haut leichenblass. Ein Grinsen statt eines Lächelns. Seine Mutter in männlicher Gestalt.

Kurt schob sich das Foto in die Hemdtasche, dachte an seine eigene Mutter, ihre feuchtkalte Hand an seiner Wange, heißer Atem in seinem Ohr, der Duft von in Hopfen gekochtem Knoblauch. Kurt schüttelte den Kopf, spürte, wie seine Wirbelsäule von einem Schlachter bis hinunter zu seiner Achillessehne gespalten wurde, und sagte: »Solche wie euch kenne ich.«

Feuchtigkeit erhitzte seinen Nacken. Tropfte ihm von den Augenbrauen. Er schob das Tuch vom Eingang weg. Folgte dem Flurteppich wieder zurück in die Küche. Stieg über Cooley und raus durch die Fliegengittertür. Die vormittägliche Hitze nahm ihm den Atem, und seine Hände zitterten. Er zog einen Flachmann aus der Gesäßtasche. Schraubte den Verschluss ab und nahm einen kräftigen Schluck Wild Turkey, der seine Eingeweide auf Trab brachte.

Männer seines Zuschnitts hatten zu häufig erlebt, wie die Welt ihre eigenen Geschöpfe zur Ader ließ, um noch Mitleid zu empfinden. Er hatte heraushängende Augäpfel, malträtierte Gesichter und abgetrennte Körperteile gesehen. Genug Schmerz, um in jedermann den Glauben an die Hölle zu wecken. Diese Connie – was sie Cooley angetan hatte, bestätigte nur noch einmal die Existenz dieser Hölle – erinnerte ihn zu sehr daran, wozu seine eigene Mutter fähig gewesen war.

Er schob den Flachmann wieder in die Tasche und ging auf seinen orangefarbenen International Scout zu, wusste, dass er Namen brauchte. Adressen. Zurückfahren und warten musste. Lazarus beobachten. Rausfinden, wo Connie und Willie hingefahren sein könnten. Sie alle zusammen erwischen. Leute dieses Schlags blieben nie lange zusammen.

Aus der Ferne kam ein schrottreifer Pinto über die Schotterauffahrt herangeholpert. Hielt an. Aus dem Pinto stieg eine Frau in abgeschnittenen Shorts, die mal weiß gewesen waren und aus denen ihre Arschbacken lugten, und warf ihm Kusshände zu, während sie sich umdrehte und die Wagentür zuschlug. Sie trug ein zimtfarbenes gestreiftes Schlauchoberteil, in dem der Form nach zwei reife Tomaten steckten, die von Hand gepflückt werden wollten. Ihre wallenden Locken passten zu den Pickeln in ihrem Gesicht, rostfarben, und an ihren Lippen klebte der Zucker von Bazooka Joe Bubble Gum. Barfuß schwankte sie Kurt entgegen und fragte mit unsicherer Stimme: »Is Connie da?«

Sie errötete leicht. Stolperte über Kurts Blick. »Nein. Du weißt nicht zufällig, wo Connie und Willie sind?«

»Wer bist du?«

»Ein Bekannter.«

»Ich hab über zwei Wochen nichts von ihr gehört. Dachte, ich schau mal vorbei. Nicht, dass der Säufer sie wieder grün und blau geschlagen hat, wie eine Natter.«

Der Blick ihrer flussgrünen Augen wanderte in seinen Schritt. Dann hoch zur 38er. Sie wirkte verwirrt, als sie seinem Blick begegnete.

Bevor die Frau ausatmen konnte, packte Bonfire eine Faust voll rostroter Locken und zog. Mit dem Daumen der anderen Hand spannte er den Hahn der 38er, drückte ihr den Lauf in die Wange.

»Hab deinen Namen nicht verstanden, Sugar.«

»BBBBarbra Jean.«

Er konnte den Abfall, den sie in einem Metallfass verbrannt hatte, an ihrem Körper riechen. Dazu noch einen Anflug von Panik.

»Also Barbra Jean, ich brauche die Namen von allen Bekannten von Connie. Wo sie sich mit Willie hinverzogen haben könnte.«

»Connie hat immer nur von ihrem älteren Stiefbruder gesprochen, das war der Einzige.«

»Hat der einen Namen?«

»Lazarus.«

Nachdem er das Tuch von Pine Box' Handflächen entfernt hatte, loderte Zorn auf Lazarus' Lippen.

»Dieser besoffene Indianer hat deine Hände als Aschenbecher benutzt?«

Eine Zigarette hing Lazarus im Mundwinkel, und Rauch schlängelte sich in die speckfettige Luft des Wohnwagens. Im Ort hatte er sich bedeckt gehalten und gewartet, bis ihn die Bullen in Ruhe ließen. Die hatten ihn schon seit einigen Wochen auf dem Kieker. Connie und Willie hausten in dem Wohnwagen, den er von Buck Shields gemietet hatte, auf einem zwei Hektar großen Grundstück draußen im Niemandsland. Niemand wusste davon.

Pine Box saß an dem Resopaltisch und betrachtete seine triefende rosa Handfläche. Mit kleinen murmelgroßen Vertiefungen. Maisgrießkruste in den Winkeln seiner infizierten Augen, schmutzige Schlieren, identisch mit denen seines Onkels, der jetzt mit der Faust auf die Tischplatte schlug.

»Wirst du mir antworten oder den ganzen Tag Anne Frank spielen?«

»Anne, wer?«

»Verflucht, Pine Box, antworte.«

Der Junge biss sich auf die Lippe und seufzte. Sagte: »Immer, wenn Cooley gesoffen hat und Mama weg war, Geld verdienen, ist er gemein geworden wie'n Wespenschwarm. Wollte Mutproben machen. Ich hab keine Angst gehabt. Hab mitgespielt.«

Connie stand ohne BH in einem ausgeleierten Männerunterhemd und Kentucky-blauen Nylonshorts vorm Gasherd und meinte: »Na, der Indianer ist bloß noch ein Haufen Stinkscheiße, Schatz.« Lazarus drückte seine Zigarette aus und schüttelte den Kopf voller schuhcremeschmieriger Locken. Rieb sich das Kinn, weil er Teil von Pine Box' Leben werden wollte, bevor es zu spät war. Connie und Cooley, die mehrere Autostunden weit weg gewohnt hatten, hatten dem Jungen nie was von früher erzählt. Der wusste nicht mal, wer Anne Frank war. Kannte wahrscheinlich auch nicht die Geschichte seines Namens. Lazarus fragte: »Hat dir Connie schon mal erzählt, wie du zu deinem Namen gekommen bist?«

Hinter Lazarus zitterte Connies Hand. Sie spießte knusprige Speckstreifen aus der gusseisernen Pfanne auf einen Pappteller. Dachte dran, dass ihr Stiefvater nie die Finger von ihr hatte lassen können. Ihre Stiefbrüder mussten in die Scheune umsiedeln, als sich ihre Knetmassenfigur zu einer wohlgeformten Frau streckte. Sie hatte nie gewollt, dass Pine Box etwas über ihre Vergangenheit erfuhr. Wie er gezeugt worden war. Um ein Haar ermordet und mit einem Namen versehen. Wut verschmorte ihr Gesicht, und Worte explodierten auf ihren Lippen. »Lazarus, halt dein scheiß Maul!«

Lazarus erinnerte sich an seinen Daddy. Der Mann, der

seine Liebe in Form von Schmerz mitteilte. Vor einem Jahr war er gestorben. Leberkrebs. Hatte Lazarus seine Versicherungspolice hinterlassen. Mit einem Teil von dem Geld hatte er den nippelfarbenen Cadillac gekauft. Den Rest hatte er verspielt. Er hasste das Arschloch. Er hatte eine Stinkwut auf ihn. Aufwachsen da draußen in der Scheune. Die Wut kam zurück, als er vor ein paar Wochen Pine Box sah. Er machte Connie dafür verantwortlich. Hatte das Gefühl, betrogen worden zu sein. Willie bei irgendeinem Mischling aufwachsen lassen.

»Hättest uns mit dem Auto fast gefickt. Hättest mich rauslassen sollen, ich hätte dafür gesorgt, dass der Mann tot ist.«

»Der Kerl war röter als Dosentomaten. Die Hazard County Police hat doch gesagt, dass der sich an einen Scheiß erinnern kann. Liegt im Krankenhaus. Der wartet bloß auf seinen Versicherungsscheck. Außerdem bist du derjenige, der den Wagen auf seinem Grund und Boden abgestellt hat.«

Lazarus bekam feuchte Hände. Die Straße, auf der sie den Wagen geparkt hatten, hatte wie ein Platz ausgesehen, an den die Leute zum Ficken fahren, meilenweit gar nichts. Woher sollte er wissen, wer Attwood war, irgendein reicher Grundbesitzer? Scheiße, er kommt nicht aus Hazard, Kentucky. Er kommt aus Amsterdam, Indiana. Drei Stunden weit weg.

Er brannte einen starren Blick in Connie, überlegte, ob er aus ihrer knochenblassen Gesichtsfarbe denselben Rotton pressen sollte, der durch ihr schwarzes Herz pumpte. Es ihr dreifach heimzuhlen, was dieser Indianer Pine Box mit ihrer Erlaubnis angetan hatte. Dann drang ein Ochsenfroschrülpser aus Pine Box' Mund.

»Woher hab ich meinen Namen Onkel Lazarus?«

Scheiß auf die Alte, dachte er. War schließlich auch sein Kind. Wurde Zeit, dass der Junge über seine Herkunft Bescheid wusste.

»Dein Opa Dodson hat behauptet, du bist nicht aus Liebe, sondern aus Krankheit entstanden. Als du geboren wurdest, hat er dich an deinem faltigen Arsch gepackt. Dich in einen Leinensack gesteckt. Ist in seinem klapprigen Ford die Straße runtergefahren.«

Wacklig. Connie wollte nicht, dass Pine Box die Geschichte hörte, machte die blau-orangefarbene Gasflamme aus. Schrie: »Verflucht, Lazarus, halt dein beschissenes Maul!«

»Sein Name bedeutet was. Ist sein Menschenrecht, das zu erfahren.« Mit einem Blick auf Pine Box fuhr er fort: »Connie, die ist deinem Opa hinterher. Ist barfuß die Schotterauffahrt runtergerannt. Ist ihm bis runter zum Fluss gefolgt. Jetzt stell dir vor, wie der Leinensack, in dem du gesteckt hast, aus dem Ford geflogen ist, als der über eine einspurige Brücke fuhr. Voll in die Strömung geknallt. Wie du geheult und geschrien hast, das Neugeborene kriegt gleich Schwimmunterricht. Connie ist ins Wasser gewatet. Dachte, sie würde eine Holzkiste bauen und dich drin begraben müssen. Hat dich aus dem Sack gezogen. Du hast Flusswasser gekotzt und geschrien. Das ist die Geschichte, die Connie immer erzählt hat. Nicht, wie du geboren wurdest. Wie du gerettet wurdest. Und sie hat dich Pine Box Willie genannt; das neugeborene Leinensackbaby.«

Sie erinnerte sich an den Tag, als sie ihn in ihren Armen gewogen und den anderen die Geschichte in der Silver Dollar Tavern erzählt hatte. Sich mit Whiskey zulaufen ließ und sie der Schmerz im Inneren zerriss. Sie umklammerte den Griff der gusseisernen Pfanne fester. Um sie hochzuheben. Und Lazarus über den Schädel zu ziehen.

Dann flog die Wohnwagentür auf.

Lazarus stand auf und brüllte raus ins Licht, das die Umrisse einer Gestalt im Türrahmen sichtbar werden ließ. »Wer zum Teu…«

Der Umriss unterbrach ihn: »Lazarus?«

»Ja?«

»Schöne Grüße von Mr. Attwood.«

Orangefarbenes Mündungsfeuer schnitt in die stickige Wohnwagenluft. Zerteilte Lazarus' rechtes Knie, dann sein linkes, als würden zwei Eier auf den Gehweg klatschen. Lazarus ging schreiend zu Boden. Warf den Tisch um, auf Pine Box' Beine. Connie schrie. Lief mit der gusseisernen Pfanne voll spritzendem Fett auf den Umriss zu. Ihre Nase traf auf den Lauf der 38er. Flüssigkeit brannte in ihren Augen. Blut rann ihr über die Lippen, ihre Knie krachten zu Boden. Die Pfanne fiel. Speckfett spritzte. Der Mann grinste. Richtete die vernickelte 38er auf Connies Gesicht.

»Du bist ein blödes Stück Scheiße, Mädchen.«

»Wer zum Teufel bist du?«

»Bonfire Kurt. Ich arbeite für Mr. Attwood. Der Mann, auf dessen Grundstück ihr den Cadillac abgestellt habt. Demoliert. Der Mann, den ihr zum Sterben liegen gelassen habt.«

Pine Box kniff die Augen zusammen. Wand sich unter dem Tisch hervor, auf dem Lazarus mit seinem ganzen schlaffen Gewicht lag und wie ein abgestochenes Schwein blutete.

»Habt euch den rachsüchtigsten Mann in ganz Hazard, Kentucky, ausgesucht. So wie ich mir das vorstelle, haben Lazarus und du den Cadillac stehen lassen. Willie hat ihn verschrottet. Lazarus hat ihn als gestohlen gemeldet. Jetzt könnt ihr euch die Versicherung teilen.«

Lazarus spürte nichts mehr, schrie nur noch: »Fick dich!«

Kurt blickte über seine Schulter, grinste dreckig und sagte: »Nein, fick du dich!«

Connie fragte: »Woher weißt du, wer wir sind?«

»Persönliche Kontakte, ein bisschen umhören und eine gewisse Barbra Jean.«

»Barbra …? Was hast du mit ihr gemacht?«

»Kommt nicht mal annähernd ran an das, was ihr mit Mr. Cooley gemacht habt. Ich hab euch drüben in Illinois besucht. Da ist sie aufgetaucht. Hat mir ein paar Fragen beantwortet.«

Connie zischte: »Du Hurensohn!«

Fünf Finger krallten sich in Connies Haar. Zogen sie auf die Füße. Während ihr der heiße Lauf der 38er die Schläfe versengte. Sie verrenkte den Hals bis zu seinem Unterarm. Grub ihm die Zähne in die Narbenhaut. Nahm eine Blutprobe. Er schrie. Sein Abzugsfinger zuckte. Ein Schuss schickte Haut und Knochen durch die Wohnwagenküche. Seine Knie gaben unter ihrem Gewicht nach. Er ließ die Schweinerei, die mal Connie gewesen war, auf den Küchenboden sinken.

Willie stand mit wasserüberfluteten Augen hinter Bonfire und betrachtete die bewegungslose rote Masse.

»Mama?«

Bonfire streckte die Knie durch. Drehte sich zu Willie um, dessen toffee-pinkfarbene Hand nach der von Bonfire mit der 38er griff und der sich den heißen Lauf an die Stirn presste. Sein trüber Blick durchbohrte Bonfire.

»Ich hab keine Angst.«

Aus Bonfires angefressenem Unterarm pumpte Blut über

die Pistole, als er sie sinken ließ. Er sah Willie an, dachte an den Mann, der ihn seiner Mutter weggenommen hatte.

»Nein, hast du nicht, Junge, hast du nicht.«

Vernebelt beobachtete Lazarus, wie sich Bonfires freie Hand öffnete, die Handfläche nach oben. Und er Willie eine andere Wahl ließ.

ALBTRAUM EINES
WASCHBÄRENJÄGERS

J.W. Duke schlürfte gerade seine fünfte Tasse Instant Kaffee und pflegte seinen Kater, als seine Frau Margaret durch die Küchentür kam und schrie, als hätte man ihr eine Käsereibe über die Haut gezogen: »J.W.? J.W.?«

Sein Kopf war vom Schmerzfieber und der Flasche Old Granddad, die er am Abend zuvor gekippt hatte, geschwollen. Er kniff ein Auge zu, betrachtete Margaret durch das andere weitgeöffnete und fragte: »Frau, wieso zum Teufel brüllst du hier rum?«

Angespannt sagte sie: »Es ist Blondie, die ist ...«

J.W. fiel ihr ins Wort: »Die ist was?«

Er hatte sie nicht mehr so überdreht gesehen, seit sie die schlechte Nachricht von ihrem Arzt erhalten hatte, dass sie nicht in der Lage sein würde, ein Kind zur Welt zu bringen. Sie ließ ihren Zorn raus: »J.W., sie ist weg!«

Man muss den Ernst der Situation verstehen – Blondie ist ein reinrassiger Mountain Cur. Eine Hunderasse, die manche zum Jagen oder draußen im Westen zum Bärenaufspüren einsetzen. J.W. kam als Waschbärenjäger auf die Idee, dass, wenn ein Cur draußen im Westen Bären aufspüren konnte, er sich auch darauf abrichten ließ, Waschbären in Southern Indiana zu jagen. Waschbären. In Southern Indiana ist das Jagen von Waschbären so einträglich wie die sonntäglichen Hymnen für einen Baptisten. Vom Fleisch eines großen Waschbären wird ein Mann viermal satt, und ein einziges Fell bringt fünfundzwanzig bis dreißig Dollar, in J.W. Dukes Augen war die Waschbärenjagd das verdammt noch mal einzig Wahre.

J.W. züchtete einen Spitzenstammbaum, ausschließlich Champions. Erstklassige Coonhounds. Ließ alle diese Blue Ticks, Red Bones und Treeing Walkers aussehen wie Mississippi Mutts.

Er bekam jeden Monat einen ordentlichen Batzen Behindertenrente vom US-Marine-Corps, weil er auf einem Ohr halb taub war, zu nah bei jemandem gestanden hatte, der damals, 1968, in einem Reisfeld auf eine Miene getreten war. Das war inzwischen acht Jahre her. Jetzt war er achtundzwanzig und hatte sein Geld in diesen Hund investiert.

J.W. und sein Jagdkumpel Combs, ein Mann, der von einer Erbschaft lebte, fuhren nach Colorado. J.W. durfte sich aus einem Wurf einen Welpen aussuchen. Bezahlte den Züchter in bar. Nahm den hellbraunen Cur-Welpen mit nach Hause. Er zog ihn auf, als wäre er sein eigen Fleisch und Blut, als würde er einem Kind beibringen, wie man spricht, seine Beine zum Gehen benutzt und sich selbst ernährt, so lehrte er Blondie, Fährten aufzunehmen und das richtige Tier auf einen Baum zu jagen; einen Waschbären.

Er richtete sie ab, genau so, wie er es von seinem Daddy gelernt hatte. Sein Daddy war ein Kenner der Waschbärenjagd gewesen, bevor er sich für die Ewigkeit entschied. Ihn hatte der Depressionsvirus erwischt, nachdem J.W. in den Vietnamkrieg gezogen war, und seine Mutter hatte der Krebs zerfressen.

Daddy Duke kannte den Stammbaum seiner Hunde.

Welche Hündin mit welchem Rüden gepaart werden musste, um den besten Jagdhund zu züchten. J.W. wurde der einzige staatlich geprüfte Ausbilder und Züchter von Mountain Curs in ganz Southern Indiana, Kentucky und Tennessee.

Als J.W. aus dem Krieg zurückkehrte, lernte er Margaret kennen und heiratete sie, schon wenig später wollte sie ein Kind. Sie versuchten es und versuchten es immer wieder, bis sie den Anblick des jeweils anderen nicht mehr ertrugen. Ihr Inneres wollte nicht, was er ihr anbot. Der Arzt sprach von einem Puzzlespiel mit zu vielen Teilen, die nicht zueinanderpassten.

Sie hatte Gott dafür verflucht, dass er sie so geschaffen hatte. J.W. sagte sie, sie würde alles dafür tun, dass sich ihre innere Beschaffenheit änderte. Margaret setzte das so sehr zu, dass J.W. nicht mal mehr davon sprechen konnte, ohne dass sie zu heulen anfing.

Aber Margaret wurde mit Blondie warm wie ein Mähdrescher bei der Getreideernte. Der eine wurde erfunden, um den anderen zu kultivieren. Sie gewann die großen braunen Augen lieb und das kurze samtige Fell, von der Farbe einer kalten Dose Pils. Blondie wurde ihr kleines Mädchen. Margaret half J.W., sie abzurichten. Badete und bürstete Blondie, bis sie erwachsen war. Ging morgens mit ihr Gassi. Spätabends trainierten sie noch mit einem Ball, in den ein Waschbärenfell eingenäht war. Und sie nahm sie sogar mit in die Stadt, wenn sie was zu erledigen hatte. Das Fenster des Trucks war runtergekurbelt, und Blondie streckte den Kopf in den Wind und ließ die Ohren flattern wie Flaggen. Sie brachte ihr Befehle bei. Sitz. Fass, Mädchen. Und bei Minustemperaturen im Winter nahm Margaret Blondie mit ins Haus, ließ sie am Fuß des Bettes schlafen oder neben dem Feuer am Holzofen.

Sie fuhren mit ihr zu Waschbärenjagdwettbewerben. Margaret war nicht schüchtern, mischte sich unter die anderen Jäger, die J.W. und seinen Daddy kannten. Viele Jäger kamen bei ihnen zu Hause mit guten Absichten vorbei, wollten ihren Hund mit Blondie kreuzen oder, dass J.W. einen von ihren abrichtete. Sie wollten auch richtig gut dafür bezahlen. Aber sein Daddy hatte ihm beigebracht, nicht einfach irgendjemandes Hund abzurichten.

Jetzt ging J.W. aus der Tür, und Margaret folgte ihm, fragte: »Wohin zum Teufel gehst du?«

Er sagte: »Zur Scheune, ich guck's mir mal an.«

Und genervt fragte sie: »Wieso fährst du nicht in die Stadt und holst Mac?«

J.W. fiel ihr ins Wort und sagte: »Der kommt irgendwann heute Vormittag vorbei, ich geh mit ihm und Duncan drüben auf der anderen Seite fischen.«

»Hast du mir nichts von gesagt.«

»Frau, es gibt einiges, das ich dir nicht sage, und zwar aus verdammt gutem Grund.«

Oben bei der Scheune schaute sich J.W. Blondies Parcour an. Ein Schotterweg, den J.W. angelegt hatte und der aussah wie eine kleine Pferderennbahn, damit die Hunde dort laufen konnten und die Ballen ihrer Pfoten widerstandsfähig blieben. Weniger Matsch. Im Zentrum der Bahn war die Erde feucht von dem Regenschauer spät in der vorangegangenen Nacht. Die Collage aus Pfotenabdrücken führte um Blondies Hundehütte herum, deren einziger Inhalt jetzt frische Zedernspäne waren. Um die Flöhe und Zecken in Schach zu halten. Ihre Kette war nicht kaputt. Kein Hundehalsband. Was bedeutete, dass jemand anders als J.W. oder Margaret sie von der Kette genommen haben musste.

J.W. schrie: »Scheiße!« Er sagte sich, es sei nur eine Frage der Zeit gewesen, bis es sie auch erwischte, weil irgendein zwielichtiges Arschloch schon seit Monaten Zuchthunde klaute, wenn die Leute schliefen. Von Southern Indiana bis Kentucky und Tennessee sahnt der Dieb damit Kohle ab. Man muss nur die Anzeigen hinten in Full Cry oder American Cooner durchsehen. Einen Käufer finden. Deshalb hasste es J.W., für x-beliebige Leute Hunde abzurichten oder zu züchten. Gier.

Er ging in die Knie. Um seine Lippen herum begann es zu zucken. Die Augen waren verhangen. J.W. hatte viel Zeit und Geld in den Hund gesteckt. Ein Sack Old Roy oder Alpo-Dog-Futter pro Woche ist auf Dauer kein Pappenstiel. Ganz zu schweigen davon, dass er einen Waschbären hatte fangen müssen, ohne ihm dabei ein Bein auszureißen. Die werden irgendwie stinkwütend, wenn man sie fängt, sie ihrem natürlichen Lebensraum entreißt, in einen Rollkäfig aus Maschendraht steckt, ähnlich wie ein Hamsterrad, nur eben ein Käfig, damit der Hund den Waschbären riecht. Sich mit dem Geruch vertraut macht. Wenn der Waschbär rennt, rollt der Käfig. Der Hund jagt drumherum. Der Scheiß dauert ewig. Besonders, wenn sich der Hund nicht für den Waschbären interessiert. Dann hat man verdammt noch mal Pech gehabt. Als er aus dem Krieg zurückkam und sein Vater tot war, hatte J.W. nichts mehr außer dem, was ihm sein Daddy beigebracht hatte, nämlich, wie man einen Hund abrichtet.

Blondies Auslaufgelände absuchen. Die Situation einschätzen. Irgendwelche übersehenen Pfotenabdrücke. Abdrücke, die wegführten. In eine andere Richtung. Nichts. Nur ein Haufen loser Schotter.

Dann ein Abdruck am äußeren Rand des Kreises. Immer noch auf Knien. Das Lippenzucken weitete sich auf seine Nerven aus. J.W. konnte Spuren lesen. Hatte als junger Mann mit einem Hund an seiner Seite so manches Tier verfolgt. Hatte die Fähigkeit mit nach Übersee in den Krieg genommen. Unbekanntes Gelände. Dschungelpfade in Vietnam. Ein echter Fuchs bei der Aufklärung. J.W. und ein Schäferhund mit dem Codenamen Merk One-eight wussten Stiefel von Sandalen zu unterscheiden. Lernten, dass Matsch Matsch ist, egal auf welchem Kontinent. Das wurde seine Spezialität. Zusammen verfolgten sie die Vietcong bis zu ihren unterirdischen Vorratstunneln in Cu Chi. Und räucherten die Kommunistenschweine aus.

Margaret stellte sich neben ihn und fragte: »Was ist, J.W.?«

Im inneren Kreis der Auslaufstrecke war noch ein Abdruck. Abdrücke lügen nicht. Es waren nicht seine und auch nicht ihre und auch nicht die eines Hundes. J.W. ignorierte Margaret und atmete langsam und tief ein. Irgendwas in seinem Gehirn machte Klick. Und all das Schlechte aus dem Krieg kochte hoch. Wie ein heftiger Anfall von Windpocken oder giftiges Efeu, das man nicht aufhalten kann. Und er nahm alle Einzelheiten wahr; Stiefel. Größe 46. Nicht unsere. Viel zu teure Red-Wing-Stiefel. Unbequem. Kein Halt. Er weiß das, und er weiß es genau. Die Einzelheiten lassen das Schlechte überkochen. Und Margaret sagt mit besorgter Stimme: »J.W., ich frag dich nicht noch mal, was zum Teufel ist los?«

Er nahm eine Lucky Strike aus der Tasche seines schwarzbraun karierten Flanellhemds und steckte sie sich zwischen die wütend zuckenden Lippen. Sein Daumennagel an einem Ohio Blue Tip. Ein Streichholz, das auf jeder Oberfläche angerissen werden kann. J.W. saugte den ungefilterten Rauch in seine Lungen und sagte: »Frau, hinter uns ist ein habgieriges Arschloch her.«

Er ging in das weiße Milchhaus, das an die ozeanblaue Scheune anschließt und ungefähr so groß ist wie ein kleines Gästezimmer, und musterte die Schippen, Äxte, Mull, Vorschlaghammer, Sensen und Macheten. J.W. wollte dem Mann nicht gleich den Arsch zu Maismehl verarbeiten. Nur Maßnahmen ergreifen. Er schnappte sich eine Dose verbleites Benzin, die Fuchsfallen, die der Dieb als Freund getarnt bei J.W. untergestellt hatte, Fallen von der Art, dass ein Mann nie wieder gerade gehen kann, sollte er zufällig hineingeraten. Nicht mal humpeln. Ihm blühte ein Leben als klumpfüßiges Arschloch, weil er einem anderen den Hund gestohlen hatte.

Er packte alles auf die rostige Ladefläche seines orangefarbenen International Harvester Scout. Ging ins Haus. Direkt zum Wandschrank im Schlafzimmer. Zog seine zerdellte grüne Militärkiste aus Metall vom obersten Schrankfach. Machte sie auf und nahm seinen Spring Field Armory 45-Kaliber-Colt heraus. Dasselbe Modell, mit dem er in Übersee Männer ins Jenseits befördert hatte. Mit einem Rückstoß, der einem normalen Mann die Schulter auskugelt.

Er zog am Schlitten, lud eine Patrone mit Schießpulver und Blei in die Kammer. Margaret kam rein und sagte: »Hör auf, dich wie ein Vollidiot zu benehmen, hol lieber Mac, lass den das regeln.«

Er schob die 45er hinten in seine durch harte Arbeit abgewetzte Latzhose, sah ihr ins Gesicht. Sie war so ruhig wie der klare blaue Himmel. Anders als J.W., wenn er high war vor Hass, war jedes Bitten von der Gegenseite wie der vietnamesische Dschungel. Fremd. Er sagte zu Margaret: »Hab dir doch gesagt, der wollte heute Morgen zum Fischen kommen, außerdem ist der einzige Idiot hier der Mann, dem ich gleich einen unangemeldeten Besuch abstatten werde.«

Sie sagte: »Du bist ja irre, wahrscheinlich hat dir das ganze Agent Orange, was du da geschluckt hast, das Gehirn weggeschmort.«

Draußen packte er die 45er in das Handschuhfach des Scout, und Marty MacCullum fuhr vor. Ließ die Bremsen von seinem Polizeiwagen blockieren und Schotter von der Auffahrt spritzen.

Lachte schrill und irre, klang wie ein wildes Nagetier, das in einem großen Ledersack kreischte, und sagte: »Wo zum Teufel willst du so verdammt früh schon hin? Hab gedacht du, ich und Duncan gehen fischen?«

J.W.s Lippe zuckte aus Abscheu vor zu vielen Worten, und er sagte: »Ist was Persönliches dazwischengekommen.«

Marty, alle sagten kurz Mac zu ihm, war Marshal in Mauckport. Kein Stadtclown oder Bezirksbulle. Ein seltsamer Mann, der zu seltsamen Zeiten unterwegs war, einen verqueren Sinn für Humor und eine Vorliebe für Bier hatte. Er war schon älter, aber wie J.W. hatte auch er dunkle Seiten, von denen sich andere lieber fernhalten sollten.

Er und J.W. nutzten die hundertzwanzig Hektar Privatgrund, die J.W.s Daddy ihm in seinem Testament vermacht hatte, nachdem er ihn mental total fertiggemacht hatte. Mindestens einmal die Woche jagten sie und kippten ein paar Bier, quatschten und fingen Waschbären bis spät in die Nacht. Und sie fischten ganz oft am Ohio River, schon weil ein guter Teil von J.W.s Grundstück dran angrenzte.

Mit irrem Blick hinter einer Spiegelbrille, die fest auf der Nase saß und sein narbiges, rissiges Gesicht verdeckte, und Red-Man-Kautabak im Mund, nahm Mac einen guten Schluck aus seiner Dose Pabst Blue Ribbon. Kostete ihn aus mit dem dreckigen Klangeffekt eines lauten Lippenschmatzers und fragte: »Kann ich dir irgendwie helfen, J.W.?«

J.W. gab zurück: »Wie gesagt, ist was Persönliches.«

Mac sagte: »Na ja, dann wenigstens noch einen Absacker? Ist das letzte und eiskalt.«

In J.W.s Gehirn brodelte es, und er wollte schon von Blondie erzählen, aber er musste es auf seine Art machen und sagte: »Lieber nicht.«

Der Scout sprang an, Mac nahm noch einen tiefen Schluck und lachte, mit seinem zweifelhaften Sinn für Humor sagte er: »Du hast doch keine Entzugserscheinungen am frühen Morgen, oder J.W.? Brauchst du'n Bier? So wie deine Mundwinkel zucken, hebeln sie dir noch die Augen aus den Höhlen.«

J.W. schloss die Augen und schüttelte den Kopf. Sein Gehirn klapperte an seinem Trommelfell wie Schrot. Mac hielt ihn auf. Blondie konnte längst unterwegs in einen anderen Staat sein.

Mac nahm noch einen Schluck. Den Dosengeschmack auskostend, sagte er: »Du verschweigst mir was, J.W. Wenn dich das, was immer es ist, so auf Touren bringt, sollte ich wahrscheinlich doch lieber mitkommen. Meinem Freund helfen.«

J.W. rückte mit der Sprache raus. »Vielleicht hab ich den Kerl gefunden, der die Hunde klaut. Aber wenn ich mich irre, bringt's nichts, so ein Theater zu machen.«

Mac zerdrückte die Dose. Warf sie auf den Boden seines Polizeiwagens, machte seine letzte Dose Pabst auf, sah zur Scheune hinüber, dann wieder zu J.W. und sagte: »Leck mich am Arsch, kein Wunder, dass du so durchdrehst. Du hast einige von den Hunden abgerichtet, die gestohlen wurden. Vielleicht könnte man ja weggucken, damit ein Freund mit dem Dieb was besprechen kann. Ich glaub, am besten funke ich Duncan an, mal sehen, wann er zum Fischen kommt. Hat gemeint, er will mit dem Boot zu uns stoßen.«

J.W. sagte zu Mac: »Ich weiß das zu schätzen.« Und bot ihm an: »Drinnen stehen noch zwei Kisten Pabst im Kühlschrank. Bedien' dich.«

»Hey, und ich hab schon gedacht, du hast sie nicht mehr alle, so irre wie du aus der Wäsche geguckt hast.«

J.W. legte einen Gang ein. Die Lippe zuckte ihm bis ins Auge, er sah Mac an und nickte. Dann trat er aufs Gas. Loser Schotter prasselte auf Macs Polizeiwagen.

Alles, was einen im Leben nicht umbringt, ist eine Lektion. Lektionen werden gelernt. Andere Lektionen erteilt man. Was J.W. im Krieg gelernt hatte, setzte sich im Alltagsleben fort. Menschen lügen. Menschen sterben. Und wenn es etwas gab, das J.W. Duke nicht tolerieren konnte, dann waren das Lügen. Er versuchte zu kapieren, warum dieser Blutsauger von einem Mann sich mit ihm anlegen wollte, glaubte, er habe wahrscheinlich zu lange vom geerbten Geld seiner Familie gelebt. Einer Erbschaft von seinem verstorbenen Daddy, der Arzt war. Er war ein paar Jahre älter als J.W., hatte aber in seinem ganzen Leben noch keinen Tag gearbeitet. Alles, was er besaß, hatte er geerbt. Und jetzt war er habgierig geworden. Hatte J.W.s Hund geklaut und wollte ein Vermögen damit verdienen.

J.W. parkte den Scout. Stieg aus. Schob sich die 45er hinten in die Latzhose und schnappte sich den Benzinkanister. Hängte sich die Fallen über die Schulter.

Er hätte besser aufpassen sollen, so oft, wie er mit Combs auf Waschbärenjagd gegangen war. Immer hatte der J.W.s Hund genommen. Seinen Truck gefahren. Sein Pabst Blue Ribbon getrunken. Das Arschloch hatte nie selbst was zum Mittagessen dabei, immer hatte J.W. seine Fleischwurstbrote mit dem Schmarotzer geteilt. Combs hatte gelacht und gemeint, das seien Steak-Sandwiches für Arme. Und dabei lauschten sie dem Heulen des Hundes, der eine Fährte aufgenommen hatte. Dann dem Echo im bewaldeten Tal, wenn der Hund den Waschbären auf einen Baum getrieben hatte. Dann kam der lange Marsch durch die Wälder, an Wasserläufen entlang und Hügel rauf und runter, immer dem Bellen nach. Ein 22-Kaliber-Gewehr über der Schulter, eine Batterie am Gürtel, um die Jagdlampe, die er wie ein Höhlenkletterer an seinem Kopf befestigt hatte, mit Strom zu versorgen. Die meisten Jäger hofften, ihr Hund habe die richtige Fährte aufgenommen und sei keinem Eichhörnchen oder Oppossum nachgerannt. Diese Jäger kannten die alten Methoden, wie man einen Hund abrichtet, so wie J.W. es von seinem Daddy gelernt hatte, nicht mehr.

Manchmal kletterte J.W. auf den Baum, sobald er im Licht die Reflexion der Augen des Waschbären sah, der sich oben in den Ästen versteckte. Er schlug den Waschbären zu Boden, ließ seinen Hund das fauchende und kratzende Tier niederringen und ein bisschen Kampfgeist genießen, bevor er es tötete. Oder aber er schoss den Waschbären vom Baum. J.W. waren beide Methoden im Wechsel am liebsten, um seinen Hund in Schach zu halten.

Je mehr sich J.W. das alles durch den Kopf gehen ließ, desto klarer wurde ihm, dass Combs ihn, jedes Mal, wenn sie jagen gingen, bearbeitet hatte, Geschäfte mit ihm zu machen.

Ein Deal, der unter anderem vorsah, dass er Blondie mit einem von Combs Hunden kreuzte. Combs redete davon, was für einen Riesenbatzen Kohle sie mit den Welpen machen könnten, sechs- bis achthundert Dollar pro Hund. Er hatte sogar Margaret gedrängt, J.W. gut zuzureden. Ihr alle möglichen falschen Hoffnungen gemacht und Flausen in den Kopf gesetzt, J.W.s Kenntnisse könnten sie reich machen.

Hatte ihr von seinen Beziehungen zu einem Arzt erzählt, einem Spezialisten, den man wegen ihres Leidens heranziehen könnte. Und dass man mit zusätzlichem Geld eine Operation bezahlen und alles wieder gutmachen könne. Die ganze Zeit hatte J.W. nein gesagt.

Jetzt stand er da und betrachtete die umstehenden Hickorybäume, deren von Adern durchzogene grüne Blätter Combs aus rechteckigen Sandsteinen erbautes Haus beschatteten. Farn zierte die Ränder der Kampfzone wie Pflanzen im Dschungel. J.W. näherte sich Combs schwarzem Chevy Bronco, darin lagen eine gepackte Tasche, Taschenlampen und an Netzteile angeschlossene Scheinwerfer, der Bodenbelag aus Gummi war schmutzig. Das Arschloch hatte nie angeboten zu fahren, wenn sie zusammen jagen waren. Aber zu J.W.s Haus hatte er fahren können. J.W.s Hund klauen, während er noch besoffen rumlag. Seine Blondie einsacken. J.W. wusste, was Combs vorhatte, dachte, er könne Blondie mit verschiedenen Hunden in verschiedenen Staaten paaren und schnelles Geld machen, viel Geld verlangen und einen Anteil an den Welpen.

J.W. sah den gepflasterten Gehweg entlang und entdeckte Schmutzspuren auf den Stufen zu der Veranda aus poliertem Zedernholz, wo orangefarbene und gelbe getrocknete Flaschenkürbisse hingen. An der Haustür stand ein alter

Cola-Automat, rot-weiß und verrostet mit einer gesprungenen Seitentür aus Glas, und daneben auf dem Boden lagen schmutzige Stiefel. Red Wing. Größe 46.

Seitlich am Haus, kniend unter dem Esszimmerfenster. Seine Lippe zuckte bis zum Auge.

Den Rücken an Combs Haus gepresst, drehte sich J.W. um und spähte hinein, sah Combs, aber von Blondie keine Spur. Sein Herz hämmerte von Abscheu durchflutet. Das Arschloch saß an einem mit Zeitungen und Zeitschriften übersäten Tisch. Ruhig wie ein Krustentier. Dieses hasenschartige Grinsen, das er als blödes Lächeln verkaufte. Frühstückte zum letzten Mal. Schaufelte sich Brocken von Rührei ins Maul. Eigelb am stachelbärtigen Kinn.

Als er wieder auf die Knie ging, schüttelte J.W. den Kopf und dachte, Blondie war das Einzige, was ihm von seinem toten Daddy geblieben war, und Combs hatte ihm all die Zeit und das Wissen gestohlen.

J.W. schraubte die Kappe vom Kanister, blieb möglichst weit unten am Boden und ging rückwärts, tränkte das Haus rundum. Ließ ein bisschen Platz zwischen Benzin und Sandstein. Eine Lücke. Damit der Vietcong aus seinem Loch gekrochen kam. Dem würde er schön einheizen.

Er beobachtete es aus allererster Reihe. Stellte sich vor Combs Haus. Auf den Gehweg. Der leere Kanister verbleites Benzin lag auf dem Boden. Die Fuchsfallen vor ihm, offen. Bereit zuzuschnappen.

Zündstein an Flamme. Inhalierte seine Lucky Strike. Ließ sie im Mundwinkel hängen. Den 45er Colt in der Hand. Entsichert. Nahm noch einen letzten lungeabtötenden Zug, dann sagte er sich, das ist für meinen Daddy, schnickte die Lucky durch die Luft auf die benzingetränkte Erde. Der vergossene Sprit zog einen Kreis um Combs steinernen Unterschlupf. Ging rings ums Haus in Flammen auf.

Combs platzte aus der Haustür. Die Jeans nur halb zugeknöpft, darüber der cremefarbene Hängebauch. Ein einläufiges Gewehr in der Hand. Mit der Energie einer explodierenden Napalmbombe raste er barfuß die Stufen der Veranda hinunter, den Mund voller Essen. Brüllte: »Du irres Arschloch, hast du den Verstand verloren?« Lebensmittelpartikel geiferten mit den Worten. Er hob sein Gewehr. Sein Blick traf den von J.W.

Diese Hütten. Als ob ein Kommie da schreiend rausrennen und ausländisch fluchen würde. Combs war völlig von Sinnen, als er auf J.W. zugelatscht kam, barfuß mitten in die erste Fuchsfalle rein. Wie ein schweres Buch, das auf einen Holzboden knallt. Laut. J.W. sah, dass die Metallzähne den Jeansstoff durchtrennten. Sich ins Fleisch bohrten, in Knochen gruben. Blut suppte durch. Combs schrie wie eine kastrierte Wildsau. Ließ die Flinte fallen.

J.W. zielte mit der 45er auf ihn. Der Benzinflammenkreis erstickte allmählich. Schwelte noch. J.W. fauchte ihn an: »Wolltest du einen Ausflug mit meinem verdammten Hund machen? Sie Züchtern anbieten und Profit mit ihr machen?«

Aus Combs Augen floss Wasser über die stachligen Wangen. »Du blödes Arschloch.«

Bereit, seine Rede mit kaltem Stahl zu unterstreichen, Combs Tonfall aufzufrischen, ihm wieder ein bisschen Wahrheit auf die Zunge zu legen, sagte J.W.: »Letzte Chance, Combs. Wo ist Blondie?«

Heulend wie ein junger Hund, der von der Zitze seiner Mama entwöhnt wird, sagte er: »Ich hab deinen scheiß Hund nicht!«

Als J.W. fragte, warum Combs getan hatte, was er getan hatte, sagte der: »Geld.« Combs hatte das komplette Erbe seines Daddys verschleudert. Deshalb klaute er erstklassig gezüchtete Coonhounds für eine 50/50-Beteiligung.

Als Blondie weg war, hätte J.W. in die Stadt fahren sollen. Mac suchen. Mac hätte sich natürlich versteckt, und samstags säuft er ja auch immer wie ein Loch, und J.W. hätte ihn nie gefunden, alle wären längst weg gewesen, bis er zurückgekommen wäre. Das Problem war nur, dass Mac und J.W. fischen gehen wollten.

Combs dachte, er hätte noch Zeit für eine letzte Mahlzeit, bevor er die Stadt verlassen musste. Hatte er auch mehr oder weniger.

Jetzt war J.W. wieder zu Hause. Raus aus dem Wagen. Die 45er in der Hand, ging er ins Haus. Blutige Fußspuren zierten die Küche. Ein geschlachteter Ochse.

Er folgte der Blutspur hinter die Scheune bis zu Macs Polizeiwagen. Zum Kofferraum. Drumherum rote Spuren. Letzte Möglichkeit, in den Wald, über den Hügel, runter zum Ohio River.

Er erreichte den Fuß des Hügels. Außer Atem. Geisteszustand rasant im Wandel. Einerseits konzentriert. Andererseits schmerzerfüllt. Wut prasselte auf sein Inneres nieder. Er versuchte, sich zusammenzureißen, hoffte, es sei noch nicht zu spät, sah zur Hütte, die sein Daddy zum Fischen gebaut hatte. Zum Übernachten. Um wegzukommen.

Sein Herz versuchte, aus seiner Brust zu fliehen. Fuß gegen die Hüttentür. Trat sie ein. Die 45er im Anschlag. Ging rein. Guckte runter, ein Anflug von Erleichterung.

Dort lag sie, blickte ermattet aus den sanften braunen Augen, gab ein dumpfes Jaulen von sich. Sie war immer noch benommen, kaum in der Lage, den Kopf zu heben und J.W. zu begrüßen, die Rettung. Dann hörte er, wie hinter seinem Schädel ein Abzugshahn gespannt wurde. Sechs Kugeln einer 357 Smith and Wesson. Macs Pistole. Gefolgt von den Worten einer untreuen Ehefrau. »Zwing mich nicht, deine Denkmaschine aufzusprengen, J.W. Lass die Waffe fallen.«

J.W. ließ die 45er fallen. Ihre Worte waren eiskalt und genau auf den Punkt: »Hast es nicht kommen sehen, oder?«

Nach all den Jahren brach sie ihr Ehegelübde, und er sagte: »Wie zum Teufel konntest du nur?«

»Leichtes Geld. Combs hat versucht, dich zu überreden, aber du wolltest ja nicht nachgeben. Also haben wir uns mit einem Typen zusammengetan, der als Puerto-Rico-Pete bekannt ist. Handelt mit Hunden für illegale Hundekämpfe. Die Deals werden auf einem Boot gemacht, auf dem Ohio. Die Evans-Familie macht das seit Jahren.«

Nicht zum Jagen verscherbelt, zum Kämpfen.

Der Druck in J.W.s Brust war eine Mistgabel, die Heuballen aufspießte. Er sagte: »Dann ist's ja umso besser, dass unser Grundstück an den Ohio River grenzt.«

»Heute Morgen dachte ich, du würdest in die Stadt fahren und Mac suchen, ich wäre bei deiner Rückkehr längst weg gewesen.«

Wie hatte diese Frau es über sich gebracht, Blondie aufzuziehen und abzurichten, nur um dann alles wegzuschmeißen? J.W. fragte sich, wie lange er schon eine Lüge lebte. Und Margaret sagte: »Natürlich konnte ich Combs nicht mehr warnen, nachdem du den Stiefelabdruck gesehen hattest und Mac vorbeigekommen war, weil J.W. ja kein Telefon braucht.«

J.W. versuchte, ihr ein bisschen Dreck entgegenzuschleudern: »Echt schlimm, das mit Combs, fiel ihm ganz schön schwer, mir die Einzelheiten zu erklären, wo sein Fuß doch in einer Fuchsfalle steckte.«

Ohne jedes Mitleid sagte sie lachend: »Der arme Combs.«

J.W. fiel wieder ein, was für ein Chaos Margaret im Haus hinterlassen hatte, und sein ganzer Körper spannte sich an, erinnerte sich an die letzten Worte, die sein Freund gesagt hatte: »Bis später«. Und er fragte: »Was ist mit Mac?«

Sie sagte: »Das blöde Arschloch ist ins Haus gekommen, wollte Bier holen, als ich Blondie grad aus dem Keller in die Küche geholt hab. Hab ihm erzählt, sie sei krank. Er dreht sich um, macht den Kühlschrank auf. Nimmt sich ein paar Pabst. Ich hab das Schlachtermesser genommen. Hab's ihm schnell besorgt.«

J.W.s Gedanken bebten vor Trauer und Wut über den Verrat. »Das alles für Geld?«

»Für mehr als Geld. Für den Doktor, von dem Combs gesprochen hat, der die Puzzleteile in mir zusammensetzen kann, der, den wir uns angeblich nicht leisten können. Mit dem Verkauf von den Hunden hab ich ihn komplett bezahlt. Tut mir leid, J.W., deine schlichte Art zu leben hat ihren Reiz verloren.«

Sie lachte wieder, sagte, er solle sich umdrehen. »Ich will sehen, wie stolz du noch bist, wenn ich dir ins Gesicht schieße.«

Bevor er sich umdrehte, lächelte J.W. Blondie an, die da auf dem Boden lag. All die Zeit hatte er gemacht, was ihm sein Daddy beigebracht hatte, all das Wissen angewandt, das darauf wartete, einträglich zu Geld gemacht zu werden. Sein Herzschlag passte sich dem Pulsieren des Blutes in seinem

Hirn an, als er die Fakten aus dem Mund seiner verräterischen Frau vernahm. Er drehte sich um. Von Angesicht zu Angesicht. Sie sagte: »Auf Wiedersehen.« Er schloss die Augen. Biss die Zähne aufeinander. Ballte die Fäuste. Wollte reagieren. Wollte mit all seinem verwirrten Schmerz und all seiner Trauer gegen sie anrennen, wurde aber plötzlich taub in den Ohren. Sein Gesicht wurde warm. Aber seine Knie knickten nicht ein.

Mac hatte Duncan angefunkt, ihm Bescheid gesagt, bevor er zu J.W. ins Haus ging, gesagt, er sei unterwegs zur Hütte, wo er saufen und fischen wollte. Duncan hatte, auch wenn er nicht im Dienst war, eine Waffe dabei, und als er sah, dass Margaret J.W. eine 357er zwischen die Augen drückte, hatte er keine Zeit mehr, es sich noch mal zu überlegen. Er zielte und drückte ab, machte J.W. zum Witwer.

J.W. bekam fünf Jahre wegen versuchten Mordes, zwei davon auf Bewährung, in einem staatlichen Gefängnis in Indiana. Sein Zuhause war jetzt eine zwei mal zwei Meter große Betonbox mit Stockbetten. Gitterstäben. Er bekam drei Kippen täglich. Und hatte eine Menge Zeit, um Gewichte zu stemmen, Bücher zu lesen, Tattoos umsonst und so viel männlichen Anschluss, dass ihm ganz schlecht davon wurde. Duncan versprach, sich um Blondie zu kümmern. Auf all das Wissen aufzupassen, das J.W. von seinem Daddy weitergegeben bekommen hatte.

Zuckungen

Alejandros Faustschlag ließ die Scheibe der Hintertür über den Küchenboden spritzen. Seine Finger drehten rot an Türgriff und Schlossriegel. Die Haut schorfig, die Haare kreuz und quer über seinen Kopf verteilt, manövrierte er sich durch die Küche und den dunklen Flur mit den gerahmten Familienbilderwänden. Er betrat das Schlafzimmer, wo sich eine Silhouette im Bett aufsetzte und ihm den Atem nahm, so wie eine große Decke ein Feuer erstickt.

Eine Stimme gähnte: »Kommst früh nach Hause.«

Alejandro schmeckte Angst und geriet in Panik, setzte die Neun-Millimeter an. Sein angekauter, schwarzer Finger zog einmal am Abzug, zweimal. Schatten huschten über die Schlafzimmerwände. Mit einem dumpfen Knall schlug die Silhouette auf dem Teppich auf.

Hinter Alejandro prasselten Schritte im Flur wie von marschierenden Soldaten, er drehte sich mit erhobener Waffe um, vergrub die freie Hand im Nacken, kratzte nach Halt. Er richtete die Neun-Millimeter auf den kleinen Umriss, der »Mom!« schrie. Alejandro knirschte mit den Zähnen und sagte: »Solltest nicht hier sein.« Wärmte die Eingeweide des Kindes. Ließ seine Schreie verstummen.

Amphetamin-Hunger versetzte Alejandros Hirn mit Schmerz, als er sich die Pistole vorne in die Jeans schob, die wie ein gebrauchter Malerlappen an ihm hing. Dann durchwühlte er die Kommodenschubladen. Socken. BHs. Unterhosen. Nichts Wertvolles. Und er schrie: »Nein, nein, nein!«

Im Wandschrank fand er eine Beretta 380, schob sie sich hinten in die Hose. Auf einem Stuhl in der Ecke lag eine Handtasche. Er kippte sie auf den Teppich aus. Er entdeckte die Brieftasche, fiel auf die Knie, machte sie auf. Fand ein Bündel Scheine. Ein Vermögen.

Er verließ das Schlafzimmer, ging in den Flur. Vorbei an dem Kind, dessen Lungen sich noch hoben. Alejandro verschwand wie ein Traum.

Detective Mitchells kohlschwarzes Haar passte zu den tiefen Augenringen. Seine schwarze Krawatte hing locker um den aufgeknöpften Kragen seines weißen Hemds. Die Flasche Knob Creek stieß an seine Lippen. Löschte seine Schuld.

»Hätte die Nacht zu Hause bleiben sollen«, nuschelte er. Er war in den frühen Morgenstunden am Blue River fischen gegangen, hatte seine Angelflaschen aus Plastik gecheckt, die er in den vielversprechendsten Ritzen versteckt hatte, als er Schotter und Beine knirschen hörte. Er sah Lichter am Ufer und zwischen den Bäumen. Ein Motor verstummte. Eine Tür schlug zu, hallte übers Wasser. Und dann rief die vertraute Stimme von jemandem, der nicht mit ihm fischen konnte: »Mitchell?«

Er stieg aus dem Wasser, zog an der Leine, die an seinem Boot befestigt war. Auch ohne Taschenlampe konnte er Sergeant Moons Züge erkennen, während die Neuigkeiten, die er brachte, Mitchell vollkommen aushöhlten.

Frau. Sohn. Von einem Einbrecher erschossen. Tot.

Obwohl er Polizist in einer kleinen Stadt war, hatte Mitchell in seinen fünfzehn Dienstjahren schon einiges gesehen.

Leichen, die im Blue River trieben. Häusliche Auseinandersetzungen, bei denen nach Bier stinkende Männer Frauen mit Fäusten malträtierten, Knochen brachen, lila Wunden und lippenstiftrote Striemen hinterließen. An Bäumen zerschellte Autos, aus denen Körper ohne Puls geborgen wurden. In den letzten Jahren hatte sich die Lage verschärft. Meth geißelte das Land. Raubte dem arbeitenden Volk alles Menschliche. Machte es krimineller. Er hatte sogar einmal ein Mitglied der Mara Salvatrucha verhaftet, was ihn beinahe seinen Dienstgrad gekostet hätte, weil er ohne die schriftliche Zustimmung seiner Vorgesetzten an der Bundespolizei vorbei eigene Ermittlungen angestellt hatte.

Als er aber im Kreiskrankenhaus seinen Sohn liegen sah, wie Fleisch in einem Kühlraum, kalte, ihres Wesens beraubte Unschuld, veränderte ihn das. Dann seine Frau. Seine größte Stütze, wenn er einen Mord zu bearbeiten hatte. Sie nahm jedes seiner Worte auf, wenn er über ungelöste Diebstahlsfälle oder die Ermordung eines Unschuldigen sprach. Sie gab nie ein Urteil ab, sondern hörte einfach nur zu, ließ ihm Raum, wenn er ihn am dringendsten brauchte. Jetzt war sie selbst tot.

Mitchell schüttelte den Kopf, als er den Flur seines Hauses betrat. Zwei Kugeln hatten die Gipskartonwand aufgerissen, an der Stelle, wo sein Sohn gestorben war. Getrocknete Eingeweide waren über die Wand bis zum Boden verschmiert. Mitchell wusste, dass die Spurensicherung der State Police jede Menge blutige Beweise gesammelt hatte. Die Ballistik würde ein paar Wochen brauchen.

Beim Betreten des Schlafzimmers nahm Mitchell einen Schluck aus der Bourbon-Flasche, sah die Kleidung, die aus den Kommodenschubladen hing. Sah dorthin, wo seine Frau aus dem Bett gefallen war, der Teppich voller Blut. Die Kriminaltechniker würden niemals herausfinden, wer das getan hatte.

Als er einen Blick in den offenen Wandschrank warf, fiel ihm ein leeres Regal auf. Und so schnell wie er seine Familie verloren hatte, begriff er, dass seine Reservewaffe verschwunden war.

Alejandro war auf allen vieren, verwechselte Teppichflusen mit Crystal. Um ihn herum schliefen knochendürre Männer mit Gesichtern, die nach schlechter Ernährung stanken, in Schlafsäcken auf dem von Körpern sauren Boden und einer ebenso beschaffenen Couch.

Schleifspuren und faust- und fußgroße Löcher zierten die Wände des Verschlags wie ein zweitklassiges Graffiti.

Alejandro legte ein Stück Mull über die Nadellöcher oben in der Aluminiumdose, die er zwischen Mittelfinger und Daumen hielt. Mit der anderen Hand ließ er ein Feuerzeug aufflackern, während sein Mund wütend an der Öffnung saugte, aus der aber nichts kam.

Sein Haar, das ihm über das von Schlaglöchern übersäte Gesicht und die zu Tode gelangweilten Augen hing, hatte die Farbe von Kreosol. Er hatte sich die Lippen zerkaut, die jetzt voller kleiner Blutlachen waren. Er fuhr mit den Fingernägeln die Arme hoch und runter, die wie seine Lippen aussahen. Er zuckte mehr, als dass er schlief, bis ihm sein Verlangen die Glupschaugen aufriss, ihn aus dem Schlaf holte, unter einer Schweißdusche seiner Selbst.

Er hatte sich seit einer Woche mit einer neuen Fuhre Illegaler in dem Einzimmer-Verschlag verschanzt. Männer mit Fransenköpfen und Rosinengesichtern, sternhagelvoll und so daneben wie Tote auf einem Schlachtfeld. Er hatte tagsüber zu schlafen versucht. Nachts, wenn die anderen schliefen, rauchte er sein Meth. Jetzt war's alle. Genauso wie das Geld vom letzten Einbruch, bei dem er eine Frau und ein Kind erschossen hatte, obwohl ihm das ganz unwirklich vorkam. Das Einzige, was sich real anfühlte, war, die Chemikalie anzufeuern und der Stromstoß, der ihm sein Hirn vernebelte, während er immer wieder dem Gefühl vom ersten Mal hinterherjagte.

Alejandro tastete auf der Suche nach Geld die Taschen eines der Männer auf der Couch ab. Der Mann erwachte panisch blinzelnd und platzierte fünf Fingerknöchel auf Alejandros linkem Auge. Noch im Fallen zog Alejandro die Neun-Millimeter aus der Hüfte. Richtete sie auf den Mann, dessen Augen weiße Funken sprühten. Zwei Schüsse öffneten seinen Brustkorb.

Die Schüsse drangen unüberhörbar laut an die Ohren der ringsum Schlafenden, rissen ihnen die Augen auf. Alejandro hörte erst auf zu feuern, als das Magazin leer war.

Es war weit hergeholt, aber Mitchell knallte den Zettel auf den Tresen von Joes Pfandleihe.

Joe in seinem durchlöcherten Drive-by-Truckers-T-Shirt sah Mitchell aus rasierklingenschmalen Augen an und zwirbelte drahtige Barthaare zwischen Zeigefinger und Daumen. Mitchells Bourbon-Atem ging ihm gehörig gegen den Strich. Erinnerte ihn, als er den Zettel nahm, an die Dämpfe von Lackverdünner.

»Seriennummern?«

»Von einer 380er«

Joe schüttelte seinen bleichen Schädel. Zottelige Zöpfchen

hingen zwischen Kinn und Brust. Unterbrach Mitchell: »Beretta. Polymerknauf. Mattschwarz. Sieben Patronen plus eine in der Kammer. Ich hab die Fidel. Du hast das Banjo. Wir könnten ein flottes Liedchen trällern.«

Jetzt war es nicht mehr weit hergeholt.

»Wer hat das Scheißteil versetzt?«

Joe suchte die Wand ab, als hätte sich die Antwort hinter einem Radio oder einem Tennisschläger versteckt, und sagte: »Kann mich nicht an seinen Namen erinnern.«

Mitchell packte seine Dienstmarke auf den Tresen.

»Weiß? Schwarz? Asiate …«

»Ein Mexikaner und ein Meth-Junkie. Der Mexikaner ist ganz ansehnlich. Führt das Spezialitätenrestaurant oben auf dem Hügel. Ist normalerweise von Tagesanbruch bis spätabends dort. Die haben ein affengeiles Mittags-Special. Bier für einen Dollar und Margaritas jeden Donnerstag. Den Junkie hab ich noch nie gesehen.«

»Wo ist die Waffe?«

Joe drehte sich weg. Schloss einen Metallschrank hinter sich auf.

»Scheiße, Mann, hättest sagen sollen, dass du Bulle bist, ich hab sie hier.«

»Was ist mit Filmen?«

»Hier gibt's keine Schmuddelstreifen, Officer.«

Mitchell zeigte in die Ecke hinter dem Tresen.

»Überwachungsfilme von dem Kerl, der die Knarre verkauft hat.«

Joe legte die Waffe auf den Tresen und antwortete in verwirrtem Tonfall: »Ja, klar. Aber ich hab dir doch schon gesagt, es war der Mexikaner von oben auf dem Hügel.«

»Muss ihn eindeutig identifizieren.«

Mitchell nahm die Pistole. Verglich die Seriennummern.

»Ich nehm die Waffe als Beweismittel mit. Jetzt zeig mir die Aufnahmen von dem Mexikaner. Die und die Aufnahmen von heute nehm ich mit.«

»Die nimmst du mit?«

»Ja, ich bin nie hier gewesen, und unser Gespräch hat nie stattgefunden. Die letzten paar Minuten verschwimmen in deiner Erinnerung, klar?«

Alejandro fuhr auf den Parkplatz des kleinstädtischen Versackermotels. Er stieg bei laufendem Motor aus dem Buick. Sein Gesicht hatte die Farbe von schmierigem Spülwasser, seine Augen trieben im Feuer. Sein Kopf ächzte, seine Schultern zuckten, während seine Hand aufhörte, alte Wunden aufzukratzen, und stattdessen eine Tür aufstieß, die mit Körperflüssigkeit gesprenkelt war.

Eine Kette klapperte. Ein Schloss knackte. Die Tür öffnete sich einen Spalt breit, der Fernseher sonderte zerhacktes Licht und Gespräche ab. Der Geruch von heißen Chemikalien, die in Wundbenzin kochten, umwehte ein einziges braunes, blutunterlaufenes Auge. Das andere Auge fehlte.

»Wie viel brauchst du?«

Alejandro sagte in gebrochenem Englisch: »Noch mal für hundert Dollar.«

Die Tür ging zu. Alejandro ballte die Hände in den Taschen seines Sweatshirts. Blickte den Betonpfad zurück. Die Dunkelheit summte. Vorhänge wurden in den Ecken beiseitegeschoben. Augen und Nasen hinterließen Spuren auf dem Glas, Atem ließ es beschlagen. Alejandros Handflächen wurden feucht.

Die Tür ging wieder auf, ein bisschen weiter als zuvor.

Eine Hand hielt eine kleine braune Papiertüte. Die andere Hand wurde ausgestreckt, die Handfläche nach oben, vier Finger minus Daumen zappelten. Und die heisere Kettenraucherstimme sagte: »Bar.«

Alejandro schob seinen rechten Fuß zwischen Tür und Angel, zog die Neun-Millimeter aus seiner Pullitasche, richtete sie auf das verbliebene braune Auge. Der erste Schuss fügte den Verzierungen auf der Tür weitere hinzu. Der Körper kippte nach hinten. Alejandro lief über ihn drüber. Betrat die Flop-Drop-Meth-Factory. Auf dem Bett kam ein Schatten in Bewegung. Der zweite und der dritte Schuss deformierten den Schatten, sorgten dafür, dass er weiter das Bett beschwerte.

Alejandro knipste das Licht an. Sandwichtüten voller Ice-Crystal lagen auf einem Metalltisch neben dem Bett, daneben zerknitterte leere Säcke. Schweißnass vor Gier nach einem Schuss, schob er sich die Neun-Millimeter in den Hosenbund. Zog seinen Kapuzenpulli aus und warf die Tütchen hinein. Suchte die Taschen der Leichen ab. Warf die zerknüllten Scheine zu den Tütchen. Verknotete den Pulli zu einem Ball. Nahm ihn. Rannte raus zum Buick. Stellte sich bereits vor, wie die kristallinen Klumpen reinknallen würden, während er den Wagen auf den Highway 62 lenkte.

Scheinwerfer strahlten von den Fensterscheiben des gelbgrünen Betongebäudes zurück. Auf dem Parkplatz wurde eine Autotür zugeschlagen. Über der Eingangstür, die Gaspar vergessen hatte abzuschließen, läutete eine Messingglocke. Er hob den Blick von der Abrechnung, und eine behandschuhte Hand machte seine Stirn mit dem Kolben einer 45-Kaliber Sig Sauer bekannt. Seine Knie verflüssigten sich. Sein Verstand nahm vernebelt wahr, wie ihm die Arme auf dem Rücken verdreht wurden. Dann das metallische Klicken an seinen Handgelenken.

Blut kam warm aus dem gespaltenen Fleisch über Gaspars zwinkernden Augen. Metall grub sich in seinen Nacken, sein Gesicht wurde auf das noch warme Gitter des Küchengrills gepresst. Aus dem Augenwinkel konnte er eine Handfeuerwaffe sehen.

Mitchells behandschuhte Hand umklammerte die Pistole fester. »Ich frag dich nur einmal. Du und ein Meth-Junkie habt die Waffe, die du da siehst, zum Pfandleiher unten am Hügel gebracht. Wo habt ihr die her?«

Gaspar holte tief Luft. Dachte nach über die Blutsverwandtschaft zu dem Mann, den er nach Amerika geschmuggelt hatte.

»Ich bin Geschäftsmann. Bin nach Amerika gekommen, um Geschäfte zu machen.«

»Klar, der amerikanische Scheißtraum.«

Mitchell griff nach dem Schalter links unterhalb des Gasherds, drehte ihn auf MAX. Eine blau-orangefarbene Flamme fauchte. Er schob sich die Sig in die Hose. Verkrallte sich mit beiden Händen in Gaspars schwarzer schmieriger Kopfwolle. Presste sein Gesicht ganz langsam Richtung Fauchen.

Wie ein Hund, der nicht an die Leine will, wehrte sich Gaspars Kopf gegen Mitchells zupackenden Griff. Er bettelte.

»Nein! Nein! Bitte!«

»Die Waffe. Wo hast du die her?«

Da die Antwort ausblieb, wärmte das orangefarbene Fauchen Mitchells Hand. Wärmte seinen Unterarm. Gaspars braune Haut rollte sich auf wie geschmolzenes Plastik. Tränen fielen zischend in die blaue Hitze, die das Orange umgab.

Mitchell dachte an seine Frau und seinen Sohn. Drückte Gaspar herunter, bis er glaubte, seine Lederhandschuhe würden sich entzünden.

»Mein Bruder! Mein Bruder!«

Er zerrte Gaspar herum. Rotz wucherte wie giftiges Efeu von seiner Nase zum Mund. Tränen kullerten über die kaugummifarbene Blase, die sich von der schwarzen Brandstelle auf Gaspars Wange erhob. Angst strömte ihm heiß das Bein hinunter. Sammelte sich in einer Lache auf dem Boden. Mitchell nahm die gestohlene Waffe.

»Die Waffe, die ihr verkauft habt, wurde aus meinem Haus gestohlen. Dein Bruder, wo zum Teufel steckt der?«

Neonlicht beschien die aufgezogene Spritze, die Nadel drang in Alejandros Vene. Heute Abend wurde nicht geraucht. Er hatte mehr als genug, um sich tagelang abzuschießen. Mit dem Daumen drückte er den kleinen Kolben herunter. Endorphine schwammen durch sein Hirn und vervielfältigten sich. Sein Blick sprang im Raum herum, als er sich die Nadel aus dem Arm zog. Mit der Zunge fuhr er sich über die zerfressenen Zähne und sagte: »Das müsst ihr mal probieren. Das ist echt guter Stoff.«

Er wartete darauf, dass ihm die Leichen antworteten, die überall steif im Raum herumlagen, alle mit denselben Einschusslöchern, und alle stanken nach entleerten Blasen.

Einigen war der Kopf auf die Schulter gesackt. Andere saßen nach vorne gebeugt. Das Kinn auf der Brust. Männer in ewigem Gähnen gefangen, wobei ihre Lippen die Farbe von Fruchtsaft angenommen hatten.

Alejandro legte die Spritze in ein Glas mit vom Crystal getrübtem Wasser. Es stand auf dem Wohnzimmertischchen neben den Frühstücksbeuteln voller Amphetaminbrocken, die wie selbstgemachte Halloween-Bonbons aussahen. Er zog eine weitere Spritze auf, als die Haustür aufging. Gaspar kam auf den Teppich gehumpelt, die Arme hinter dem Rücken. Blut und blaue Flecke entstellten ihn.

Alejandro rief heiser: »Gaspar!«

Mitchell trat Gaspar in die Kniebeuge: »Mach schon, Arschgesicht!«

Aufgebracht und mit verschleiertem Blick sprang Alejandro auf. Stürmte mit aufgezogener Spritze in der Hand auf Mitchell zu.

Mitchell hob seine 45er, drückte ab und riss Fleisch in Würfeln aus Alejandros Brust. Voll im Meth-Rausch biss Alejandro seine Tropfsteinhöhlenzähne zusammen und drückte Mitchell an die Wand. Griff mit seiner freien Hand nach der Pistole. Rammte Mitchell mit der anderen die Spritze in die Halsschlagader. Mitchell brüllte: »Scheiße!« Alejandro drückte den Kolben herunter. Mit der Flüssigkeit strömte schubartig Kraft in Mitchells Venen. Er schob die 45er Richtung Alejandro, den Lauf zu Boden gerichtet. Drückte ab. Trennte Alejandro die Zehen vom Fuß. Alejandro fiel rückwärts um. Mitchell hielt die 45er wieder waagerecht, merkte, wie der Amphetaminrausch sein Blut in Brand setzte, sah die verdrogten Augen und Kratzer in Alejandros Gesicht. Dann zog er sich die Spritze aus dem Hals. Wandte sich um und richtete die 45er auf Gaspar, der schreiend auf dem Boden lag.

Er betrachtete die Toten im Raum. Ihre Körper schwollen allmählich an, es roch stark nach Fäulnis, hart an der Grenze zur Verwesung. Er zielte auf Gaspar, der ihm alles Mögliche außer Englisch auf die Ohren drückte, doch Mitchell schüttelte den Kopf und sagte: »Nein.«

Tüten mit Crystal lagen auf dem Wohnzimmertischchen, eine Spritze mit der Wasserlösung für einen Amphetaminrausch. Mitchell nahm die Spritze, lächelte und sagte: »Ja, das wird für dich reichen, du dreckiger Schmugglerarsch.«

Im Wagen beruhigten sich Mitchells Gesichtszüge, die Amphetamine befriedeten seine Seele, ein High, anders als von Alkohol, sein Leben kam ihm in seinem Tsunamirausch beinahe friedlich vor. Der Schmerz über den Verlust war vorübergehend unter Quarantäne gestellt. Gaspars Schreie säumten sein Bewusstsein, bellten Mitchell an, als dieser ihm die Spritze an den Arm setzte, sie in seine Venen leerte. Neu aufzog und noch mal setzte, das tat er, bis Gaspars Augen in ihren Höhlen glänzten wie weiße Mottenkugeln. Mitchell legte den Gang ein, betrachtete die Tütchen auf dem Sitz neben sich, die mit etwas gefüllt waren, das wie Glasscherben aussah, und wusste, dass er dem lähmenden Endorphinrausch noch ein paar Tage hinterherhängen und vergessen würde, wer er war, aber niemals, was er verloren hatte.

ALTTESTAMENTARISCHE WEISHEIT

Wenn Männer hadern und verletzen ein schwangres Weib, dass ihr die Frucht abgeht, und ihr kein Schade wiederfährt, so soll man ihn um Geld strafen, wie viel des Weibes man ihm auflegt, und er soll's geben nach der Schiedsrichter Erkennen.
Kommt ihr aber ein Schade daraus, so soll er lassen Seele um Seele, Auge um Auge, Zahn um Zahn, Hand um Hand, Fuß um Fuß. Brand um Brand, Wunde um Wunde, Beule um Beule.

2. Buch Mose, 21:22-25

Äußerlich heilen Wunden innerhalb von zehn Jahren. Innerlich nicht. Fingerknöchel nutzen sich ab, wenn man keine Boxbandagen oder Handschuhe trägt. Aus schorfigen Wunden werden Narben, wenn man immer wieder auf denselben armeegrünen Sack eindrischt, den der Mann an einem staubigen Kellerbalken für das Mädchen aufgehängt hatte. Jetzt saß das Mädchen in der Dunkelheit und blickte durch die insektenverklebte Windschutzscheibe hinüber zu der rostigen Wellblechhütte auf der anderen Straßenseite. Während die Finger zum wiederholten Mal das Magazin des 45-Kaliber-Colt checkten.

Der Mann, der den armeegrünen Sack aufgehängt hatte, war der, bei dem sie aufgewachsen war. Er hatte ihr schon sehr früh beigebracht, wie man Schläge aus der Hüfte heraus tiefer im Sack versenkt. Ihr gezeigt, wie man eine Waffe anlegt, lädt und abfeuert. Der Mann hatte ihr alttestamentarische Weisheiten beigebracht. Dies war der Gestalt, die neben ihr in der Dunkelheit saß, bis zu jener Woche Ende September niemals zuteilgeworden. Bis damals, als der Mann, der sie aufzog, aus dem Feuer gezogen wurde. Nachdem seine Wunden verheilt waren und er aus dem Krankenhaus entlassen worden war, musste er Zeit absitzen.

Ihre Familie hatte alles verloren. Sie zogen zu ihrem Großonkel. Aber in jener Woche wurden Männer geschlagen und verunstaltet, während andere ihr Leben ließen. Und so fing alles an. Mit einer Berührung vor zehn Jahren.

Jacques Herz pumpte Blut so schwarz wie ein totes Opossum, das von der Sonne aufgedunsen auf dem Pflaster einer Landstraße lag, als sich Abby die Ärmel hochkrempelte. Ihre buttermilchfarbenen Arme waren von blauen Flecken überzogen.

Jacques Faust mit den kaputten Gelenken ließ den Tisch vibrieren, und sein Blick bohrte sich in Abbys Augen wie ein Case-XX-Messer.

»Wer war das?«

Abbys Oberlippe zitterte, als sie sich an die Hände erinnerte, die ihr die Flecken beigebracht hatten. An den keuchenden Atem, der nach Schweinedung roch und ihr den Hals wärmte. Lippen, die flehten: Halt! Die Erinnerung war tief verwurzelt hinter ihren moosgrünen Augen, die überquollen vor Angst, dass es ihre Schuld gewesen sein könnte. Mit abgekauten Fingernägeln schob sie sich die karamellfarbenen Locken über die Ohren und sagte: »Das war Hersey. Tut mir leid, Grandpa Bocart. Er hat gesagt, das ist ein Spiel. Ich wollte nicht …«

Anna May packte Abby von hinten an den Schultern,

während sich Jacque vorbeugte und Abbys Hände in seine zitternden schmutzigen nahm.

»Dir muss nichts leid tun.«

Jacque inhalierte den verbrauchten Rauch, den der Sargnagel seiner Tochter Avis verströmte. In seinem Gehirn explodierte Schrot, wenn er nur an Abbys geraubte Unschuld dachte. Avis saß am Küchentisch und verdrehte die vernebelten Augen in den Ovalen aus verlaufener Wimperntusche, als wollte sie sagen: »Was zum Teufel glotzt ihr so?«

Als ihm wieder einfiel, wie oft er Avis schon davor gewarnt hatte, Abby mit zu Medford zu nehmen, ließ Jacque Abbys Baumwollhände los. Stand auf und wandte sich an Avis. Keine Worte. Pflanzte nur seine Faust mit den kaputten Gelenken in ihre reuelosen Gesichtszüge. Stieß sie gegen die Wand.

»Du Arschloch!«, brach es aus ihr heraus.

Jacque brüllte zurück: »Das ist dafür, dass du meine Enkeltochter mit zu diesem Speedfresser und seinem abartigen Sohn genommen und dich mit dem Scheiß abgeschossen hast!«

Er kniete sich wieder vor Abby hin, wusste, dass er sie fragen musste, was er gar nicht wissen wollte. Anna May sah Abby zittern, wegen dem, was sie gerade gesehen hatte, und sagte: »Schon gut, Abby, Grandpa ist bloß böse auf den, der das gemacht hat.«

Der Blick aus Jacques grauen Schlitzen brannte eine ungekannte Angst in Abby. Verkohlte ihr die Eingeweide, während Jacque durch die Zähne presste: »Was hat er dir angetan?«

Hersey hörte den gespachtelten Chevy S10 ohne Auspufftopf nicht auf den Kiesplatz fahren. Er saß einfach da, in der Old Leavenworth Bar. Schlank und drahtig wie ein Elektrozaun.

Poe, der Barmann, stellte ihm noch eine Whiskey-Cola hin. Johnny Cashs »Folsom Prison Blues« dröhnte aus der Jukebox. Hersey saß mit dem Rücken zum Eingang. Karl Bean saß neben ihm, roch wie eine geschälte Zwiebel und streute Salz in sein Fall City Bier. Der hasenschartige Ty Wilkerson saß auf der anderen Seite und trank ein Old Style. Und wie alle anderen im Old Leavenworth waren sie zwei für den Landstrich typische schlichte, aber auf ihre Art weise Gemüter – sie wussten, wann sie sich um ihren eigenen Scheiß zu kümmern hatten.

Abgestandener Zigarettenrauch umfing Jacque auf dem Weg vom Eingang zum Barhocker, wo seine linke Hand Herseys rechte Schulter begrüßte. Keine Worte. Nur vier Finger, die sich tief ins schlanke Gewebe gruben. Sein Daumen leitete die Drehung ein. Sein unerschrockener grauer Blick durchbohrte Hersey, der sternhagelvoll war und stinksauer und rausplatzte: »Wer zum Teufel …?«

Ty und Karl nahmen ihre Biere und drehten sich auf ihren Hockern weg. Arbeitsstiefel trafen auf den abgewetzten Holzfußboden, und sie stoben auseinander wie Kakerlaken, rochen den herannahenden Sturm, der gleich das Innere der Bar einfärben würde.

Jacques rechte Hand schlug Herseys Lippen zwischen die gelben Zähne, Blut trat auf sein Pfirsichkernkinn. Ty stand ein paar Hocker weiter. Sah zu und kippte seinen Old Style auf ex, während er mit dem rechten Arbeitsstiefel im Takt zu Johnny Cashs Stimme tappte. Mit dem Kopf wippte. Zusah, wie sich Herseys Gesicht Jacques Gewaltausbruch stellte. Jacque rammte Hersey die linke Faust auf die Nase, zerteilte Knorpelgewebe. Dann schlug er Herseys linkes Auge zu einem olivenförmigen Schlitz. Hersey grunzte. Bettelte vor Schmerz. Jacque zerrte ihn so herum, dass er zur Bar sah. Vergrub beide Hände in Herseys ölig-dichten Locken. Donnerte sein Gesicht in die klebrigen Flecken und Zigarettenbrandlöcher auf dem Tresen. Immer wieder.

Karl stand in seiner abgetragenen Arbeitshose am anderen Ende der Bar und knirschte mit den zahnlosen Kauleisten. Sah zu, wie Jacque Bocart die Old Leavenworth genauso verließ, wie er gekommen war – ohne ein Wort. Karl ging zu Hersey rüber, der wimmernd dalag. Sein Blut tropfte von der Bar. Zierte den Holzfußboden. Sein Gesicht war von Schürfwunden übersät. Seine Zähne eine zerstörte Windschutzscheibe. Rot-weiße Scherben, in seinem Mund verstreut. Karl schüttelte den Kopf. Hinter dem Tresen telefonierte Poe, sagte, er brauche einen Krankenwagen. Ty kam rüber und meinte: »Gott Allmächtiger.« Dann kippte er seinen Old Style runter, und Karl sagte: »Ich hab nichts gesehen, du?«

»Absolut nichts«, erwiderte Ty.

Als er den Motor des Polizeiwagens hörte, kam Jacque durch die Fliegengittertür aus der Küche auf die Veranda. Hinter ihm im Haus saßen Anna May, Abby und Avis am Küchentisch bei einem späten Abendessen. Jacque stand da, sein dichter graumelierter Stoppelbart und das ledrige Gesicht beschattet von seiner abgetragenen John-Deere-Kappe, und beobachtete die Gestalt, die aus dem Polizeiwagen stieg.

Town Marshal Billy Hines tupfte sich mit einem sauer riechenden Taschentuch die Stirn und sagte: »N'Abend Jacque.«

»N'Abend Billy.«

»Ich komm nicht gerne unangemeldet vorbei, aber Hersey, Medford Malones Junge, ist heute Abend in der Kneipe übel verprügelt worden. Hab dich aus der Stadt rausfahren sehen, ungefähr zu der Zeit, als ich den Anruf bekommen hab. Dachte, ich komm mal vorbei. Frag, ob du was gesehen hast?«

»Bloß 'ne Zapfsäule. Hab Benzin für den Truck gebraucht.«

»Warst nicht in der Kneipe?«

»Kann ich nicht behaupten. Wieso? Hast du keine Zeugen?«

»Komisch, dass du das fragst, weil weder Poe noch Karl, noch Ty irgendwas gesehen haben, obwohl Poe angerufen hat und die anderen beiden danebengesessen und sich was auf die Leber gegossen haben. Das Letzte, woran sich Hersey erinnert, ist seine Whiskey-Cola. Jedenfalls hab ich sein Gestammel so verstanden.«

Jacque lachte in sich hinein. Egal, wer in der Kneipe gewesen war, als er Hersey verdrosch, weil er Jacques zehnjährige Enkeltochter angefasst hatte. Er wusste, dass niemand gegenüber Hines ein Sterbenswörtchen darüber verlieren würde. Man hielt die Klappe, wenn's zu einem Konflikt zwischen Familien kam. Ließ es sie mit gegenseitiger Verachtung selbst klären.

»Vielleicht hat er ja jemandem was getan, und der hat ihm dann auch was angetan.«

»Du meinst Auge um Auge. Zahn um Zahn.«

»Alttestamentarische Weisheit.«

»Wieso sagst du das, Jacque?«

»Ich weiß halt, wie junge Männer in dem Alter sind. Machen Sachen ohne Rücksicht auf Verluste. Wir waren auch mal jung. Haben die Grundsätze des Daseins missachtet.«

Marshal Hines lehnte sich an die Motorhaube seines Polizeiwagens und angelte einen Sargnagel aus seiner Hemdtasche. Zündete ihn an und sog den Rauch mit gekräuselten Lippen tief ein. Blies ihn durch die Nase wieder aus, wusste, dass Jacque ihm was verheimlichte. Der verzog keine Miene, als Hines erzählte, was passiert war. Versuchte nicht mal, überrascht zu tun, und Hines sagte: »Wir waren früher verdammt gute Freunde, Jacque.«

»Bis du beschlossen hast, auf Gesetzeshüter zu machen.«

»Ist bloß ein Job. Und jetzt gerade gehört dazu, dass ich rausfinde, wer Hersey das angetan hat und warum, bevor Medford es tut. Weil Medford ist wie eine Mokassinschlange, die mit 'ner Angelschnur an einem Stecken festgebunden ist. Gar nicht in der Lage zu entkommen. Stinksauer. Wenn du was weißt, schlag ich vor, du spuckst es aus.«

Bevor er wieder ins Haus ging, sagte Jacque mit einem spöttischen Grinsen zu Hines: »Wenn ich irgendwas am Telefon oder sonst wie darüber höre, dann weiß ich ja, wie ich dich erreichen kann.«

Rostige alte Waschtröge. Gasherde. Schwarze vergammelte Reifen und kaputte Fernseher zierten die Schottersteine. In den Höfen hinter den verrosteten Wohnwagen und den heruntergekommenen Farmhäusern standen alte rotbraune Traktoren. Auf Ziegeln aufgebockte Fahrzeuge. Es war das Märchen des armen Mannes vom Überleben auf dem Land. Hines konnte die Abfallprodukte dieses Überlebens riechen wie den Schweiß, der ihm aus den Poren trat, als er die Talstraße entlangraste.

Er war hier geboren worden und aufgewachsen. Wusste, dass Jacque Farmer war. Dass Medford einen Schrottplatz führte. Wusste, dass man sich besser mit keinem von beiden anlegte. Er war mit beiden befreundet gewesen. Früher hatten sie ihn als einen der ihren anerkannt, bis er Polizist geworden war. Dann Town Marshal. Sie hatten ihn fast achtzehn Jahre lang für einen Außenseiter gehalten. Er wusste, dass die Familien in Leavenworth so eng zusammenhielten, dass der eine sich die Nase zuhalten musste, wenn der andere pissen ging.

Sie hatten ihre eigene Art des Umgangs miteinander, und die schloss die Polizei aus, in deren Diensten er stand. Er wusste, irgendwas war zwischen Jacque und Medford schiefgegangen. Aber da keiner von beiden den Mund aufmachte, konnte er nur warten, bis die Weisheit ihr hässliches Haupt erhob.

Ölverschmierte Finger mit Totenkopfringen zogen eines von mehreren Einmachgläsern aus einem abgenutzten Rucksack. Jedes Glas gefüllt mit einem Gemisch aus Benzin, Orangensaft, Waschpulver und schwarzem Schießpulver. Obendrauf ein Docht, der sich durch den goldenen Deckel bohrte. Medfords persönlicher Brandbombencocktail. Er und sein Clan von Speedfreaks hatten hinten, am Ende eines alten Forstwegs, auf Jacque Bocarts Grundstück geparkt. Waren dann fast eine Meile bergauf gestiegen. Hatten Geschenke mitgeschleppt. Entsicherte abgesägte Gewehre. Die Finger am Abzug. Schrot in der Kammer. Medford vergegenwärtigte sich noch einmal, wie Hersey drei Tage zuvor im Krankenhausbett ausgesehen hatte. Augen so schmal wie Bindfäden zeichneten sich auf seiner graubraunen Gesichtshaut ab. Aufgeplatzte Lippen. Gezackte Zahnstummel säumten seinen Kiefer, als hätte er versucht, eine Stange Dynamit zu rauchen. Und als er Medford ins Ohr stotterte, klang er wie ein Besoffener, der eine laufende Kettensäge knutscht: »J-j-j-Jacque

B-B-Bocart h-h-h-at m-m-mir d-d-das a-a-a-angetan D-d-d-daddy.«

Medfords schwarzes geflochtenes Hanfhaar schlug ihm auf den Rücken, während nasses Gestrüpp und Unkraut seine zerschrammten Militärstiefel verschmierten. Die vier Speed-Freaks, Swartz, Orange Peel, Pine Box Willie und Toad, folgten ihm, der Vollmond geleitete sie durch die Nacht.

Sie gelangten an den Rand eines Maisfelds, das mit drei Strängen elektrischem Stacheldraht umzäunt war. Oben auf dem Hügel hinter den Feldern konnte Medford das Licht in der Küche des alten Farmhauses sehen. Swartz zog einen isolierten Bolzenschneider aus dem Rucksack. Alle sahen zu, wie der Strom blau aufflammte, als er den Draht durchtrennte.

Die Männer schwärmten aus wie die Flügelspanne eines Geiers, der sich auf seine Beute stürzt. Rannten in das Labyrinth aus grillenzirpender Vegetation. Als sie ein Viertel der Strecke zurückgelegt hatten, brannte der schwere Geruch von Cannabis wie Cayennepfeffer in ihren Nasenlöchern. Orange Peel und Pine Box Willie gingen auf die Quelle des dichten Dufts zu. Streckten ihre freien Hände aus. Medford schnaubte: »Wartet, da könnten Fallen sein!«

Der gehärtete Stahl einer Long-Spring-Falle biss Orange Peel in den Knöchel. Er schrie und ging zu Boden. Sein Zeigefinger zuckte. Schrot aus seiner 12-Kaliber sprengte die dunkle Vegetation. Ließ seinen Schmerz verstummen.

Pine Box Willie trat auf ein Brett, bestückt mit verrosteten Nägeln für sechzehn Penny das Stück, die durch die Sohlen seiner Stiefel drangen. Seine Socken saugten sich voll mit Blut. Er ließ seine 12-Kaliber fallen. Kippte rückwärts um. Medford reagierte schnell. Warf die Abgesägte hin. Fing Pine Box Willie auf und zischte: »Scheiße! Scheiße! Scheiße!«

Medford ließ Pine Box Willie zu Boden gleiten, umfasste ihn von hinten. Sah über seinen kahlrasierten Schädel hinweg Swartz im September-Mondlicht an und erklärte Pine Box Willie: »Das wird weh tun.« Swartz riss das Brett aus Pine Box Willies Fuß.

Jacque wusste, dass er Medfords Sohn Hersey getötet hätte, hätte Abby nicht gesagt: »Aber ich hab mich losgemacht, Grandpa. Ich hab ihm eine reingehaun, so wie du's mir am Sack beigebracht hast.« Er hatte Hersey Gleiches mit Gleichem vergolten. Hatte ihn verdroschen. Auge um Auge.

Aber sogar drei Tage später waren Jacques Gedanken noch damit infiziert. Er saß am Küchentisch und betrachtete die blauen Flecken, die sich wie Fingerabdrücke über Abbys gesamten Arm zogen, mit dem sie gerade einen roten Buntstift führte. Die leeren Flächen zwischen den schwarzen Umrissen in einem Ausmalbuch füllte. Dock Boggs' Banjo war im Radio zur Melodie von »Oh, Death« zu hören. Avis saß Jacque kettenrauchend gegenüber, bleistiftdünn und von Sandflohbissen übersät. Auf dem Kopf ungewaschene ahornfarbene Locken und im Gesicht geschwollen. Jacque schüttelte den Kopf. Er wusste, was sein einziges Kind getan hatte, und es machte ihm kein verdammtes bisschen was aus.

Als das Telefon klingelte, stand Jacque vom Tisch auf, trat an die Wand, an der es hing, und meldete sich. »Ja?«

Sein Schwager Blaze sagte: »Orange Peels kleiner Bruder hat Cross-Eyed-Chucky erzählt, dass Medford und seine Leute bei dir anrollen, Jacque.«

»Heute?«

»Jetzt. Die haben's auf dich abgesehen wegen dem, was du mit Hersey gemacht hast.«

Jacque warf einen Blick auf die gesicherte und geladene 30/30 über der Küchentür. Die Schublade, in der eine seiner Pistolen lag; eine geladene Smith & Wesson Neun-Millimeter.

»Das wird ihre Beerdigung.«

Anna May kam aus dem Esszimmer in die Küche. Sie wusste, wer auch immer so spät noch anrief, hatte schlechte Nachrichten.

Blaze ratterte: »Brauchst du mich?«

Das Licht über dem Herd blinkte einmal. Zweimal. Und hörte nicht mehr auf. Entweder schnitten sie auf der Nordseite den Elektrozaun durch, oder sie versuchten, ihn mit einer Stromdämmung zu überwinden. Jacque wusste, dass sie kamen.

»Sind schon da. Ich ruf dich an, wenn ich beim Entsorgen der Leichen Hilfe brauche.«

Er knallte den Hörer auf. Nahm die 30/30. Zog die Neun-Millimeter aus der Schublade. Schob sie sich in die abgetragene Latzhose. Sagte zu Anna May: »Medford ist hier. Nimm die 16-Kaliber. Über der Wohnzimmertür. Hol eine Schachtel Patronen. Geh mit Abby und Avis in den Keller. Schließ die Tür ab. Schließ erst wieder auf, wenn ich zurückkomme. Allen anderen verpasst du eine Ladung Schrot.«

Zitternd fragte Anna May: »Was ist mit Billy? Wir können ihn dazuholen.«

Mit Blick auf Abby erwiderte Jacque: »Billy geht das nichts an. Jetzt hol das Gewehr und geh runter.«

Jacque trat durch die Hintertür und hinaus in den Hof. Folgte den Schatten belaubter Äste, um in Deckung zu bleiben. Stieg über die Wurzeln. Drehte sich um. Presste den Rücken gegen die schartige Rinde des Baumstamms. Starrte in die Ferne. Hielt Ausschau und horchte nach Spuren von Medford und seinen Leuten. Dann hallte ein Gewehrschuss von seinem Maisfeld herüber. Gefolgt von einer ihm aus der Vergangenheit noch vertrauten Stimme.

Jacque sah in die Richtung, aus der der Schuss und der Schrei gekommen waren. Lächelte und kniete sich auf den feuchten Boden. Sein Herz pochte bis in seine Fingerspitzen, als er den Hahn seiner 30/30 spannte. Legte den Finger auf den Abzug und suchte den Rand des Feldes ab – gemeinsam mit zwei weiteren Augenpaaren.

Die Hölle brach in Form einer Flamme los, die dürres Weideland in Brand setzte. Pine Box Willie hinkte schief heraus. Bewegungsmelder aktivierten Scheinwerfer an den Telefonmasten am Rand des Feldes. Jacque durchbrach die Stille der Nacht mit einem Gewehrschuss, der Pine Box Willie explodieren und in Flammen aufgehen ließ. Er hatte den Rucksack mit Medfords Brandbombencocktails getroffen. Pine Box Willie war eine menschliche Fackel, schrie um sein Leben. Jacque ließ eine leere Patronenhülse herausspringen. Verpasste Pine Box Willie eine zweite Kugel. Er ging zu Boden. Wälzte sich herum wie Elektrizität in einem Hamsterrad. Seine Schreie züngelten wie die Flammen, die auf seinem Körper loderten.

Swartz, Toad und Medford kamen mit Bürgerkriegsgebrüll aus dem Feld gestürmt, pumpten Schrot, das Jacque an der linken Schulter erwischte. Ihn zwang, seine 30/30 fallen zu lassen. Verdammte Scheiße.

Von den äußeren Rändern der Dunkelheit, hinter den Scheinwerfern hervor, kamen zwei pechschwarze Curhounds mit durchtrennten Stimmbändern, ein höllisches Flüstern.

Verbissen ihre Zahnzinken in Swartz' und Toads Waden. Nahmen ihnen die Luft zum Atmen. Abgesägte wurden fallen gelassen. Die Curs zwangen Swartz und Toad zappelnd und kreischend zu Boden. Arbeiteten sich bis zu ihren Hälsen vor. Glichen deren Stimmbänder den eigenen an.

Jacque trat mit fleckiger linker Schulter aus dem Licht. Versprengtes Blei hatte sich tief in das alte Leder über seiner rechten Augenbraue gegraben. Er blinzelte Blut. Zog seine Neun-Millimeter. Zielte auf Medford. Dessen Schuhe warfen hinter ihm Erde auf. Er zog seine Walther P38 Neun-Millimeter Handfeuerwaffe aus dem Gürtel. In der anderen Hand den Brandbombencocktail. Jeder von ihnen widerstand dem Rückstoß, bis ihre Magazine leer waren.

Marshal Hines rannte mit gezogener Pistole ins Haus. Die Lichter über dem Herd wirkten wie Warnblinker. Seine Stimme hallte kurzatmig durch die Räume.

»Anna May? Ich bin's, Billy Hines.«

Anna May hatte die Kellertür abgeschlossen, war die Holzstufen nach unten gegangen, hatte das alte Telefon mit Wählscheibe von der Wand genommen und 911 gewählt. Dann hatte sie die 16-Kaliber-Waffe entsichert. Und gewartet.

»Ich bin hier.« Sie verbarg das Zittern ihrer Stimme hinter der verschlossenen Tür.

»Alles in Ordnung?«, fragte Hines.

»Mir geht's gut. Ich hab Abby und Avis bei mir.«

»Wo ist Jacque?«

»Hinten im Hof. Ich hab Schüsse gehört. Schreiende Männer.«

»Bleib, wo du bist. Mach die Tür nicht auf, bis ich wiederkomme.«

Zur Hintertür raus auf die Wiese hinter dem Haus, wo grelle Scheinwerfer die leblosen Umrisse der geschlagenen, blutenden, in die Jahre gekommenen Gladiatoren beleuchteten. Billy identifizierte sie als Medfords Drecksackbande.

Swartz lag da, mit klaffendem Hals. Zerfleischt. Dunkle Wunden überall an seinem Körper, ebenso wie Toad. Pine Box Willies Überreste lagen rauchend da, wo das Feld an die Wiese grenzte. Außerdem zwei tote Curs mit Einschusslöchern zwischen den Rippen. Billy stieß beide leicht mit dem Stiefel an. Schüttelte den Kopf.

»So eine verdammte Verschwendung von zwei guten Hunden.«

Billy hatte weder Medford noch Orange Peel oder Jacque entdeckt. Er suchte den Rand des Feldes mit Blicken ab. Außerhalb der Lichtkegel fiel ihm ein Paar Stiefel auf. Er ging näher ran. Sie hingen an einer schwelenden Gestalt. Der Gestank eines mit Benzin übergossenen Menschen. Jacque.

Billy beugte sich über ihn. Legte zwei Finger auf Jacques schmierig schwarzes Handgelenk, zerfressen von Schrotkugeln und Flammen. Was Billy da fühlte war kaum ein Pochen. Er kämpfte Tränen über einen Mann nieder, den er sein ganzes Leben gekannt hatte. Sein Magen verknotete sich. Brodelte. Kochte über. Und er schrie: »Oh Gott«. Dann übergab er sich auf Jacque. Ließ dessen Fleisch zischen.

Billy wischte sich mit dem Ärmel gelbe Galle von den Lippen. Zog sein Funkgerät aus der Halterung und drückte auf die Sprechtaste: »Donna, wir haben ein Blutbad hier draußen auf Jacque Bocarts Farm. Bocart wurde gegrillt. Atmet kaum noch. Drei Tote. Ich wiederhole, einer atmet kaum noch. Drei sind tot. Brauchen einen Krankenwagen. Irgendeine Reserveeinheit …«

Dann war es, als würde die Nacht in Marshal Billy Hines' Schädel einschlagen. Kampfstiefel kamen blitzschnell hinter einem Baum hervor. Eine leere Abgesägte knallte wie ein Baseballschläger an Billys Hinterkopf. Eine Silhouette verlor sich im Feld. Verschwand in die Septembernacht. Billy lag auf der kalten Erde, und Donna wiederholte: »Billy? Billy? Billy?«

Es waren zehn Jahre vergangen, seit die roten und blauen Lichter der Reserveeinheiten die lange, von Schlaglöchern übersäte Auffahrt eingefärbt hatten. Krankenwagen und Staatspolizei. Während das Mädchen, ihre Großmutter und ihre Mutter vom Kellerfenster aus zusahen. Anschließend rannten sie die Treppe hoch und direkt hinein in den blutgetränkten Wahnsinn, der den Hinterhof schmückte.

Es war zehn Jahre her, seit Jacque aus der Station für Brandopfer des Krankenhauses entlassen und in die Strafvollzugsanstalt von Spencer County verlegt worden war. Zehn Jahre, seit ihm der Staat Indiana einen Deal angeboten hatte, wenn er im Gegenzug verriet, wer das Massaker auf seinem Grundstück ausgelöst und wer ihn entstellt hatte. Er sagte, er habe keine Erinnerung mehr an die Nacht oder die Ereignisse davor. Er saß einige Zeit ab, starb aber, bevor sein Strafmaß abgegolten war.

Es war zehn Jahre her, dass Marshal Billy Hines als Town Marshal aus dem Amt vertrieben worden war. Ersetzt durch einen von Elmo Sigs gesetzlosen Deputys, der wegsah, wenn ein Vater und sein Sohn Meth durch die verarmten Hauptschlagadern und die sie umgebenden Arterien des County transportierten.

Aber jetzt saß das Mädchen in dem verrosteten Chevy 4x4, nickte der gealterten Gestalt auf dem Sitz neben sich zu und flüsterte: »Es ist Zeit.« Sie stieg aus, ihre karamellfarbenen Locken streng zu einem Pferdeschwanz zurückgebunden. Die 45er fest in der schießpulververbrannten rechten Hand. Auf kaputten Stiefelsohlen stakste sie durch kniehohes Gestrüpp. Überquerte den unebenen Gehweg an der Nebenstraße. Die Gestalt blieb im 4x4 sitzen und sah ihr nach, wie sie durch das Tor im rostigen Zaun trat, hinter dem die skelettösen Überbleibsel von Fahrzeugen auf dem roten Lehmboden lagen. Der Gestalt kam sie im Vollmondlicht wie eine Königskobra vor, mit ihren Softball-Schultern, dem v-förmigen Rücken und der Sanduhrtaille.

Das Mädchen blieb vor dem verrosteten Wellblechgebäude stehen. Lauschte dem Klang der Maschine, die Muttern von einer Radachse löste. Der Geruch von Motoröl und Benzin trieb sie an. Seit zehn Jahren zirkulierte in ihr die Blutgier. Sie stand da und erinnerte sich an die unzähligen Male, die die gealterte Gestalt sie mit dem Einverständnis ihrer Familie bei ihrem Großonkel abgeholt hatte. Sie parkten dann immer auf der Straßenseite gegenüber auf der verlassenen Farm, saßen dort und betrachteten Vater und Sohn.

Sie legte ihr Auge an den Lichtspalt in der Metalltür, beobachtete den Sohn mit dem perlweißen Auge. Ein Kopf wie eine schwarze Billardkugel mit schwarz-grauen Locken. Ölig und strähnig. Er warf die Bohrmaschine an, und sie erinnerte sich an die zehn Finger. Wie sie blaue Flecken auf ihrer Porzellanhaut hinterließen, während sie flehte: »Aufhören!«

Hinter dem Sohn saß der Vater auf einem Eimer, seine grauen Locken zu einem Zopf geflochten, der bis runter zur Kette reichte, an der seine Lederbrieftasche hing. Seine Arme waren lang und dürr. Schartig und gesprungen vom Schrot, und er führte einen Sargnagel an seine Lippen.

Das Mädchen spannte den Hahn des 45-Kaliber-Colt. Dann entsicherte sie. Er dachte, er wäre davongekommen mit dem, was er vor zehn Jahren getan hatte. Man hatte ihn vernommen. Aber er hatte ein Alibi gehabt. Als ihr Großvater nicht redete, hatte man ihn vergessen.

Aber wenn das Mädchen die Metalltür aufmachte, würde das alles keine Rolle mehr spielen. Denn sie gab die Weisheit weiter. Vom 4x4 aus sah Billy Hines zu und konnte sich selbst verzeihen, und ihr Großvater konnte in Frieden ruhen, wenn seine Enkeltochter abgedrückt hätte, ebenso wie er es in jener Nacht vor zehn Jahren getan hatte, bis das Magazin leer war.

Hin und her zwischen Himmel und Hölle

In Everetts Kopf explodierten die Blitzlichter einer alten Polaroidkamera, als er dastand und das Blut aus seiner Lebenslinie schrubbte. Er schloss ganz fest die Augen und kämpfte gegen die Stimmen der Toten an. Erinnerte sich, wie die Scheinwerfer seines Wagens Löcher in die Dunkelheit über dem Schotter schnitten, über die Mauern aus Bäumen links und rechts der Straße glitten, die das Land vom Fluss trennte. Und an die zarte Farbe einer kleinen Gestalt, die mit einem dumpfen Knall unter dem Truck verschwand.

Die Reifen blockierten auf dem Kies. Hank Williams »I dreamed about Mama last Night« dudelte aus dem Kassettenspieler. Er öffnete die Tür, sog den Rauch ein, der die Luft verpestete. Warf seine leere Dose Pabst Blue Ribbon ins Gebüsch.

Er kniete sich hinter seinen Truck. Umfing mit den Händen eine Kehle, aus der die Wärme schwand und durch Kälte ersetzt wurde. Die Zeit sprang zurück zu einem Krieg in Übersee, in dem er gedient hatte, und die Schreie von Private Dubious hallten durch seinen Kopf: »Stellen Sie den Schmerz ab! Stellen Sie den verdammten Schmerz ab!« Er konnte die Stimmen und die Erinnerungen von seinem alltäglichen Leben nicht unterscheiden.

Er nahm die Gestalt eines Jungen auf der Straße wahr, der

so rot glühte wie die Rücklichter seines Trucks! Everett hatte bereits ein paar Bier intus. Er würde nicht in den Knast gehen, nur weil jemand nicht auf die eigenen Leute aufpassen konnte. Den Jungen im Tal auf allen möglichen Grundstücken rumrennen ließ, als würden sie ihm gehören. Land, für das Menschen gearbeitet hatten, um es sich leisten zu können. Er klemmte die Arme unter den Jungen. Trug ihn zum Flussufer, lauschte der Strömung. Dachte daran, dass die Mutter des Jungen ein Schandfleck hier im Tal war, so wie sie lebte, auf Droge und Bewährung. Das Haus, in dem sie wohnte, war mal ein gepflegtes weißes Haus mit Holzwänden und blauen Fensterläden gewesen. Ein glänzendes Blechdach. Der vorherige Besitzer hatte ihm jedes Jahr im Frühjahr einen neuen Anstrich verpasst. Jetzt bildeten die Fensterläden einen vermoderten Rahmen um die Pappe herum, die die kaputten Scheiben ersetzte.

Everett sagte sich, er würde nicht in den Knast gehen und die Zeit verlieren, die ihm noch geblieben war. Er hatte bereits genug verloren.

Eine Explosion hallte durch seinen Kopf und zu den Ohren heraus. Er konnte den Rauch riechen, spüren, wie ihm heiße Erde ins Gesicht prasselte, und die Vision von Private Dubious war verschwunden.

Everett wuchtete den Jungen durch den Schlamm. Lauschte dem Aufprall der Leiche. Er wollte sich gerade zu seinem Wagen umwenden, der mit laufendem Motor dastand, als ihm eine Angelschnur mit toten Fischen auf dem Kiesboden auffiel. Er hob sie auf, wohl wissend, dass sie dem Jungen gehört hatten, und warf sie auf die Ladefläche seines Trucks. Stieg ein. Nahm sich ein kaltes Bier aus der Kühlbox auf dem Boden. Legte einen Gang ein.

Wieder zu Hause, wusch sich Everett die Clorox-Bleiche von den Händen. Erst war der Schaum weiß, dann färbte er sich rosa. Er drehte das dampfend heiße Wasser ab. Nahm sich ein Handtuch vom Herd. Dachte an den Krieg, in dem er gedient hatte. Die Männer, die er hatte sterben sehen.

Deputy Sheriff Pat Daniels schüttelte den Kopf, während er zusah, wie der Junge aus dem grünen Fluss gezogen wurde. Er fragte sich, weshalb Gott manchmal die schlichten und unschuldigen Gemüter zu sich nahm und anderes unerklärlich Böse auf der Erde verweilen ließ.

Als sie ihn auf die Bahre legten, ähnelte die Leiche des Jungen mit ihrem verlorenen milchigen Blick und den blauroten Lippen einem bewölkten Tag ohne Sonnenlicht.

In der Nacht zuvor hatte Pat bis spät in der Station gearbeitet, als ihn die Vermittlung mit Stace Anderson verband. Sie gab eine Vermisstenanzeige wegen ihres Jungen, Matthew, auf. Er war nach dem Angeln nicht nach Hause gekommen. Sie meinte, sie sei die komplette Talstraße abgelaufen und habe ihn gesucht, jeden Nachbarn, bei dem Licht brannte, gefragt, ob ihn jemand gesehen hätte. Nichts.

Zunächst dachte Pat, der Junge sei beim Angeln ins Wasser gefallen. Ertrunken. Aber später entdeckten County Coroner Owen und Detective Mitchell Anzeichen für heftige Gewalteinwirkung; gebrochene Rippen und ein gebrochener Oberschenkelknochen. Und sie kamen zu dem Schluss, dass sein Tod nicht durch Ertrinken, sondern durch Fremdeinwirkung herbeigeführt worden war.

»Wir müssen das unterm Deckel halten, Pat.«

»Hab ich vor, wenn die Medien Wind davon kriegen, wird's schmutzig.«

»Wie lief die Vernehmung der Galloways?«

Als Pat am Tatort eintraf, befragte er als Erstes Needle Galloway und seinen Sohn Beady. Sie waren morgens nach der Kirche Barsche angeln gegangen und hatten die Leiche entdeckt.

»Die sind so unschuldig wie die Jungfrau Maria.«

»Bist du bereit, der Mutter die Nachricht zu überbringen?«

»Wenn Chaplin Pip endlich kommt.«

»Wundert mich, dass die Mutter noch nicht hier ist und sich fragt, was wir treiben. Du hast doch gemeint, sie wohnt die Straße hoch?«

»Ungefähr anderthalb Meilen, da, wo früher die Witwe Ruth gewohnt hat. Du weißt wohl nicht viel über die Mutter?«

»Ich weiß gar nichts, das hier ist doch deine Gegend. Wieso?«

»War immer wieder auf Entzug, einmal ist sie aus dem Krankenhaus abgehaun, und danach ist ein Meth-Labor explodiert und hat sich zu einem Hausbrand ausgeweitet.«

»Das unten in der Nähe der Lickford Road?«

»Genau das, als sie erwischt wurde, hat ihr der Richter Arbeitsstunden und Bewährung aufgebrummt.«

»Alles klar. Na ja, ich hab dem Sheriff Bescheid gegeben, ihm gesagt, dass es nach Gewalteinwirkung aussieht. Meinst du, sie könnte den Jungen getötet haben?«

»Wenn ich raten müsste, würde ich nein sagen. Abgesehen davon, dass sie methsüchtig ist, hat sie sich immer Mühe gegeben, eine gute Mutter zu sein.«

»Was ist mit der Versicherung?«

»Ein Mädchen wie die kann ebenso wenig einen Job halten, wie sie clean bleiben kann. Sie hat Glück, wenn sie's schafft, ihre Stromrechnung zu bezahlen.«

»Was ist mit dem Vater?«

»Nelson ist nicht mehr derselbe, seit Stace auf der scheiß Droge ist. Fing wieder an zu saufen, hat sich scheiden lassen. Ehrlich gesagt, der Junge war alles, was ihm noch geblieben war.«

»Guck dir an, wie sie reagiert, wenn du ihr die Nachricht überbringst.«

»Was ist deine Theorie?«

»Er wurde irgendwann gestern Nacht von einem Fahrzeug angefahren, und aus irgendeinem Grund hat ihn der Fahrer in den Fluss geworfen.«

»Stace kann froh sein, wenn sie einen Whopper von Burger King mit zwei Händen hochkriegt. Von einer Leiche mal ganz zu schweigen.«

»Willst du sagen, sie ist zart gebaut?«

»Zart wäre stark übertrieben. Als ich sie das letzte Mal gesehen habe, war sie dürr wie eine Kriegsgefangene.«

»Hat sie einen Freund?«

»Nicht, dass ich wüsste.«

»Apropos Kriegsgefangene, wohnt dein Bruder nicht hier in der Nähe?«

»Ja, aber ich war nicht mehr hier zu Besuch, seit er Sheldon fast das Ohr abgeschnitten hätte.«

»Hab davon gehört.«

»Guter Gott, hättest das Blut sehen sollen. Sah aus, als wäre ihm ein Vogelflügel aus dem Kopf gewachsen.«

»Er hatte Glück, dass Sheldon ihn nicht verklagt hat.«

»Schwein gehabt, ja, hätte der Staatsanwalt Wind davon bekommen, säße er im Knast.«

»Ist nicht gut mit ihm reden, wenn ich ihn manchmal in der Stadt sehe.«

»So ist er eigentlich immer, deshalb besuch ich ihn auch nicht oft, ist schlimmer geworden mit ihm.«

»Wahrscheinlich wie bei einem Cop. Wenn du mal richtig heftige Scheiße gesehen hast, dann vergisst du das nicht, egal, wie viel Zeit vergeht.«

Everett trank sein Bier aus. Er war schon mal hier gewesen. Erinnerte sich an die Worte aus Prestons Mund, als er an jenem Morgen eine Zigarette aus dem Päckchen geschüttelt hatte. Er erinnerte sich, dass die Zigarette trocken gewesen war. Ungebrochen. Dass Prestons stoppeliges Gesicht durch die Hitze des Dschungels mit Schweißperlen überzogen gewesen war. Dass sein ganzer Zug in der frühmorgendlichen Stille gestanden und alle Ausschau gehalten hatte. Prestons grüner Helm hatte schief auf seinem Kopf gesessen, seine Augen waren gerötet gewesen wie von einem Heuschnupfen, aber das hatte am Schlafmangel gelegen. Und er hatte sich ein Streichholz angezündet, die orangefarbene Flamme an die Zigarettenspitze geführt und gesagt: »Wenn sie nicht nass ist, ist sie auch nicht kaputt.«

Preston führte die Männer durch die Stille, Zigarettenrauch stieg in die Luft, als Schüsse fielen und sich alle Deckung suchend auf den Boden warfen. Nur Preston fiel um, weil es ihn erwischt hatte.

»Noch ein Pabst, Everett?«

Everett kehrte blinzelnd in die Gegenwart zurück. Folgte den fleischigen Falten an Poes Hals bis zu den ledrigen Wangen, die sich um seine rissigen Lippen mit den kreideweißen Spuckeresten in den Mundwinkeln zogen.

»Ein was?«

»Ein Pabst? Willst du noch eins, oder steigst du wieder um auf Natural Light?«

»Ja, gib mir noch ein Pabst, ich hab's satt, diese Hirschpisse zu trinken.«

Poe war ein schlaksiger Mann mit verblichenen tätowierten Rebellenflaggen und grünen Totenköpfen, die mal schwarz gewesen waren, auf beiden Armen. Er sprach mit Raucherhusten und arbeitete hinterm Tresen im Dock, einer Bar am Ufer des Ohio. Wenn Everett mit sich und der Hölle, die ihn seit dreißig Jahren quälte, allein sein wollte, fuhr er hierher.

Ganz hinten in der Ecke saß Nelson Anderson mit seiner rostigen Porzellanhaut und den Kirschenfleckaugen, mit denen er durch das Buntglasfenster nach draußen starrte, und schob schlechte Laune wegen seiner Frau, die er vor einiger Zeit an die Meth-Sucht verloren hatte.

Nelson und Everett waren die einzigen Stammgäste, bis die Tür aufging und Sonnenlicht die Bar entflammte. Everett sah im Wandspiegel vor sich eine dunkle Gestalt auf sich zukommen. Der Mann setzte sich auf den Barhocker neben ihn.

»Da waren einige Polizeiwagen und ein Krankenwagen unten bei dir, Everett.«

»Was willst du mir damit sagen, Merritt, dass ich auf der Fahrt nach Hause einen Umweg machen soll?«

Merritt hatte während des Vietnamkriegs bei den Marines gedient, hatte nie einen Einsatz miterlebt, sondern bloß ein Munitionslager vor der Küste von Puerto Rico bewacht. Er kam mehrmals die Woche ins Dock, ebenso wie ins Blue River Village, wo Everett wohnte. Der hatte Merritt erlaubt, unten am Fluss gegenüber von seinem Haus zu fischen. Im Gegenzug erlaubte Merritt Everett, Tag und Nacht auf dem bewaldeten Farmland zu jagen, das ihm seine Großeltern nach ihrem Tod hinterlassen hatten.

Poe öffnete den verchromten Kühlschrank. Holte eine Dose Budweiser und eine Pabst heraus. Machte beide auf. Stellte die eine Everett hin. Die andere Merritt.

»Scheiße, Mann, spann uns nicht auf die Folter, was ist los?«

»Hab nur gehört, dass Needle und Beady Galloway heute Morgen fischen waren und die Leiche von einem Jungen im Fluss gefunden haben.«

Ein Stuhl scharrte über den Boden. Dann die Stimme von Nelson Anderson: »Die Leiche von einem Jungen, sagst du?«

Merritt hatte seinen ersten Schluck Budweiser genommen. Wandte sich Nelson zu, dessen Wangen bereits gerötet waren und dessen Augen die Farbe einer Aubergine hatten. Er kämpfte den Schaum nieder. Taubheit breitete sich entlang Merritts Rückgrat aus, er hatte Nelson beim Reinkommen gar nicht bemerkt.

»Genau das hab ich von Virgil MacCullum gehört.«

Poe meinte: »Er ist der einzige Junge im Dorf.«

Merritt stellte sein Budweiser wieder auf den Tresen und sog Rauch aus dem beigefarbenen Ende seiner Camel. Sah zu, wie Nelson aus der Bar raste wie ein Kamikazepilot.

Merritt schüttelte den Kopf.

»Scheiße, hab Nelson gar nicht gesehen, als ich hier reingekommen bin. Sonst hätte ich noch mal nachgedacht, bevor ich die Klappe aufreiße. Seine Ex wohnt doch da unten bei dir, mit dem Jungen.«

Everett sah Merritt zu, der die Camel aus dem Mundwinkel zog. Rauch stieg auf wie von einem schwelenden Feuer, bedächtig und geisterhaft. Everett schob seine Brille mit dem dicken schwarzen Gestell die Nase rauf, blies Rauch aus: »Sie haben den Jungen gefunden.« Drehte den Kopf irgendwie seltsam und murmelte mit trauriger heiserer Stimme: »Jetzt ist alles nass und kaputt.«

Merritt wandte sich an Everett, fragte sich, was er meinte, warum er sich so komisch benahm, und sagte: »Was meinst du damit, alles ist nass und kaputt?«

Everett schüttelte den Kopf, fuhr sich mit der Handfläche über die Stirn und sagte: »Nein, nein! Geht dich nichts an.«

Merritt sah Poe an, dann wieder Everett: »Was geht mich nichts an, du sprichst in Rätseln, Everett.« Everett war wieder zurück im Dschungel, wo er in die Hocke ging und Schüsse an ihm vorbeizischten. Der Boden bebte im Granatfeuer. Preston lag dort, sein Schädel aufgerissen und das Hirn verspritzt. Und Everett fühlte sich jetzt auch wieder genauso wie damals. Hatte Angst vor der aus dem Gleichgewicht geratenen Welt um ihn herum.

Verwirrung ließ Merritts Wangen Falten bis zu den Augen schlagen.

»Everett, alles klar?«

Everett kehrte zurück in die vernebelte Bar, winkte mit der rechten Hand. Poe stellte sich vor Everett und sagte: »Merritt hat über Nelson und den Jungen von seiner Ex gesprochen. Unten bei dir haben sie eine Leiche gefunden, die wie Treibholz im Blue River schwamm.«

Everett betrachtete die Maserung des Tresens und sein schwitzendes Getränk, blickte neben sich und sagte: »Der Junge war lahm wie eine Schnecke. Alle haben sie seine zugedröhnte Mutter gewarnt, weil er wie wild geworden die Straße auf und ab gelaufen ist, auf unserem Grundstück gefischt hat. Das war nur eine Frage der Zeit.«

Merritt und Poe sahen einander an, und Poe sagte: »Was willst du damit sagen, Everett?«

»Die Frau und der Junge waren ein Schandfleck im Tal, seit Nelson sie zum Teufel gejagt hat.«

Poe räusperte sich, sagte: »Bist du nicht ein bisschen hart?«

Everett sah Poe an und erwiderte: »Hart ist, wenn du alles tust, damit dein Freund aufhört zu bluten, nur dass das gar keine Rolle mehr spielt, weil er nämlich schon tot ist.«

Pip tauchte nie auf. Pat musste Stace die Nachricht überbringen, alleine. Sie saß auf einem kleinen, mit Brandlöchern und Katzenhaaren übersäten Sofa. Sie hatte die Miene einer Bisamratte, die Augen waren tränenverquollen und das Gesicht von schorfigen Narben entstellt. Sie holte Luft und fragte: »Warum überfährt einer ein unschuldiges Kind?« Sie hielt inne, verloren in der unausgefüllten Pause, fuhr sich mit ihrem Hühnerknochenarm über die eingefallenen Gesichtszüge und setzte hinzu: »Und wirft es in den Fluss, wie Abfall?«

Pat saß auf dem schäbigen Sofa, versuchte, den Gestank von niemals gewechseltem Katzenstreu zu ignorieren, die Zigarettenstummel in den Aschenbechern, die leeren Plastikcolaflaschen, die umgekippt herumlagen, und die mit Essensresten verschmierten Teller. Alles, was er herausbrachte, war: »In manchen Leuten stecken Übel, die keinen Sinn ergeben, und will man dahintersteigen, gibt das noch weniger Sinn.«

Neben ihm wurde geklopft. Die Tür schlug auf. Pat war bereit, seine Pistole zu ziehen. Nelson kam mit einer Lampe hereingestürmt, die das muffige Zuhause einer gescheiterten Existenz mit warmem Licht erfüllte. Seine Lippen bewegten sich, und er sagte: »Hab gehört, was passiert ist. Ist es wahr?« Stace stand nicht auf, saß da, wiegte sich vor und zurück. Hob und senkte den Kopf. Nelson ließ sich neben sie fallen, schlang die Arme um das wenige, was von ihr noch übrig war. Er roch nach Alk. Wäre ein Funken aufgesprungen, hätte der Raum in Flammen gestanden. Pat ignorierte es. Beugte sich vor, seine Ellbogen gruben sich durch seine Khakis und in seine Knie, und er erklärte Nelson: »Matthew wurde heute Morgen gefunden.«

Nelson wischte seine Bemerkung weg, sagte: »Von den Galloways.«

Pat schüttelte den Kopf: »Ja.« Hielt inne und sagte: »Ich weiß, dass euch das zusetzt, aber ich hab ein paar Fragen. Antwortet so gut ihr könnt.«

Stace wischte die Tränen ab, nickte.

»Hattet ihr, du und der Junge, Probleme, Meinungsverschiedenheiten?«

»Nein.« Sie schluchzte, und Rotz tropfte ihr aus der Nase. Wut ließ ihre Tränen versiegen, und sie sagte: »Wieso fragst du das nicht ein paar von den Arschgesichtern, die mich und Matthew immer verurteilt haben?«

»Wie meinst du das?«

Nelson schaltete sich ein. »Sie meint, es könnte jeder von den Nachbarn gewesen sein, die hier wohnen. Jedes Mal, wenn ich Matthew abgeholt hab, hat jemand irgendeinen scheiß Ärger gemacht.«

Pat fragte: »Hattet ihr Probleme mit den Nachbarn?«

Stace nahm einen Zug, rang um Fassung und sagte zu Pat: »Haben mich alle besucht, sich über meinen Jungen das

Maul zerrissen, weil er sich im Tal rumtreibt, auf ihrem Land fischen geht.« Sie hörte auf, lächelte gequält, erinnerte sich und fuhr fort: »Matthew hat immer einen Haufen Fische mit nach Hause gebracht. Der wusste genau, wo die guten Plätze sind.« Dann verschwand ihr Lächeln.

Pat sah Nelson an: »Wo warst du vergangene Nacht?«

»Warte mal, Moment ...«

Pat fiel ihm ins Wort: »Ich muss das fragen, ist nicht persönlich. Wo warst du?«

»In der Bar, frag Poe. War dort, bis er dicht gemacht hat.«

Sie saßen betreten schweigend da, bis Pat es nicht mehr länger aushielt, aufstand und Stace fragte: »Habt ihr seine Angel und das andere Zeug gefunden?«

»Ehrlich gesagt, wissen wir nicht mal genau, an welcher Stelle er überfahren und reingeworfen wurde.«

Beide brachen in Tränen und Schluchzen aus, und sie bekam gerade noch so heraus: »Er hatte einen schwarzroten Faltstuhl. Einen dazu passenden Angelkasten. Hab ich ihm bei Walmart gekauft. Gott, wie er das Angeln geliebt hat.« Dann zog sie ihre Beine vom Boden hoch, setzte sich drauf, fing an zu beben, drückte ihr Gesicht an Nelsons Brust. Ließ einen feuchten Flecken auf seinem Hemd zurück.

Pat hatte keine Fragen mehr, sagte, er würde sie auf dem Laufenden halten, sie wissen lassen, wenn es was Neues gab. Er trat zur Tür, und Stace hob ihren Kopf von Nelsons Brust, sagte: »Frag die Leute hier, fang mit deinem Bruder an, Everett. Der war der Schlimmste.«

Als er die schnakenverseuchte Straße entlangfuhr, rissen Stace' Worte ein Loch in Pats Brust. Der Schlimmste, Everett.

Sein großer Bruder. Der Mann war gemein, aber würde er ein Kind überfahren? Es in den Fluss werfen?

Sein Bruder war vieles. Beschädigt durch den Krieg. Drogen rührte er nicht an. Ein Säufer, der sich mit allen anlegte, die nicht arbeiteten. Aber ein Kind töten? Pat schüttelte den Kopf. Durch das heruntergekurbelte Fenster drang ein Anflug von Ahorn- und Walnussduft gemischt mit dem Fischgestank des Flusses, der durch sein Kiesbett rauschte. Vögel wisperten, und Pat erinnerte sich, wie er mal im Dock eine Auseinandersetzung beenden musste. Everett hatte Sheldon Noble auf den Boden gedrückt, ein Knie auf seinem Rücken, seine Haare in der einen Hand, ein Messer in der anderen. Hatte gedacht, Everett würde das Arschloch skalpieren. Und warum? Nur weil er Everett einen blöden, gelbe Ärsche fickenden Marine genannt hatte.

Als er in eine uneinsehbare Kurve fuhr, sprenkelte plötzlich ein Mückenschwarm die Windschutzscheibe und wehte durchs Fenster. Er schlug um sich und fluchte: »Verdammt noch mal.« Plötzlich sah er den Schatten eines Jungen über die Straße flitzen.

Pat trat auf die Bremse. Der Wagen schleuderte herum.

»Scheiße!«

Er schaltete auf Parken. Stieg aus. Seine Beine waren schwach. Seine Hände zitterten. Er sah unter den Wagen, ging drumherum. Nichts. Er trat ins Gestrüpp, betrachtete die Mauer aus Bäumen. Blinder Fleck. Jemand konnte leicht ein Tier oder ein Kind überfahren. Erschrocken und wütend starrte er auf das Gestrüpp und hob die Stimme.

»Hier spricht Deputy Sheriff Pat Daniels vom Harrison County, ihr da im Gestrüpp, kommt raus, sonst tret ich euch in die Ärsche.«

Der Polizeiwagen stand mit laufendem Motor hinter ihm, unten rauschte der Fluss. Keine Spur von dem Jungen. Und da sah er sie aus dem Gestrüpp ragen.

»Leck mich am Arsch.«

Eine verkratzte schwarz-rote Ugly-Stick-Angel. Die Rolle war kaputt. Ein paar Ösen waren verbogen. Er stieg tiefer in das verschlungene grünbraune Blätterwerk und stieß mit dem Stiefel gegen einen Gegenstand. Er griff nach unten und hob einen schwarzroten Angelkasten auf.

Pat sah sich im Gestrüpp um wie in der Jagdsaison, wenn er ein Reh schoss und es aufgepeitscht vom Adrenalin weiterrannte. Eine Blutspur hinter sich herzog, die er dann verfolgte, bis das Adrenalin nachließ. Aber anders als bei der Rehjagd fand er nichts. Er drehte sich um und wollte gerade zurück zur Straße gehen, als er die zerbeulte Dose glitzern sah. Er hob sie auf. Eine leere Dose Pabst Blue Ribbon. Das Logo funkelte rot, weiß und blau. Die Farben waren frisch. Nicht verblichen. Er hielt die Nase an die Öffnung. Es roch nach warmem Bier, nicht sauer. Die Dose war neu.

Er sah sich im Gestrüpp nach weiteren Dosen um, aber genau wie von dem Jungen konnte er keine Spur finden.

»Du hast noch eine Chance, aus dem Gestrüpp da zu kommen, Junge.«

Doch er hörte nichts, außer dem Rauschen des Flusses weiter unten.

»Kleiner Wichser.«

Pat ging zu seinem Wagen. Ließ den Kofferraumdeckel aufspringen. Legte die Angelrute und den Kasten hinein. Schloss den Kofferraum. Besah sich noch einmal den blinden Fleck. Er stieg in den Polizeiwagen, wusste, welche Sorte Bier sein Bruder Everett trank, Natural Light, nicht PBR. Das beruhigte ihn, und er überlegte, mal wieder vorbeizuschauen, nachdem sie sich so lange nicht mehr gesprochen hatten.

Everett konnte immer noch Poes und Merritts Blicke spüren, die ihr Mitgefühl für Nelson in seine rechte Schläfe bohrten. Er fischte ein weiteres Pabst Blue Ribbon aus dem Eis in seiner Kühltasche. Machte das Bier auf. Hielt die Dose schräg an die Lippen. Lenkte den Truck über die Straße. Sog den eiskalten Schaum von seinem Bier, seine Wut bekam etwas Ätzendes und verteilte sich in seinem Inneren.

»Was glaubt Poe eigentlich, wer er ist? ›Bist ganz schön hart drauf, oder?‹«

Everett bog mit dem Truck in die Auffahrt ein. Dachte an den Jungen im Dunkeln. Das Gesicht rot von den Rücklichtern, und er sagte sich: »Es war ein Unfall, lass gut sein.«

Er nahm noch einen Schluck Pabst und entdeckte den Polizeiwagen vor seinem Haus. Wendete und sah seinen kleinen Bruder Pat aus dem Werkzeugschuppen kommen. Everett machte den Motor aus und öffnete die Tür mit der Linken, nahm wahr, was Pat in der Hand hielt. Die Angelschnur, die er an einem verrosteten Nagel neben der Tür hatte hängen lassen, nachdem er vergangene Nacht die Barsche ausgenommen hatte. Everett legte den Kopf in den Nacken und kippte sein Bier herunter. Schluckte und sagte: »Was zum Teufel führt dich her?«

Pat kam ihm vom Werkzeugschuppen entgegen, hörte Everetts Frage und konnte kaum glauben, was er sah. Versuchte, es als Zufall abzutun. Er war nur wenige Minuten zuvor vorgefahren, hatte in seinem Polizeiwagen gesessen und gewartet, den Jungen wieder gesehen, dieses Mal war er in Everetts Schuppen gerannt. Er war ausgestiegen, hatte sich gefragt, was zum Teufel hier los war. Keine Spur von dem Kind. Nur eine blaue Angelschnur, die an einem Nagel hing. Der Geruch von fauligen Fischinnereien stieg ihm vom Boden in die Nase.

Und jetzt war Everett vorgefahren, mit einem PBR in der Hand.

Pat sagte: »Wollte dir ein paar Fragen stellen. Hab einen …« Er verstummte. Räusperte sich und sagte: »Dachte, vielleicht bist du im Schuppen. Hab die Angelschnur gesehen. Die Fischinnereien. Warst du gestern fischen?«

Everett bewegte die Frage in Gedanken, der Alkohol tränkte seine Worte.

»Gestern Nacht. Hab Barsche gefangen.«

Pat blinzelte, sah den Jungen aus dem Nichts auftauchen und auf Everetts Truck zurennen. Pat sagte: »Was zum Teufel ist hier los?« Rannte an seinem Bruder vorbei.

Everett folgte ihm. Fragte: »Was machst du da, verdammt noch mal?«

Pat stellte sich vor Everetts 98 Silverado Truck, ging in die Knie, suchte den Jungen. Entdeckte Flecken auf der Stoßstange, die nach menschlichem Blut aussahen. Er schluckte und sagte: »Hast Blut auf der Stoßstange. In letzter Zeit mal ein Tier angefahren?«

Everett zerdrückte die Dose. Ließ sie fallen, ging nach hinten zu seinem Truck. Sah, wie sich alles entwickelte. Was er getan hatte, würde nicht vergessen werden. Trotzdem würde er nicht ins Gefängnis gehen. »Kein Tier«, sagte er, nahm das Stemmeisen von der Ladefläche und kam, gerade als Pat aufstand, um die Motorhaube herum. Begegnete seinem Blick. Fassungslosigkeit lag darin.

Everett schlug mit der achteckigen Stange zu. Pat hob den rechten Arm, wollte den Schlag abwehren. Spürte den Knochen in seinem Unterarm knacken. Er biss die Zähne zusammen, machte einen Schritt von Everett weg, ließ die Angelschnur fallen, griff sich an die Seite. Öffnete die lederne Halterung an seinem Gürtel, zog die Metalldose heraus. Kälte war Pat in die Adern gefahren. Der Schmerz war heftig, er wollte sich übergeben.

Everett kam auf ihn zu und sagte: »Du bist mein Bruder, aber ich geh wegen dem kleinen Wichser nicht in den Knast.« Und er hob das Stemmeisen, um noch einmal zuzuschlagen.

Pat hielt Everett das Pfefferspray vors Gesicht, drückte ab und sagte: »Was ist bloß in dich gefahren. Er war jemandes Sohn.«

Everett schrie: »Gott, verflucht!« Und ließ das Stemmeisen fallen. Er fasste sich mit den Händen ins brennende Gesicht.

Pats Arm hing lose an seinen Rippen, pulsierte und veränderte seine Form. Fühlte sich an, als wollte er explodieren. Er kam auf Everett zu, ließ das Spray fallen, zog seinen Schlagstock heraus. Schweiß tropfte von Everetts brennendem Gesicht, als er den Stahl im Nacken spürte und auf der Motorhaube seines Trucks landete. Hinter sich hörte er Pats Stimme: »Ich verhafte dich wegen Mordes.«

Everett schüttelte den Kopf, wiederholte die Worte: »Nein, nein.« Immer und immer wieder. Versuchte, sich loszumachen, aber sein Gesicht fühlte sich an, als wäre es mit Kerosin getränkt und mit einem Streichholz angezündet worden.

Pat legte sich mit seinem ganzen Gewicht auf ihn, Everett gab nach, wehrte sich nicht, als Pat erst seinen linken, dann seinen rechten Arm ins Kreuz zog. Metall umfasste seine Handgelenke. Dann zerrte Pat seinen Bruder von der Motorhaube, führte ihn im Schockzustand zum Wagen. Als er zum Schuppen rübersah, entdeckte er erneut den geschundenen Schatten eines Jungen, der wegrannte und verschwand.

Karnickel im Salatbeet

Nach dem Treffen mit Clay saß Ina Flispart da wie eine alte Flickenpuppe, die jemand auf den mit Schlaglöchern übersäten Gehweg geworfen und liegen gelassen hatte. Tuke's Bar war eine Kneipe in der tiefsten Provinz von Orange County, Indiana, wo sie Clay erzählt hatte, dass sie ihren DNR-Ehemann Moon für ihn verlassen habe. Clay stand lachend auf. »Ich hab nicht vor, mit so einer verhurten Hausfrauenschlampe wie dir zusammenzuziehen. Ich wollte bloß meinen Spaß. Mit dir bin ich fertig.«

Nachdem sie zwei Monate lang das Bett geteilt hatten, war die Affäre beendet. Lester, der Barmann, stand in der Küche und fuhr sich mit seiner Reptilienzunge über die aufgesprungenen Lippen, während er das Gespräch zwischen Ina und Clay belauschte. Dann ging Clay. Ina blieb.

Lester wählte Kennys Nummer und sagte: »Hab wieder ein Karnickel im Salatbeet sitzen.«

Er verließ die Küche durch die Hintertür und trat in die kalte Dunkelheit. Ging herum zum Eingang des Tuke's, drehte das GEÖFFNET-Schild auf GESCHLOSSEN, zog seine Schlüssel aus der Tür und schloss leise von außen ab.

Ina zündete sich eine weitere Zigarette an und fragte sich, ob Moon den Brief schon gefunden hatte, in dem sie ihm mitteilte, dass dreißig Jahre, die sie ihm sein Essen gekocht, seine Hunde gefüttert, seine Wäsche gewaschen und seinen

Rasen gemäht hatte, achtundzwanzig Jahre zu viel gewesen waren.

Während er nachts Waschbären jagte, blieb sie meist lange auf. Rauchte, spielte Solitaire, und nur David Letterman im Fernsehen leistete ihr Gesellschaft. Sie hoffte auf irgendeine Form von Zuneigung, eine Berührung, einen Kuss, eine Geste der Anerkennung, die sie schon lange nicht mehr bekommen hatte. Moon kam nach Hause und tat, als gäbe es sie gar nicht. Sie hatte genug davon, dass er sie einfach als selbstverständlich hinnahm, und beschloss, dass ihre Ehe vorbei sei.

Sie war fünfzehn gewesen, als sie sich kennengelernt hatten, im Sommer 73. Nach heutigen Maßstäben jung, aber damals heirateten häufig ältere Männer jüngere Frauen. Mit sechzehn war sie bereits schwanger und verheiratet. Ihr zweites Kind bekam sie mit siebzehn und ihr drittes mit achtzehn.

Lester kam mit einem Becher Kaffee aus der Küche und fragte Ina: »Brauchst du noch ein Bud Light?«

Ina sah durch den Zigarettendunst auf und dachte, dass Lester unterernährt wirkte, seine Haare waren schmierig und die Haut so blass, als würde er ohne Licht leben. Sagte: »Noch nicht.« Hinter dem Tresen grinste Lester spöttisch und schlürfte seinen Kaffee. Er konnte sich kaum noch beherrschen, als er Inas grapefruitförmige Brüste und die darüberhängenden honigfarbenen Locken mit den zartesten Andeutungen von Grau darin musterte. Er stellte sich vor, wie er seinen wurmartigen Körper in ihrer süßen Geißblatthaut vergrub, die der vorbeiziehende Sommer mit der einen oder anderen Sommersprosse besprenkelt hatte. Denn für einen zwielichtig-abartigen Barmann vom Land wie Lester Money war Sex ein beliebtes Unterfangen, egal, wie alt die Vertreterin des anderen Geschlechts war. Er konnte es sich nicht leisten, wählerisch zu sein. Ina wirkte auf ihn, als wäre sie Anfang dreißig, obwohl er glaubte, dass sie älter war.

Ina sah den Dampf aus Lesters Kaffeebecher aufsteigen und wollte los. Sich ein Motel oder eine Pension suchen, wo sie den Schock darüber, wie eine Totgeburt fallengelassen worden zu sein, einfach wegschlafen wollte. Aber sie musste erst mal nüchtern werden und fragte Lester: »Meinst du, ich kann einen Becher Kaffee bekommen?«

»Kaffee?« Anscheinend hatte sie vor, zu gehen. Er wollte es nicht wieder versauen und sagte: »Klar, gib mir eine Sekunde.« Er ging zurück in die Küche. Nahm einen sauberen Becher von einem Haken an der Wand. Schenkte ein, nahm das kleine Fläschchen aus seiner Tasche. »Georgia Home Boy. K.o.-Tropfen«. Er schraubte den Deckel ab. Kippte ihr die farblose Flüssigkeit in den Kaffee. Nahm den Becher mit raus auf ihre Seite vom Tresen, stellte ihn vor ihr ab, zwinkerte, während er an seinen limonenfarbenen Zähnen saugte, und sagte: »Konnte nicht anders, hab gehört, was du mit Clay geredet hast. Der ist Stammgast hier, und außerdem hast du jemanden erwähnt, der Moon heißt. Ich kenne einen, der hier ab und zu nach dem Fischen was trinkt. Sein Name ist Moon. Der ist Officer beim DNR.«

Ina nahm einen Schluck von ihrem Kaffee, mochte den Salamander von Mann nicht, der neben ihr saß. Durch ihn fühlte sie sich unsauber. Er wusste über ihre Privatangelegenheiten Bescheid. Kannte den Namen ihres Mannes.

Lester fuhr fort: »Ich könnte wetten, dass du mit dem Mann, mit dem du gekommen bist, Clay, ich würde wetten, dass ihr eine Affäre habt, und der Mann namens Moon, den du verlassen hast, derselbe Moon ist, der hierherkommt.«

Ina trank den Kaffee aus. Fühlte, wie sie innerlich erschlaffte. Sie wäre schön blöd, wenn sie da sitzen bleiben und sich weiter anhören wollte, was diese Nacktschnecke zu sagen hatte. Also sagte sie ihm: »Das geht dich nichts an.«

»Ist schrecklich für einen Ehemann, wenn er rausfindet, dass seine Frau eine Affäre hat. Ich wäre bereit wegzusehen, wenn du mich auch mal an die Fleischtöpfe lässt.« Dann schlang er seine Nikotinfinger um ihren Arm und zog sie zu sich heran.

Ina machte sich los. Donnerte ihm ihren Ellbogen ans Kinn. Ließ Kiefer und Zähne klappern. Drehte sich um und schnappte sich das Erste, was sie sah – den schweren grünen Aschenbecher aus Glas, den sie benutzt hatte –, und zertrümmerte ihn auf seinem Schädel. Lester ging in einer Wolke aus Asche und Zigarettenstummeln zu Boden und brüllte: »Verdammte Nutte!« Ina schnappte ihre Handtasche, stellte die Füße auf den Boden, und da traf es sie. Der Krater in ihrem Innern, Beine aus Gummi. Die Winkel des Raums, der plötzlich schwankte und kippte, verschoben sich. Georgia Home Boy.

Sie kämpfte sich bis zum Ausgang. Das Schloss knackte. Die Tür schwang auf. Stieß sie zurück. Zwei Männer mit Bärten und Trucker-Kappen voller Ölflecken standen vor ihr und starrten sie an. Der eine hatte ein Ausweidemesser, der andere ein Taschenmesser in der Hand. Beide stanken nach der kalten Luft draußen, verbranntem Holz und Dreckarbeit.

Der mit dem Ausweidemesser war groß wie eine Eiche und sagte: »Bist nicht mehr die Jüngste, aber trotzdem ein hübsches Ding.« Ina wusste nicht, ob es am Alkohol oder am Kaffee lag, dass sie den Kolben der Schusswaffe weder sah noch spürte, der ihr Gesicht traf, als sie zwischen den beiden Männern durch davonrennen wollte. Ihr ganzer Körper wurde zum Abgrund. Das Letzte, was sie hörte, war nicht der Klang der Waffe an ihrem Kopf oder das Aufschlagen auf dem Boden. Das Letzte, was sie hörte, waren die Worte, die der Mann mit dem Taschenmesser durch ihren Schädel hallen ließ: »Lester, fast wär dir das olle Karnickel aus dem scheiß Salatbeet entwischt.«

Die alte Schotterstraße führte zu einem Haus, vor dem unter großen Buchen, die bereits fast alle ihre Blätter verloren hatten, ein gespachtelter 71er Firebird, ein verrosteter 78er Ford Pick-up-Truck und ein alter grauer 85er Toyota Land Cruiser standen. Das Haus war nicht mehr als hundertzwanzig Quadratmeter groß, eine Seite war grau verschindelt, das Blechdach undicht, und von der hölzernen Fliegengittertür, die mit Löchern übersät und mit vergilbtem Zeitungspapier geflickt worden war, blätterte die weiße Farbe ab. Durch die Fenster drang kein Licht, sie waren von innen mit Sperrholz vernagelt und von außen mit Folie verklebt, um die Kälte abzuhalten. Mitten auf der Fliegengittertür prangte ein zerdelltes schwarzes Plastikschild mit orangefarbener Schrift: Privatgrundstück – Betreten verboten.

Irgendwo im Innern des Hauses rang Ina um ihr Sehvermögen. Zwang sich, die Augen zu öffnen, atmete dabei stoßweise und tief durch die Nase ein, ihre Lungen pfiffen, und kaltes Fieber umfing ihren Körper.

In der Luft hingen der abgestandene Geruch von Zwiebelschalen und das feuchtkalte Dunkel der Ungewissheit. Es war, als hätte sich die Nacht auf sie gelegt wie ein toter Körper. Schwer und heiß, klebrigen Dunst ausströmend. Die

Taubheit wich aus ihren Händen, und sie berührte das, was da auf ihr lag. Ein Mann. Ohnmächtig oder eingeschlafen, was sie spürte waren seine schlaffen nackten Umrisse.

Sie lag auf einem Bett und war, wie der Fremde auf ihr, nackt. Außerdem schmerzten die Innenseiten ihrer Oberschenkel und die Stelle, die beide verband. Aber Kopf und Körper hatten die Orientierung verloren. Ihr Kopf hämmerte, als sie ihre Erinnerung danach durchforstete, wie und was sie hierhergebracht hatte. Sie atmete den Geruch von Zwiebelschalen ein, der sich mit dem von Zigarettenrauch, abgestandenem Bier, Moder und vergammeltem Holz mischte. Sie versuchte, den Mann von sich runterzuschieben, hatte aber Angst, er würde dabei aufwachen. Sie hätte sich nicht wehren können. Sie fuhr mit den Händen über das Bett, das nicht mehr war als eine Matratze mit Federn. Wandte den Kopf, ihre Augen stellten sich auf die Umgebung ein. Ein Kleiderhaufen lag auf dem Boden. Sah aus wie ihre Jacke, ihr Rock und eine Jeans mit Gürtel, außerdem Arbeitsstiefel und ein Flanellhemd. Leere Whiskeyflaschen auf einem Nachttisch neben dem Bett. Bierdosen auf dem Boden. Zerknülltes Papier. Ein kleiner Fernseher mit Hasenohren auf einer Kommode. Ein Aschenbecher mit Zigarettenstummeln. Der schwere Körper auf ihr schnarchte jetzt. Seine Arme waren riesig, hingen jeweils seitlich an ihr herunter, der Rücken war breit, die Haare waren fettig und rochen wie sein Körper, ein Geruch, der sie an die Kisten mit vergammeltem Gemüse erinnerte, die ihr Vater manchmal aus den Müllcontainern der Supermärkte in der Stadt für die Schweine holte, die sie hinter der Scheune aufgezogen hatten, als Ina selbst noch ein Kind war.

Bruchstückhaft fiel ihr wieder ein, was mit ihr geschehen war. Als hätte es jemand aus einer Zeitschrift ausgerissen, zerknüllt, in den Müll geworfen, und sie würde nun die Fetzen wieder herausnehmen und glatt streichen. Stück für Stück versuchte sie, das verzerrte Puzzle zu begreifen.

Sie hatte ihren Mann, Moon, verlassen. Sich mit Clay in einer Bar getroffen, um es ihm zu sagen. Aber Clay hatte sie mit dem Gefühl in der Bar zurückgelassen, benutzt worden zu sein, und sie hatte sich mit dem schmierigen Kerl hinterm Tresen betrunken, der sich an sie rangemacht hatte. Aber sie konnte sich nicht mehr erinnern, wie sie hierhergekommen war. Wo auch immer »hier« war.

Sie sah wieder in den Raum, fragte sich, wie lange sie schon dort war. Ihr Blick wanderte zur Zimmerdecke hinauf, die mit großen dunklen Flecken überzogen war, als hätte jemand dort oben Kaffee verspritzt. Dann wieder runter die Wand entlang, an der zerrissene Fetzen Tapete hingen, bis zu dem schmalen Lichtschein, der die mit Kerben und Kratzern versehene Tür einrahmte. Auf der anderen Seite hörte sie Männer gereizt miteinander sprechen.

»Wie viel hast du ihr denn verdammt noch mal gegeben, Lester?«

»Bloß einen Tropfen.«

»Von wegen Tropfen, die ist ausgeschaltet wie 'ne kaputte Glühbirne.«

»Pfadfinderehrenwort, Cecil.«

»Lester, du warst nie Pfadfinder.«

»Na und?«

»Na, dein Ehrenwort ist einen Hammelhoden wert, gerade so viel wie'n leeres Sparschwein. Und jetzt lass mich die scheiß Flasche mit den Tropfen sehen, die du dem alten Mädchen gegeben hast.«

»Hier.«

»Scheiße, kleiner Bruder, du hättest sie vergiften können.«

»Scheiße, das hat uns gerade noch gefehlt, die Frau von einem DNR-Officer vergiften.«

»Von wem? Du blödes Arschloch, willst du mir erzählen, ihr Alter ist ein verfluchter Eichhörnchen-Cop, und du hast das gewusst? Hast sie trotzdem gedopt und sie uns hierherbringen lassen?«

»Wieso nicht?«

»Du bist so dämlich wie ein hirnamputierter Straßenköter. Du weißt doch, dass nach mir gefahndet wird. Verdammt, kleiner Bruder.«

Ina lag da und lauschte in panischer Angst. Ihr Inneres fühlte sich an wie ein überlasteter Muskel; steif, angespannt, wund. Sie wusste, dass sie über sie drübergeruscht waren, aber nicht, was sie dafür benutzt hatten. Sie fühlte sich ausgelaugt und schwach. Sie wussten, dass ihr Mann Gesetzeshüter war. Als sie die Männer diskutieren hörte, wurde Ina klar, dass der Mann, den sie verlassen hatte, jetzt zum Argument für ihre Beseitigung wurde. Sie musste schleunigst weg von hier.

Ina hielt die Augen geschlossen und stellte sich schlafend, auch als die große Gestalt sich von ihr erhob. Sie lauschte auf seinen Atem. Seine Gürtelschnalle klapperte, als sich der Mann die Hose hochzog. Dann das Hemd und die Stiefel. Die Schnürsenkel klatschen auf den Boden. Er hielt inne, um eine Zigarette aus dem Päckchen zu ziehen. Das Schnappen seines Feuerzeugs. Der Geruch von Butan. Es stank nach Rauch. Einatmen und Ausatmen. Er öffnete die Tür, der Raum füllte sich mit Licht aus der Küche, und Cecil sagte: »Melvin, hör mal, in was für eine Scheiße uns unser kleiner Bruder hier geritten hat.« Dann ging die Tür zu.

»Die können wir nicht einfach auf einer Landstraße in ihrem Auto abstellen und am Steuer sitzen lassen wie die ganzen anderen«, sagte Cecil.

»Warum zum Teufel nicht?«

»Weil du die Ware beschädigt zurückbringst und ihr Alter ein Eichhörnchen-Cop ist, du blöder Arsch. Der wird ihren Körper auf Fingerabdrücke absuchen, ihre Kleidung und den Wagen. Allen möglichen DNA-Scheiß machen. Dann findet der Dreck von unseren Stiefeln oder ein Haar von einem von uns. Und damit kriegt der uns dran.«

»Stimmt, deshalb haben wir keine andere Wahl, kleiner Bruder. Ich geh nicht wieder in den Knast, bloß wegen so 'ner gelangweilten alten Hausfrau.«

»Die können bestimmt auch ihr Blut untersuchen und rausfinden, was wir ihr gegeben haben, vielleicht sogar von wem wir's haben, und die verpfeifen uns dann.«

»Ganz genau, jetzt fängst du endlich an, deine Birne einzuschalten, kleiner Bruder.

»Also, was machen wir?«

»Ganz einfach. Als Erstes ihr Auto. Wir gehen zu Luke und seinen Brüdern, die Malones Schrottplatz geerbt haben. Die können ihren verfluchten Toyota auseinandernehmen und verschrotten, die Einzelteile von hier bis Louisiana, West Virginia und Pennsylvania verkaufen.«

»Was wird aus ihr?«

»Die wird entsorgt. Ich muss Mr. Masonry Nelson Dean unten in Tennessee anrufen. Wir können die Alte bei irgendwem ins Fundament legen.«

»Das klingt ein bisschen riskant, wir könnten erwischt

werden oder so.« Sie konnte die Nervosität in Lesters Stimme hören.

»Bin bis jetzt noch nie erwischt worden. Außerdem hat sie vielleicht sowieso schon zu viel Georgia Home Boy abbekommen. Vielleicht liegt sie längst im Koma, aber wir müssen sie so oder so loswerden, damit ihr Alter nicht neugierig wird.«

»Scheiße, Cecil, du redest echt irres Zeug.«

»Willst du kneifen?«

»Wenn ja, dann überleg dir lieber lange und gut, wie du uns das verkaufst. Ich hab dir schon gesagt, dass ich nicht in den Knast geh für meinen bescheuerten kleinen scheiß Bruder, der uns in den ganzen Mist überhaupt erst reingezogen hat.«

»Nein, nein, ich bin dabei. Hab bloß noch nie wen umgebracht, das ist alles.«

Lester hatte bloß mal ficken wollen. Seine Brüder waren ihm eine Nummer zu groß. Wenn er sich mit denen anlegte, würden sie ihn glatt hinten unterm Gartenklo verscharren oder gleich mit Ina zusammen einbetonieren. Er hatte keine andere Wahl, als sie zu entsorgen.

»Melvin, du fährst zu Kenny und rufst von seinem Telefon aus Nelson Dean an. Wenn er nicht zu Hause ist, sprich ihm eine Nachricht aufs Band, sag ihm, bei Cecil steckt wieder ein Eichhörnchen im Trafo. Wenn er da ist, lass dir einen Preis sagen. Aber wenn nicht, dann sprich ihm Kennys Nummer drauf, und sag Kenny, er soll uns holen, wenn Nelson zurückgerufen hat.«

Ina lag da und lauschte, kapierte, dass sie Recht gehabt hatte, die Erwähnung von Moon und wer er war, hatte Panik verbreitet, und jetzt planten sie, sie um die Ecke zu bringen. Angst machte sich in ihrem Herzen breit. Sie glaubte, ihre Beine zu spüren, dann ihre Füße, und so kämpfte sie sich aus dem Bett.

Der Raum war aus dem Lot. Ihr Körper wackelig und schlaff. Ihr Herz schlug schnell. Sie war kurzatmig, als gäbe es keine Luft mehr. Ihr Kopf drehte sich, ihre Beine zuckten über den kalten Holzboden. Sie ging auf die Knie, während alles um sie herum schwankte und sich drehte. Sie wühlte sich durch das, was sie für ihre Kleider hielt. Ihre Hände hatten Mühe mit dem Höschen, dem BH, dem Rock, der Bluse, den Socken, der Jacke und den Wanderstiefeln. Ihr ganzer Körper bebte, als sie sich anzog. Heiße Tränen liefen ihr über das Gesicht.

Sie sah sich nach einem Fenster um. Irgendeinem Ausweg. Fand aber nichts, nur einen 13-Zoll-Fernseher, der auf der Kommode neben der Tür stand. Und eine Erinnerung zuckte ihr durch den Kopf, der Geruch von einer schmutzigen Unterhose in ihrem Gesicht und eine lachende Stimme, die sagte: »Die kann dir vielleicht noch was beibringen, Lester.«

Sie schloss die Augen, presste ihr Gesicht in ihre Handflächen und wischte sich die Tränen ab. Ihre Arme spannten sich an und zitterten vor Schmerz bei dieser Erinnerung. Sie hielt inne, versuchte, die Fassung zu bewahren, und lauschte auf die Worte drüben, wo über sie gesprochen wurde, als wäre sie das unterste Glied in der Nahrungskette. Warum, fragte sie sich, taten die ihr das an?

Sie hatte etwas gehört, von wegen Melvin solle zu Kenny fahren und von dort aus telefonieren. Sie fragte sich, wer Kenny war. Dann hörte sie Schritte. Eine Tür wurde geöffnet. Ging wieder zu. Dann das Knallen der Fliegengittertür. Füße schlurften durch die Küche. Stille. Irgendwo draußen vor dem Haus wurde eine Wagentür zugeschlagen. Ein lauter Motor sprang an und verlor sich langsam in der Ferne.

Als sich der Griff an der Schlafzimmertür drehte, geriet sie in Panik, weil sie nicht wusste, wer es war oder was sie tun sollte. Schwach und schwindelig packte sie das Einzige, was ihr zur Verfügung stand, den 13-Zoll-Fernseher. Mit Mühe hob sie ihn über den Kopf.

Als der Fernseher über Cecils Schädel in die Brüche ging, war Lester hin und her gerissen. Wollte nicht erwischt werden, war aber auch unsicher, ob er Ina töten sollte. Er war ein bisschen erleichtert, als Cecil zu Boden ging. Bis sich Ina wie eine ausgehungerte Aussätzige auf der Suche nach Essbarem auf ihn stürzte und schrie: »Warum hast du mir das angetan?«

Die Finger beider Hände weit gespreizt. Blitze schlugen in ihrem Kopf ein, als sie Lester rückwärts durch die Küche trieb. Sie erinnerte sich, dass er ihr in der Bar einen Kaffee gemacht hatte. Dann der Blackout. Als sie ihre Augen wieder aufmachte, stand sie in dem Raum. Alles schwankte und drehte sich, während Hände an ihren Kleidern zogen. Sie konnte sich nicht wehren, fühlte sich schwerelos. Eine Hand stieß sie nach hinten, und sie stolperte auf die Matratze.

Und jetzt schubste Ina Lester und schrie: »Antworte!« Lester verlor das Gleichgewicht, und sein Schädel knallte gegen die Kante der Küchenanrichte. Als er auf dem verschimmelten Fußboden aufkam, hatten sich sein Gehirn und seine motorischen Fähigkeiten bereits in flüssige Erdnussbutter verwandelt. Ina begann, auf ihn einzutreten. Sie erinnerte sich, wie seine Borkenhände ihre Brüste betatscht und ihre

Arme an den Handgelenken über ihren Kopf gerissen hatten. An das Grunzen anschließend, das ihr durch den Schädel gedröhnt, und den 13-Zoll-Fernseher, den sie fixiert hatte, bis sie erneut das Bewusstsein verlor.

Lester zuckte wie von einem elektrischen Schlag getroffen. Inas Brust brannte und pochte, und ihr blieb die Luft weg. Sie dachte, sie bekäme einen Herzinfarkt. Bilder, Geschmäcker und Gerüche spielten sich immer und immer wieder in ihrem Kopf ab. Und sie hörte auf, ihn zu treten.

Lester lag auf dem Küchenboden, ein schlaffer Haufen aus Blut und Knochen, umhüllt von bleicher Haut. Sie atmete schwer, als sie sich durch die Küchentür kämpfte, Wut und Abscheu trieben sie hinaus in den von gelbem und orangefarbenem Laub bedeckten Hof. Die Luft war kalt, und Inas Herz pochte gegen ihr Brustbein, als sie mit ihren Stiefeln durch die Blätter trampelte, ihren Truck in der Auffahrt stehen sah. Die Tür war nicht abgeschlossen. Die Schlüssel steckten im Zündschloss. Sie ließ den Wagen an, ohne zu wissen, wo sie sich überhaupt befand, als Cecil durch die Fliegengittertür platzte und wie besoffener Abschaum mit abgeschnittener Zunge herumschrie. Inas Puls zuckte in den Schläfen, als sie einen Gang einlegte. Sie schlug das Lenkrad Richtung Cecil ein, der auf sie zugetorkelt kam, das Gesicht rotüberströmt wie von einer geschmolzenen Kerze; die Scherben des Bildschirmglases unterteilten seine Gesichtszüge. Ina erwischte ihn mit dem vorderen Kotflügel, und er ging zu Boden. Dann schlug sie wieder ein, fuhr durch den Hof, wirbelte Schmutz und Laub hoch in die Luft und bedeckte Cecils zuckenden Körper damit.

Ina trat aufs Gas und raste durch die Auffahrt voller Schlamm und Schlaglöcher. Der Sitz ruckelte unter ihr. Als sie endlich in der Ferne die Landstraße entdeckte, zögerte sie nicht. Sie riss das Lenkrad herum, und die Reifen fuhren bellend auf den Asphalt.

Ina dachte nach über das, was Lester und die anderen Männer gesagt hatten, als sie über ihr Ableben gesprochen hatten, als wäre sie nur ein Stück Fleisch. Ein Tier, das man schlachtet und vergisst. Sie fühlte sich innerlich wund, als ihr immer weiter neue Einzelheiten einfielen. Man hatte sie mehrfach vergewaltigt. Sie dachte an das Ehegelübde, das sie gebrochen hatte, die Ursache für all das. Und Tränen benetzten ihre Wangen.

Ihre Brust schmerzte, und ihr Blick wurde verschleiert, als sie die ihr unbekannte Landstraße entlangraste. Bis sie plötzlich dachte: So muss es sein, wenn man ertrinkt.

Das Hämmern ihres Herzens ließ nach, ihre Lungen verkrampften. Sie schnappte nach Luft, umklammerte das Lenkrad und trat das Gaspedal durch, als in ihrem Kopf alles verschwamm. Jeder Atemzug bedeutete Schmerz. Sie wurde immer schwerer, während sie weiter aufs Gas trat. Dann lief ihr der kaltschmerzende Schweiß über den Körper bis zu ihren zitternden Armen. Ihren Beinen. Gelangte in ihre Hände und ihre Füße. Mit dem Vorderrad knallte sie gegen eine Unebenheit auf der Straße, die aber gar keine Unebenheit war, sondern ein Graben. Dann stoppte die große Eiche, die sie bei 130 Stundenkilometern nicht vor sich gesehen hatte, ihren Cruiser. Sie flog durch die Windschutzscheibe in den Wald hinein, der sie vollständig schluckte.

Der Dampf aus Moons Kaffeebecher mischte sich mit der Küchenluft, als er Detective Mitchell fragte: »Von ihrer Leiche keine Spur?«

»Nur der zertrümmerte Cruiser, den sie gegen die Eiche gesetzt hat. Irgendeine Ahnung, was sie da unten in Orange County gemacht hat?«

»Nicht den blassesten Schimmer.«

»Du hast gesagt, ihr habt euch am Abend vorher gestritten?«

»Stimmt.«

»Und du bist nach der Untersuchung des Mordes an Rusty Yates spät nach Hause gekommen, und Ina war nicht da?«

»Genau. Ich hab gedacht, sie ist bei ihrer Freundin Myrtle. Ich hab was getrunken, um ein bisschen Dampf abzulassen. Dann hab ich den Brief gefunden. Sie hat mich verlassen.«

Detective Mitchell betrachtete den Brief. Sah Moon an: »Tut mir leid, Moon.«

Moon atmete aus: »Das ergibt doch keinen verdammten Sinn. Warum sollte jemand Ina von da wegholen, wo sie den Wagen zu Schrott gefahren hat.«

»Körperverletzung oder Mord.«

»Du meinst, sie könnte was gesehen haben, was sie nicht hätte sehen sollen.«

»Die Polizei weiß nicht mehr, als dass sie gegen einen Baum geknallt und durch die Windschutzscheibe geflogen ist. Mitten im Wald gelandet. Die haben die Stelle gefunden, wo sie aufgeschlagen ist, und ein paar Stiefelabdrücke.«

»Sonst nichts?«

»Nichts.«

Cold Hard Love

Ekel durchsetzte die Schmierschicht aus Burgerfett auf Carols Haut und mischte sich mit dem Schmerz, der durch ihre Hand- und Fußgelenke zuckte und sich beim Bedienen in Jocko's Diner in den Blasen an ihren Füßen sammelte. Zu ihrem Ehemann sagte sie: »Bellmont, heute Abend musst du's tun. Tag für Tag Doppelschichten und das Gequatsche von dem alten Arsch, ich kann einfach nicht mehr.«

Nach zehn Jahren hatte Bellmont seinen Job in der Brown & Williamson Tabakfabrik verloren. Jetzt lebte er vom Ersparten und von Carol. Sie hatten das Haus verkaufen und zu ihrem Vater auf die vierhundert Hektar große Schweinefarm ziehen müssen. Betteten ihre müden Häupter in der alten Hütte zur Ruhe, die ihr Vater nebenan gebaut hatte, als seine Mutter krank wurde. Und wie bei seiner Frau zitterte jeder einzelne Muskel in Bellmonts Körper vor Schmerz, weil er sich tagtäglich auf der Farm für seinen Schwiegervater abrackerte. Heute hatte er Löcher für Zaunpfähle für ein neues Gehege ausgehoben. Und Carols Verachtung machte den körperlichen Schmerz viel schlimmer.

»Wenn wir deinen Wagen verkaufen, können wir in der Leavenworth Tavern das Geld auf ein paar Kämpfe setzen, vielleicht reicht's dann noch ein paar Wochen.«

Carols Wangen liefen rosa an, und sie sagte: »Du willst meinen Iroc verkaufen? Das hältst du für eine Lösung? Und was dann? Die Klamotten, die du am Körper trägst, die Schuhe an deinen Füßen? Willst du warten, bis er tot umfällt? Hoffst du, dass er einfach umkippt? Das wird niemals passieren.«

Bellmont fuhr sich mit einer Hand durch die schüttere Mähne, wusste, dass Carol recht hatte. Sie konnten nicht weiter nur von Zusammengekratztem leben. Essen, das sie jeden Abend von Jocko's nach Hause mitbrachte und das sie mit ein paar Dosen von seinem Budweiser oder von ihrem Pabst runterspülten. Er sagte: »Carol, wir müssen das gut organisieren. Immerhin reden wir davon, einem Menschen das Leben zu nehmen.«

Carols Rücken war steif vor Schmerz, als sie ihre blauen Augen verdrehte. »Was ist mit unserem Leben? Spielt das denn gar keine Rolle?«

»Natürlich tut's das, Baby, aber ich hätte gerne eins mit dir zusammen und nicht bloß Knastbesuche an den Wochenenden.«

Ein Tropfen löste sich aus Carols spatzenfarbenen Haaren, und das Mittagsspecial bei Jocko's – gebratenes Rinderfilet und Kartoffelbrei mit weißer Sauce, Brötchen mit Butter und dazu Gemüse oder Mais – brannte in ihren Augen. Sie blinzelte und verzog die madenartigen Lippen wegen des bitteren Geschmacks.

»Nenn mich nicht Baby. Du bist doch auf die Idee gekommen, wegen den ganzen alten Geschichten von deinem Daddy. Und jetzt schiebst du's seit Monaten vor dir her.«

Isaiah McGill, Bellmonts Daddy, hatte seinem Sohn alles Mögliche eingeprägt, als dieser vom Jungen zum Mann heranwuchs. Geschichten von Pferdehändlern, Wahrsagern, Schmugglern, Zigeunern, Boxern und Ringern im Irland des achtzehnten Jahrhunderts, die sich einmal im Jahr trafen, Humpen voll Whiskey soffen, bis die Stimmung überkochte und Fäuste flogen und Leute verletzt wurden, und das war die Geburtstunde des Donnybrook.

Bellmont wollte den Donnybrook in der hintersten Provinz von Southern Indiana wieder auferstehen lassen. Aus der Erde, dem Stein und den Bäumen auf dem Land seines Schwiegervaters. Von Hand aufgebaut und durch Mundpropaganda bekannt gemacht. Er würde die Geschichten seines Daddys auf einen aktuellen Stand bringen. Nur dass der Donnybrook nicht einfach irgendein Tag sein sollte, sondern ein dreitägiges Faustkampfturnier einmal im Jahr. Mit Farmern, Fischern, Fabrikarbeitern und Jägern. Arbeitende Männer, die voll im Leben stehen. Die Farm bot mehr als genug Platz, um ausgebaut zu werden, genug Platz für mehr als eine Kampfarena. Aus den Scheunen sollten Nachtquartiere und Trainingshallen werden. Und das Beste war, sie war abgelegen. Aber sie brauchten Geld und die Farm.

»Ich kann schlecht rüberrennen und dem Wichser den Hals umdrehen, es muss aussehen, als hätt er's selbst getan.«

Die Geschichten von Bellmont rauschten Carol durch den Kopf, so wie jeden Tag, seitdem er sie ihr zum ersten Mal erzählt hatte. Sie ließen sie auf ein Leben ohne Schufterei hoffen, und als sich Bellmont umdrehte, in den schäbigen Flur trat und zum Pissen aufs Klo gehen wollte, knirschten auf dem Kiefernboden hinter ihm Schritte. Als er sie hörte, drehte er sich halb um und hatte schon Carols Krallen im Gesicht. Seine Gedanken kamen aus dem Takt. Carols Hände machten sich an seinen stachligen Wangen zu schaffen. Zerkratzten ihm das Fleisch wie ein Pflug einen Acker. Er verlor den

Halt, und bevor er's sich versah, knallte er rückwärts auf den Boden. Carol setzte sich auf ihn drauf, und er keuchte: »Hast du sie noch alle? Was ist mit dir los?«

Als sie oben auf Bellmont saß, verwandelten sich die Geschichten in Carols Kopf zu Tränen, liefen ihr die Wangen herunter, ließen ihre Mundwinkel glänzen. Sie heulte: »Ich hab genug von der Knauserei, bloß damit das hochnäsige Schwein uns verachtet, weil wir von Almosen leben. Du hast versprochen, dass du's tust.«

Bellmont schnaufte. Ihm ging die Luft aus. Er schob eine Hand unter Carols Kinn und packte mit der anderen ihre um sich schlagenden Hände, beruhigte sie und sagte: »Wird schon alles gut, Baby, wird alles gut.«

Wenn sie sich so aufregte, gab's nur eine Sache, die Carol wieder zur Ruhe brachte. Sie machte eine Hand frei, hob ihr Gewicht von Bellmont und griff nach dem Reißverschluss seiner Jeans.

Bellmont stieß Carol hoch, versuchte, sich unter ihr zu befreien, und donnerte dabei ihren Kopf gegen die Wand. »Scheiße!«, schrie sie und fand auf die Füße. Noch bevor er sagen konnte, dass es ihm leid tat, rieb sie sich den Kopf, Wimperntusche lief ihr wie Wasserfarbe von den Augen, und sie brüllte: »Fick dich!«

Bellmont saß auf dem Boden im Flur und sah, wie Carol in die Küche stampfte und ihre Autoschlüssel nahm. Sie drehte sich um, starrte ihn an und sagte: »Ich kann nicht mehr, du musst es heute Abend tun!«

Bellmont stand auf und sah sie weggehen, wusste, dass er's nicht länger rauszögern konnte. Er hörte, wie die Hüttentür zugeknallt wurde, der Achtzylinder-V-Motor von Carols Iroc-Z ansprang, die Reifen Kies an die Hüttenwand schleuderten, und Bellmont wusste, dass sie Zeit brauchte, um sich abzuregen, wusste, wohin Carol wollte, aber für das unbekannte Terrain, auf das er sich wagen wollte, gab es keine Karte.

Die vergangenen Monate hatten eine Narbe nach der anderen hinterlassen. Bevor er seinen Job verlor, hatten Bellmont und Carol ein Kind gewollt. Einen Monat, nachdem sie auf die Farm gezogen waren, fand Carol Aggie, ihre Mutter, im Badezimmer. Wegen ihrer drei Päckchen täglich hatte sie einen Hustenanfall bekommen und das Gleichgewicht verloren. War hinten übergekippt und voll auf die Kloschüssel geknallt.

Carols Vater Jonathan war ein gemeiner Säufer, der seine Tochter immer nur runtermachte, seit sie vor langer Zeit öfter mal betrunken am Steuer erwischt worden war. Er nannte sie eine verwöhnte Nutte, weil sie in der Tavern rumhing, sich mit den Leuten aus dem Ort abgab und ein paar Autos zu Schrott fuhr. Auch als Carol sich wieder gefangen, Bellmont kennengelernt und geheiratet hatte, behandelte er sie nie mit Respekt.

Vor dem Unfall hatte Aggie Bellmont und Carol anvertraut, dass die Farm eigentlich ihrer Familie und nicht der von Jonathan gehörte und Bellmont und Carol sie nach Jonathans und ihrem Tod erben würden.

Und das hatte Carols Phantasie Zunder gegeben, erst recht, als Bellmont ihr vom Donnybrook erzählte. Und wie man so was aufzieht. Wie viel Geld man dafür braucht, den richtigen Ort, die Farm und das Holz dort. Ihr Vater würde da nie mitmachen. Jetzt, nachdem sie monatelang Pläne geschmiedet hatten, wollte Bellmont es immer noch auf die lange Bank schieben. Ihre einzige Chance auf ein besseres Leben auf Eis legen.

Sie lenkte den Iroc zwischen zwei 78er Fords auf dem Kiesparkplatz der Leavenworth Tavern, stellte die Automatik auf Parken und dachte daran, dass Bellmont doch glatt ihre Karre verkauft hätte. Heute Abend wird er's tun, und wenn sie selbst die verdammte Schlinge zuziehen muss. Aber erst mal brauchte sie zur Beruhigung einen Schluck von was Starkem und einen guten Kampf.

Carol stapfte über den Kiesparkplatz hinter die Tavern. Waschbärenjäger aus dem Ort, Farmer und Kiffer standen um die fünf mal fünf Meter große Vertiefung im Boden. Sie tranken Bier und Bourbon und feilschten mit dem Mann, hinter dessen Ohr ein Bleistift steckte und der einen Notizblock in der Hand hielt. Die Haare klebten an seinem Schädel wie bei Ricky Ricardo. Eine Brille mit schwarzem Gestell saß auf einer feuerroten, von geplatzten Äderchen überzogenen Knollennase. Sein Spitzname war Hemple. Er nahm die Wetten für die Bare-Knuckle-Kämpfe entgegen, die jeden zweiten Freitag in der Tavern stattfanden. An Orten wie diesem würden sie und Bellmont nach Ungeschlagenen, nach Nachwuchs suchen. Sie würden ihre Leute in den Provinzkneipen finden, wo zerknitterte Scheine die Besitzer wechselten und auf Fäuste gesetzt wurden, die so lange auf Knochen eindroschen, bis ein Sieger feststand.

Bellmont und sie hatten vor, einen kleinen Stall mit Kämpfern unter Vertrag zu nehmen, ihnen einen Platz zum Wohnen und zum Trainieren anzubieten, sie zu versorgen und zu anderen Kämpfen zu begleiten. Die Prämien mit jedem nicht verlorenen Kampf zu erhöhen und die Wetteinsätze auf die Spitze zu treiben. Über das erste Jahr die Kämpfer aufbauen, zusehen, dass es sich rumspricht, dass sie und Bellmont einen Donnybrook eröffnen.

Hemple nickte Carol zu und fragte sie mit tiefer Stimme: »Wo ist Bellmont?«

»Auf der Farm, ist kaputt vom Zäunegraben den ganzen verfluchten Tag.«

Hemple spitzte die Lippen und fragte: »Willst du im nächsten Kampf setzen?«

»Wer ist Favorit?«

»Ali Quires.«

Ein ungeschlagener Bare-Knuckle-Kämpfer.

»Gegen wen kämpft er?«

»Irgendein Kraftpaket namens Angus. Fünfmal angetreten, nie geschlagen.«

»Wo ist dieser Angus?«

»Steht da drüben mit dem Farbigen.«

Ein Schwarzer stand mit einem Handtuch über der rechten Schulter da und flüsterte einem Mann mit zuversichtlichem Gesicht etwas ins Ohr. Der hatte blasse Schultern, dünner Netzstoff bedeckte seine Brust, Namen in gotischer Schrift auf Armen und Muskeln. Carol betrachtete diesen Unbezwingbaren: Chainsaw Angus.

Sie fragte Hemple: »Was sind das für scheiß Namen, die der Kerl da auf der Haut trägt?«

»Das sind die fünf, die er zu Klump geschlagen hat. Die können nicht mal mehr das Alphabet aufsagen.«

Carol grinste dreckig beim Gedanken an die Zukunft, in der ihr Daddy keine Geige mehr spielen würde. Sie zog schmutzige Knäuel aus Ein- und Fünfdollarscheinen aus der Hosentasche. Trinkgeld. Eigentlich hatte sie sich damit den Dreck von der Zunge waschen wollen. Die Schuldgefühle wegen dem, was sie und Bellmont vorhatten und was er immer wieder rausschob. Mehr Kohle hatte sie nicht.

Scheiß drauf! Ich lass mir von irgendeinem notgeilen Pisser was ausgeben, dachte sie und gab Hemple die Scheine.

»Alles auf diesen Angus.«

Neben ihr sagte eine Stimme: »Kleines Mädchen geht auf großes Risiko.«

Sie wandte sich um und stand direkt vor dem riesigen Schatten von Mule Furgison. Er hielt die Menge in Schach. Einsachtundneunzig, zweihundertfünfzig Pfund. Der Kerl war aus reinem Fichtenholz geschnitzt. Haare so hell wie Vaseline, ein Auge grün, das andere braun, seine Riesenpranken mit dem grauen Pelz hingen an den Seiten herunter, seine Rechte lag auf dem Griff seines Teleskop-Schlagstocks, den er in einer Halterung an der Hüfte trug, für den Fall, dass er Verstärkung brauchte oder jemandem einfach nur ein bisschen mehr als nötig weh tun wollte.

Carol fuhr ihm flirtend mit einem Finger über die futtersackbreite, von einem marineblauen T-Shirt bedeckte Brust und sagte: »Das kleine Mädchen hätte nichts gegen einen Drink, um das Blut runterzuspülen, das gleich vergossen wird.«

Die untergehende Sonne im Rücken, klopfte Bellmont an die ramponierte Fliegengittertür seines Schwiegervaters. Holte tief Luft, wusste, dass er den streitsüchtigen Mann aus dem Weg räumen musste, um für sich und Carol ein besseres Leben rauszuschlagen. Aber das machte den Gedanken daran nicht besser.

Ein ruppige Stimme brüllte von drinnen: »Hier unten, verflucht!«

Bellmont ging durchs Esszimmer zur Kellertür. Unsicherheit nagte an ihm.

Carols Fingernägel hatten Bellmonts Wangen anschwellen lassen. Als er die Kellertreppe runterstieg, schrie sein Schwiegervater lachend. »Was für'n Scheiß ist dir denn passiert?«

Wie jeden Abend saß Jonathan auf seinem Stuhl aus Hickoryholz unter den grauen Deckenbalken, an denen er das Wild aufhängte, ausbluten ließ, anschließend häutete und neben dem Tisch, an dem er saß, viertelte. Er trug eine Latzhose und ein weißes T-Shirt, in dessen Kragen und Achseln fünf Tage harte Arbeit im Freien steckten.

Bellmont befingerte einen der geschwollenen Kratzer, die sich über sein Gesicht zogen.

»Carol und ich hatten eine Meinungsverschiedenheit.«

»Hat dir wohl gezeigt, wer die Hosen anhat.«

Bellmont hatte sich seitdem sie auf die Farm gezogen waren für Jonathan den Arsch aufgerissen. Und der alte Wichser provozierte ihn noch. Carol hatte Recht, dem musste der Hahn abgedreht werden.

»Hatte 'nen kleinen Anfall, sonst nichts.«

Jonathan nahm ein Glas mit Hopfensaft, das neben acht leeren braunen Flaschen schwitzte. Neigte es an seine Lippen. Leerte es. Griff in eine alte verblichene rote Kühlbox. Eis klirrte, als er eine Flasche rausnahm, sie auf den Tisch stellte. Er grinste dreckig und sagte: »Meinst du, Carol hat was dagegen, wenn du dir einen Schluck genehmigst?«

Bellmont zog einen Schlüsselbund aus der Tasche. Nahm den Falls-City-Flaschenöffner, der dranhing, und sagte: »Carol ist nicht mein Boss. Fisch mir auch eins aus deiner rosa Box da hinten.«

Jonathan zögerte, nahm dann ein Bier aus dem Eis, warf es Bellmont mit Schwung entgegen und sagte: »Meine Kühlbox ist vielleicht rosa, aber ich weiß, dass sich kein Mann von einer Frau so in den Arsch treten lassen sollte.«

Bellmont ließ den Kronkorken von der Flasche springen und überlegte, ob er sie dem alten Mann über den laubbraunen Schädel ziehen sollte. Aber er wollte keine Kampfspuren hinterlassen, wollte später dafür sorgen, dass es nach Selbstmord aussah. Er sagte: »Sie hat mir nicht in den Arsch getreten.«

Jonathan machte sein Bier auf. Füllte sein leeres Glas und sagte: »Carols Mutter Aggie hat bei mir auch mal so einen Scheiß probiert. Stand eines Abends am Herd und hat Tee gekocht, nachdem ich Carol mal wieder aus dem Knast geholt hab, weil sie besoffen gefahren war. Hat mich beschimpft, weil ich meine Tochter eine dreckige Pennerschlampe genannt hab. Ich sag zu ihr: ›Glaub bloß nicht, dass ich nicht rüberkomme und dir die Hammelbeine lang zieh, bis dir der Pelz brennt und juckt.‹ Da hat sie mir den Topf mit kochendem Tee übergekippt. Mir fast die Haut von den Knochen gezogen. Hab der alten Kuh das Ding gleich an die Rübe geschmissen, sie am Kinn getroffen. Danach hab ich kein böses Wort mehr von ihr gehört.«

Bellmont sagte: »Vielleicht hättest du ja nicht so über dein eigen Fleisch und Blut reden sollen.«

Jonathan motzte: »Aggie musste mal die Wahrheit hören. Die kleine Schlange hatte einen falschen Ausweis, bevor sie volljährig war, hat sich in der Kneipe rumgetrieben und mit den Wimpern geklimpert und vor jedem mit dem Arsch gewackelt, der dort anschreiben durfte.«

»Pass auf, was du sagst, Jonathan, Carol ist meine Frau.«

»Carol war 'ne billige Nutte, bevor du gekommen bist, will gar nicht drüber nachdenken, wie viele Leben die mit 'nem Kleiderbügel beendet hat, bevor die überhaupt angefangen haben.«

Wut verfestigte sich in Bellmonts Gliedern wie Arthritis.

»Ich warn dich nicht noch mal, Jon, das ist deine verdammte Tochter!«

»Leck mich am Arsch«, sagte Jonathan. »Aggie hat Carol verwöhnt. Das verfluchte Mädchen hat immer alles für Klammotten und Suff zum Fenster rausgeschmissen. Dann wollte sie wieder Geld von uns.«

Bellmont stellte sich hinter Jonathan, konnte sich nicht erinnern, wie oft er dem knorrigen Alten geholfen hatte, Wild zu töten, aufzuhängen und zu verarbeiten. Er starrte die Regale aus Kiefernsperrholz an, auf denen Zwirn, Nylonseile und eine Auswahl an Klingen, Zangen und Knochensägen lag. Dann blickte er hoch zum Haken über Jons Kopf. Dachte, Tiere tötet man, um zu überleben. Sich zu ernähren. Er sah zu, wie Jonathan sein Bier austrank. Nach einem neuen griff. Er goss es nicht ins Glas. Trank es aus der Flasche, und Bellmont sagte: »Carol und ich machen uns selbstständig.«

Jonathan sagte: »Wovon denn? Ihr beiden seid doch so pleite wie eine Zwei-Dollar-Nutte.«

Bellmont stellte sein Bier ab und nahm ein Nylonseil aus dem Regal, das er zu einer Schlinge band, dann sagte er: »Wir machen's hier auf deinem Land.«

Jonathan prustete sein Bier fast durch die Nase wieder raus und sagte: »Mein Land? Wovon zum Teufel redest du?«

Die Schnur in seinen Händen fühlte sich an wie elektrisch geladen. Bellmont sagte sich, es sei, damit er und Carol überleben konnten. Jonathan wollte sich gerade umdrehen, als ihm Bellmont die Schlinge über den Kopf warf, sie oben an dem rostigen Haken am Deckenbalken befestigte, Jonathan von seinem Stuhl hochzog und sagte: »Schon mal was von einem Donnybrook gehört?«

Ali täuschte rechts an. Angus wich aus. Ali versuchte es mit einer Geraden. Angus prügelte auf Alis Unterarme ein. Ließ die Narben über seinen Lidern glänzen. Schlug ihm mit Links-rechts-Haken die Ohren zu Brei.

Um den Ring herum schrien die Männer und Frauen auf. Bier und Whiskey schwappten über.

Nach dem dritten Angriff war Ali außer Atem. Machte einen Schritt zurück. Angus trieb ihn in die Ecken. Schlug auf Alis Rippen ein. Schlug sie kurz und klein. Ali nahm die Ellbogen runter, versuchte, seinen Körper zu schützen. Angus nahm sich Alis Kieferpartie von unten vor. Ließ ihn Schleim schlucken.

Alis Eckenmann brüllte: »Beweg deinen Arsch, Ali.«

Ali torkelte, Schweiß tropfte ihm in lila Schmierfäden von den Lippen. Angus winkelte die Linke und die Rechte an und verpasste Ali Schläge direkt unterhalb des Nabels, schaltete ihn von der Mitte her aus. Ali ging zu Boden. Angus heizte ihm weiter ein. Setzte sein rechtes Schienbein auf Alis Kehle, nahm Alis linken Arm, legte ihn sich übers linke Knie und drückte so lange, bis Alis Handgelenk brach. Angus lächelte auf den unterwürfig schreienden Ali herunter, der wusste, dass er geliefert war.

Aus der Menge hagelte es Beifall und Buhrufe.

»War gar kein richtiger Kampf«, sagte Carol und zählte das Bündel abgenutzter Scheine. Zweitausendfünfhundert. Vielleicht reichte das, um Bellmont dazu zu bringen, seinen

Arsch zu heben und sich ums Geschäft zu kümmern. Das und nun Angus. Vielleicht würde er ihr erster Kämpfer. Eine Riesenpranke legte sich ihr auf die Schulter. Mule, der sich mit einer Hand an der billardkugelgroßen Wölbung im Schritt kratzte, zog sie an sich und sagte: »Jetzt schuldest du mir aber ein paar Drinks.« Carol machte sich los. »Ich glaub kaum.« Sie ging zum Parkplatz und auf ihren Iroc zu. Mule brüllte ihr nach: »Glaub bloß nicht, dass du damit weit kommst!« Aber sie beachtete ihn nicht.

Das Seil grub sich mit seinen feinen Härchen in Jonathans Hals. Bellmont hing mit seinem ganzen Gewicht an ihm.
  Jonathan schnaufte: »Arsch…lo…« Die Schlinge behinderte die Luftzufuhr durch den Mund. Er bohrte die Finger zwischen Seil und Kehle. Sein Gesicht nahm die Farbe von eingelegter roter Bete an, rosa Blutäderchen platzten im Weiß seiner Augen. Die jeansbedeckten Beine traten ungelenk aus. Schweiß überzog Bellmonts Körper mit einer Eisschicht, während er Mühe hatte, das Seil um eine Latte am Sperrholzregal zu binden. Er stand einigermaßen aufgewühlt da, stellte sich vor Jonathans leblosen Körper. Trat den Hickorystuhl um. Jonathans Augen waren längst in den Hinterkopf gerollt.
  Carol und er sahen sich seit über einem Jahr die blutigen Kämpfe hinter der Tavern an. Beobachteten die Wettenden, die Schulden machten und die Männer bezahlten, die Schmerzen austeilten. Sahen zu, wie Alkohol verkauft und Dope geraucht wurde. Wie sich Männer und Frauen um das Erdloch drängten wie wilde Köter.
  Im Zustand berauschter Verzweiflung, schmiedete Bellmont einen Plan für etwas, das lukrativer war als eine einzel-

ne Faustkampfsession. Als er das ganze Geld sah, das freitagsabends die Besitzer wechselte, erzählte Bellmont Carol die Geschichten von seinem Daddy, erzählte ihr von seiner Idee, wie sie die Zeit der Knappsereien hinter sich lassen konnten. Beim Donnybrook konnten sie den Leuten sechzig bis hundert Dollar für ein Dreitageticket abknöpfen, aber die Teilnahmegebühr für die Kämpfer sollte um die fünfhundert Dollar betragen. Da waren die Wetteinsätze, der Alkohol und die Gewinnprämie des Siegers noch nicht mitgerechnet. Er dachte, wenn die Leute Drogen verkaufen wollen, dann sollen sie ruhig, aber er würde einen Anteil davon kassieren. Das würden sie Jahr für Jahr so machen, weil sie jetzt Platz dafür hatten.

Von draußen warfen Autoscheinwerfer Schatten durch das Kellerfenster hinter Jonathans Umriss. Er hing vom Deckenbalken wie ein mit Wasser vollgesogenes Handtuch auf einer Wäscheleine. Seine abgetragene Latzhose hatte sich im Schritt dunkel verfärbt und eine Pfütze auf dem Steinfußboden gebildet. Der Geruch von Fäkalien lag deutlich in der Luft.

Draußen wurde eine Wagentür zugeknallt. Wenige Minuten später ging die Fliegengittertür oben quietschend auf, und Carol schrie: »Bellmont, bist du hier?«

»Bin unten.«

Füße eilten über Bodendielen. Die Kellertür knarzte. Carol rannte die Holzstufen runter. Bellmont drehte sich um, Jonathans Knie stießen gegen seine Schulter, er grinste dreckig und sagte: »Das Arschloch hat sich in die Hose gepisst, aber er schnauft noch.«

Außer Atem musterte Carol ihren Vater, der dort wie frischgeschnittener Tabak an einem mit Spinnweben überzogenen Balken hing. »Hab mich gefragt, ob du hier bist. Hab in der Hütte nachgesehen. Hab Licht durchs Kellerfenster gesehen.« Sie wischte sich eine Träne aus dem Auge, als ihr bewusst wurde, dass Bellmont es endlich getan hatte und der alte Mann fast tot war. Sie sagte: »Das Arschloch war immer schon härter drauf als ein schmiedeeiserner Grillrost. Meinst du, jetzt ist er hinüber?«

»Woher zum Teufel soll ich das wissen, hab noch nie jemanden Selbstmord machen lassen.«

»Wirst nicht glauben, was ich heute Abend gefunden hab?«

»Was?«

»Ein Filetstück namens Angus, der hat Ali den Stock fürs Altenheim in die Hand gedrückt.«

»Scheiße, echt?«

Vor dem Kellerfenster wurde das Geräusch eines Truckmotors lauter, und wieder warfen Autoscheinwerfer Schatten. Kies prasselte gegen Blech. Eine Tür ging auf, und ein Mann schrie: »Wo zum Teufel steckst du, Carol McGill?«

Bellmont sah Carol an. »Verfluchte Scheiße, wer ist das?«

»Mist, muss Mule Furgison sein.«

»Verdammt, was macht der hier?«

»Hat mir einen ausgegeben.«

Bellmont spürte, wie die Kratzer in seinem Gesicht brannten. »Hat dir einen ausgegeben? Weißt du, was ich hier gerade gemacht hab, damit wir ein besseres Leben haben?«

Oben ging in der Küche die Fliegengittertür auf.

Carol sah Bellmont mit roten Augen an und sagte: »Ich bring das in Ordnung«, und rannte die Kellertreppe rauf nach oben, bevor Bellmont sie zurückhalten konnte.

In der Küche schrie Carol: »Scheiße, was fällt dir ein, herzukommen, Mule?«

»Wenn du glaubst, du kannst mich erst scharfmachen und dann sitzenlassen, Carol, dann hast du dich geschnitten.«

Carol brüllte: »Nimm die Hände weg von mir! Mein Mann ist unten.«

Bellmont hörte Getrampel auf dem Küchenfußboden. Ein Tisch kratzte übers Linoleum. Carol schrie: »Hör auf, Mule!« Eine Handfläche presste sie rückwärts auf den Küchentisch.

Bellmont rannte die Stufen hinauf. Sah Mules Mammutgestalt über seiner mit angewinkelten Beinen benommen wie ein Stück Fleisch auf dem Schlachterblock daliegenden Frau.

»Du verblödetes Stück Scheiße. Verpiss dich, lass meine Frau in Ruhe!«

Mule wirbelte herum und wurde von zwei Fäusten getroffen, die ihm ins Gesicht donnerten. Verdattert kippte der große Mann um. Seine rechte Hand löste die Schlaufe an der Halterung seines Teleskopschlagstocks, er zog ihn raus und ließ ihn ausfahren. Stürzte sich auf Bellmont, zog ihm den stählernen Teil des Knüppels über die Nase. Knorpelgewebe barst. Bellmonts Beine gaben nach, er kniete auf einem Bein auf dem Boden, leckte Blut und schrie: »Verfluchte Scheiße!«

Carol rappelte sich vom Tisch auf und verschränkte die Arme um Mules zwanziglitereimerdicken Hals, schlang ihm die Beine um die whiskeyfassbreite Hüfte, vergrub ihre Finger in seinen Haaren und zog daran. Mule grunzte, mit der linken Hand tatschte er nach Carols Kopf. Sie schlug ihm die Zähne in den Nacken.

Mule ließ den Knüppel fallen. Schlug mit beiden Händen auf Carol ein. Bellmont schnappte sich den Schlagstock. Markierte Mules Schienbeine. Zerteilte sein Knie. Mule torkelte rückwärts. Carol löste ihren Anaconda-Griff, fiel auf den Tisch und spuckte Haut und Haare.

Bellmont arbeitete sich bis zu Mules Oberkörper hinauf, schlug dem Grizzly auf die Oberschenkel, ließ ihn auf die Knie klappen. Angeschlagen und schwitzend, erklärte ihm Bellmont: »Wer glaubt, er könnte sich an meiner Frau vergehen, sollte sich lieber erst mal hinsetzen und noch mal drüber nachdenken.« Dann zog er Mule den Knüppel über den Kopf und rollte ihn zu einem Teigklumpen zusammen. Bellmont hob den Knüppel erneut. Carol stand vom Tisch auf und schrie: »Hör auf, du bringst ihn noch um!« Sie umschlang Bellmont, hielt ihn fest. Er blickte über ihre Schulter auf Mules ausgedorrtes Profil herunter, das langsam die Farbe von Brombeeren und Rost annahm.

Als sie Bellmonts Gesicht in die Hände nahm und es zu sich heranzog, durchflutete Carol plötzlich ein Verlangen. Sie spürte den ungezügelten Druck von Lippen und das gewaltsame Zucken der Sehnen. Sie fingerte nach seinem Hosenknopf, schob ihm die Jeans bis zu den Knöcheln herunter. Trat sich die Schuhe von den Füßen, knöpfte sich die Hose auf und wand sich heraus. Bellmont hielt den Stahlknüppel in der Rechten, zog ihr mit der linken das Höschen runter, behielt dabei Mule im Auge. Der lag auf der Seite, langsam hoben und senkten sich seine Rippen. Carol schleuderte Bellmont gegen die Küchenwand, schlang ihm die Beine um die Hüfte. Erwiderte den Stoß seines Beckens, fand in den brutalen Rhythmus kalter, harter Liebe.

Danach beugten sie sich schweißnass und keuchend über Mule, der dort lag wie ein gefällter und entwurzelter Baum, aus seinen Lippen und seiner Nase sickerte Brei.

Carol sah Bellmont an und fragte: »Und jetzt?«

Die Stille, die aus dem Keller drang, war überwältigend. Sie übertönte Mules blubberndes Schnaufen. Bellmont betrachtete seine Frau, seine Hände und seine neue Küche. »Ich lade das Stück Scheiße hier auf seinen Truck und fahr ihn nach Hause. Du folgst mir, bringst mich wieder zurück. Wir müssen die Blutflecken vom Boden wischen.«

»Lassen wir ihn leben?«

»Ja, der wird eine ganze Zeit lang nichts anderes machen als weitererzählen, dass man sich bloß nicht mit Bellmont McGill und seiner Frau anlegen soll.«

»Was ist mit Daddy?«

»Den lassen wir erst mal abhängen wie Fleisch im Kühlhaus, damit er auch wirklich tot ist. Morgen rufen wir an.«

»Und dann fangen wir neu an?«

Bellmont fuhr Carol über den Bauch, dachte an das Kind, dass sie beide wollten, aber nicht kriegen konnten, drückte seine Lippen auf ihre und sagte: »Ja, dann fangen wir neu an.«

Verbrechen in Southern Indiana

Der Tod verschmierte den fünf mal fünf Meter großen Kampfplatz, auf dem vier Hundebeine unter verklebtem Fell zuckend ihre Muskeln spielen ließen. Von den Zähnen des dunkelbraunen Walkerhounds, Boono, tropfte rosenrotes Blut. Bildete Lachen auf Rubys leblos-goldenem Cur-Fell, und der Schiedsrichter verkündete den Sieger.

Iris stand außerhalb der aufgeheizten Arena wie ein uneheliches Kind mit Klumpfuß und Elefantenmenschgesicht und kämpfte gegen Rotz und Tränen. Er sah milchigweiße Männer in Latzhosen, einige mit T-Shirts, andere ohne, denjenigen, die auf Boono gesetzt hatten, zerknüllte Scheine in die Hände zählen. Gleichzeitig tauschten tabakfarbene Männer in Jeans, die ihnen weit über die Ärsche hingen, kleine Zellophantütchen mit Pulver gegen Geld.

Aber Iris gehörte nicht dazu. Nachdem nun auch sein dritter Hund geschlagen worden war, stand er mit fünfzehn Riesen in der Kreide.

Er überlegte, was er alles verloren hatte. Seine Frau. Den Anstand und jetzt die Hunde, fünf Finger, schwer wie Reue, legten sich auf Iris' rechte Schulter. Chancellors gebrochener Southern-Indiana-Akzent klingelte ihm in den Ohren.

»Mr. Iris, sieht aus, als stünden Sie mit fünfzehn Riesen in der Kreide.«

Iris sagte: »Hab sie nicht.«

Chancellor gluckste tief aus der Kehle und sagte: »Das sind drei Worte, die ich gar nicht gerne höre.« Dann verfiel er inmitten all der verdrogten Rufe der unrasierten Männer mit ihren Zahnlücken, die Alkohol kippten und kristallines Pulver schnupften, in Schweigen. Da er wusste, dass Iris ein bekannter Trainer für Coonhounds war, sagte er: »Du kannst es dir aussuchen, du trainierst meine Hunde nach meinen Regeln für ein paar Kämpfe und arbeitest ab, was du mir schuldest, oder ...«

Chancellor hielt inne und wartete, dass Iris einwilligte.

Iris drehte sich um. Sein vom grauen Star getrübter Blick traf auf den kämpferischen Glanz in den Augen von Chancellor Evans, dessen Haare stachlig und ölig wie Nägel abstanden, seine mehlige Haut und den borstigen Bart einrahmten. Er hatte Schultern wie Radkappen, die an seinen Eisenerzarmen befestigt waren. Stand da in seinem schwarzen Hemd, das durch häufiges Tragen die Farbe von verglühter Holzkohle angenommen hatte. Eine 45-Kaliber-Glock steckte in der Hose unterhalb seines Nabels. Er war ein nach Hause zurückgekehrter Afghanistan-Veteran, der Amerika hasste wegen des Krieges, den es begonnen und nie zu Ende gebracht hatte. Er verkaufte Waffen in ganz Kentucky, Tennessee und Ohio. Hatte den Verkauf von Meth bei den von seiner Familie veranstalteten mittelgroßen Hundekämpfen eingeführt. Und schielte als Vertreter einer neuen Generation auf die Kämpfe, mit denen richtig viel Geld zu machen war.

Wut schwelte hinter Iris' rotgeäderten Augen. Er schluckte seinen Stolz runter und fragte: »Sonst was?«

Chancellor lächelte, seine metallisch blauen Augen rollten Richtung Pistole, die in seinem Hosenbund steckte, er hob die Hand an Iris' Schläfe, streckte den Zeigefinger aus, krümmte den Daumen wie einen Abzugshahn, tat, als würde er abdrücken, und sagte: »Sonst jagt dir einer von den El Salvadorianern hinter dem Schuppen eine Neun-Millimeter in den Schädel.«

Nachdem das Labor seiner Meth-Quelle an der Lickford Bridge Road in Flammen aufgegangen war, hatte er von Männern gehört, die eine reinere Form von Amphetaminen in den Kleinstädten entlang des Ohio River verkauften. Er sprach sie an, ob sie nicht als zusätzliche Sicherheitskräfte bei seinen Hundekämpfen antreten und Drogen an die Einheimischen, die im Kraftwerk, den Automobil- und Ölfabriken in den umliegenden Countys arbeiteten, verdealen wollten. Alternde Männer und Frauen, die sich tagtäglich abrackerten und nach einem Blutbad sehnten. Die Männer, die Chancellor ansprach, waren die Mara Salvatrucha. Er begriff, dass die MS Soldaten waren wie er und seine Männer auch und dass sie nach den Regeln des Grotesken funktionierten. Sie waren einverstanden.

Iris' Knochen juckten vor Angst und knirschten vor Trauer. Am liebsten hätte er diese Bestie umgebracht, in deren Schuld er stand.

Er sagte mit ruhiger Stimme: »Viele kommen her, um zu wetten, und sie wollen Blut sehen. Das haben sie von mir bekommen. Was ich dir schulde, hab ich abgearbeitet. Du kriegst keinen Penny mehr von mir.«

Chancellor verzog die Lippen zu einem spöttischen Grinsen. »Schaff deinen Köter raus aus meiner Arena. Schlepp ihn hinten durch die Tür und schmeiß ihn zu den anderen auf Crazys Truck.« Iris drehte sich um, spürte, wie ihm warm wurde. Kein Begräbnis für seine Hunde. Er bahnte sich einen Weg vorbei an den im Halbdunkel stehenden Gestalten.

Ging zu der erleuchteten Arena, wo Rubys bewegungsloser Kadaver lag und von seinem Versagen zeugte, stieg über die von den toten Hunden bespritzte hölzerne Begrenzung. Verkrumpelte Scheine wechselten vor der nächsten Wettrunde die Besitzer.

Düstere Clowns bewegten sich auf Crazys Schultern, verwandelten sich in Seile, die um seine Ellbogen herum verliefen. Dolche durchschnitten seine Unterarme und seine Handgelenke, die hinter seinem Rücken in Handschellen steckten. Crazys Ausweis war auf den Namen Felix Martinez ausgestellt, ein Mann, der tagsüber in einer Geflügelfabrik arbeitete. Nachts beschäftigte er sich mit allerhand Randale, Diebstahl, dem Verkauf von Dope und bei Bedarf dem Transport toter Hunde.

Detective Mitchell stand im Vernehmungsraum, die Augen müde, das kohlschwarze Haar klebte ihm am Kopf, sein Kinn war voller Stoppeln. Er hatte Crazys Fingerabdrücke eingegeben, seine Akte überflogen. Hatte festgestellt, dass Felix einer der Anführer der MS war. Gesucht wurde wegen Autodiebstahl, verschiedener Gesetzesübertretungen und in anderen Staaten sogar wegen mutwilliger Gewaltdelikte. Sein Ausweis war gefälscht.

Crazy hing mehr auf dem Metallstuhl, als dass er darauf saß. Seine schwarz-weiße Totenkopf-Boxershorts lugten oben aus seiner locker herunterhängenden Jeans, die dunkelrot verfleckt war.

Mitchell beugte sich zu Crazy herunter, seine Worte hüpften in dem zweieinhalb mal zweieinhalb Meter großen Raum zwischen Teppichboden und holzvertäfelten Wänden auf und ab, und er fragte: »Sagt dir der Name Iris was?«

Mitchell hatte sich vor zwei Monaten die aufgedunsenen Kadaver toter Hunde unten in White Cloud, Indiana, angesehen. Dort, wo eine schmale Straße aus rissigem Asphalt zu ein paar Fischerhütten am Blue River führte und einer uralten Tankstelle, die seit den Siebzigern nicht mehr in Betrieb war. Jemand hatte die Hunde hinter die Tankstelle geworfen, ein Einheimischer hatte sie entdeckt.

Ihre Hälse waren von Zähnen durchbohrt. Fliegen hatten in ihren Ohren und Schnauzen Zuflucht gesucht und Eier gelegt, ihre Augen waren aufgequollen, und sie stanken nach verwesenden Innereien.

Mitchell hatte keine weiteren Spuren gefunden. Wusste, dass Hundekämpfe nicht jede Woche stattfanden, sondern unter der Hand angekündigt wurden. Er hatte die Tankstelle an den Wochenenden beobachtet. Seinen alten Truck im Schatten der Weiden geparkt und gewartet. An einem Sonntagmorgen durchschnitten Scheinwerfer den Dunst. Mitchell rauchte gerade eine Zigarette und trank kalten Kaffee. Er sah, wie ein Nissan-Transporter tuckernd zum Stehen kam. Dann im Rückwärtsgang an die Tankstelle heran. Motor aus.

Crazy öffnete die Wagentür. T-Shirt, herunterhängende Jeans, die großen weißen Tennisschuhe, die Basecap auf dem Kopf gen Osten geneigt. »Was zum Teufel?«, nuschelte Mitchell. »Scheiß Fisch auf dem Trockenen.«

Der junge Mann hatte die Heckklappe geöffnet. Mehrere steife Gebilde herausgehievt. Sie eins nach dem anderen die mit trockenem Laub und Steinen übersäte Uferböschung heruntergeworfen. Mitchell hatte seine Pistole aus dem Holster gezogen und war aus dem Streifenwagen gestiegen.

Jetzt saß Crazy da und roch nach dreckiger Tierhaut und

verschwitzten Turnschuhen, starrte Löcher in den weiß-goldenen Tisch vor sich und sagte: »Nie gehört.«

Die Hunde, die Crazy verklappt hatte, waren markiert gewesen. Die Buchstaben I.P. jeweils ins rechte und linke Ohr gebrannt. Die Initialen ihres Besitzers. Iris Perkins. Ein Züchter und eine Legende unter den Waschbärenjägern von Harrison County. Als Mitchell noch ein Junge gewesen war, war sein Vater mit Iris Perkins jagen gegangen.

Die Hunde konnten gestohlen und verkauft worden sein. Aber es lagen keine Anzeigen wegen vermisster Coonhounds vor. Mitchell sagte: »Die Hunde wurden von anderen Hunden getötet. Soll heißen, die haben an einem Hundekampf teilgenommen. Was hier in der Gegend strengstens verboten ist. Wir lieben unsere Hunde. Ich will wissen, wer die Kämpfe veranstaltet.« Crazy sagte nichts.

»Schön, deine Fingerabdrücke verraten mir, dass dein Ausweis gefälscht ist. Deine Akte wurde schon vor einer ganzen Weile aufgeschlagen, wahrscheinlich kostet's dich ein paar Jahre, sie wieder zu schließen.« Crazy zuckte mit keiner Wimper. »Die gefährlichste Gang der Welt, das behauptet ihr doch zu sein. Klar, wenn du im Knast sitzt, wird das für deine Visage und deinen Arsch richtig gefährlich.« Crazy blieb immer noch ruhig.

Mitchell sagte: »Und dann ist da noch der Sack Bargeld, den ich in deinem Truck gefunden hab.« Crazy hob den Blick vom Tisch, beäugte Mitchell, sagte aber nichts. Mitchell hatte jetzt seine Aufmerksamkeit. »Du bist geliefert.«

Mitchell verließ den Raum. Ließ seinen Worten Zeit, sich durch Crazys Hirn zu winden. Er ging in den Pausenraum, schenkte sich Kaffee in seinen Styroporbecher nach. Dann ging er rüber ins angrenzende Zimmer und stellte den Thermostat der Klimaanlage im Vernehmungsraum auf 14 Grad. Soll er ruhig mal frieren, das Arschloch.

Im Vernehmungsraum dachte Crazy darüber nach, wie vor dreizehn Jahren alles begonnen hatte. In El Salvador, wo Armut und Hunger wüteten. Er mit seiner Mutter und seinem Vater in einer Treibholzhütte mit Blechdach auf einem Haufen Dreck hauste. Mit dem Traum, irgendwann genug gespart zu haben, um in die Staaten auszuwandern. Bis Crazy eine neue Familie fand, grüne Schrift verziert mit Totenköpfen, Dolchen und Tränen von den Haar- bis zu den Zehenspitzen. Sie sprangen auf Züge auf und fuhren in den Norden. Über den Rio Grande. Bezahlten vor sechs Jahren die Schlepper, die ihn mit seinem Gangleader Angel und zehn weiteren Mitgliedern in den Mittleren Westen brachten. Sie hatten ein Ziel: Ausströmen in die kleinen Wichsstädte. Einen Job suchen. Sich einfügen. Mitglieder für die MS rekrutieren. Illegale Handelswege für Drogen und Menschen erschließen.

Jetzt war er die Nummer zwei der Familie. Aber das Stehlen, Schmuggeln und Töten hatten ihren Tribut gefordert. Jetzt fragte er sich, wann er nur noch als Statistik auftauchen würde. Er hatte angefangen, was von dem Dope abzuzweigen, das er und seine Leute über die Grenze von Illinois schmuggelten und in Indiana und Kentucky verkauften. Wenn sie alle ihren Anteil erhalten hatten, investierten er und seine Homies die Kohle aus dem vorangegangenen Verkauf. Dann wurde das neue Produkt aufgelegt. Manchmal waren es in Zellophan eingewickelte Grasklötzchen, manchmal Meth. Crazy fuhr den Transporter mit den Drogen, während jemand anderes ihm den Rücken freihielt und darauf achtete, ob nicht irgendwo Bullen auftauchten. Dann teilten sie's, packten es ab für den Weiterverkauf an die Bewohner der umliegenden Countys. Crazy nahm sich vor, mit dem Geld, das er gestohlen hatte, zu verschwinden. Ein gewaltfreies Leben zu führen.

Neulich hatte sich Angel erst mit einem Waffenschmuggler zusammengetan, der Hundekämpfe veranstaltete, dachte, dadurch könnten sie ihre Reichweite in die ländlicheren Gegenden vertiefen. Sein Spitzname war Chancellor Evans, er setzte alle paar Monate Kämpfe an für die Leute im Ort und welche von außerhalb. Sein Zulieferer war aufgeflogen, nachdem sein Labor durch ein Versehen in Flammen aufgegangen war. Dachte er jedenfalls. Angel und Crazy hatten spitzgekriegt, wo das Labor lag, und dafür gesorgt, dass es niederbrennt, um ihr Meth-Territorium zu vergrößern. Dass Evans ihnen auch noch dabei half, die Amphetamine zu verticken, und außerdem frisches Hundematerial brauchte, war ein Extrabonus. Der Deal, den er ihnen anbot, war einfach: Sie beschafften die Drogen und bekamen dafür dreißig Prozent von Evans' Einnahmen. Angel ging drauf ein. Crazy wurde verpflichtet, die Verliererköter loszuwerden, nur dass er heute Nacht vorhatte, die Hunde abzuwerfen und sich mit dem Geld, das er abgezweigt hatte, aus dem Staub zu machen. Bis plötzlich der Bulle wie aus dem Nichts aufgetaucht war.

Er saß anscheinend schon seit Stunden da. Die Gelenke taten ihm weh, er hatte Gänsehaut. Er war kalt und steif. Wollte nicht mehr.

Mitchell betrat den Raum mit einem dampfend heißen Becher Kaffee. Er nahm einen Schluck. »Ahhh«, sagte er, »gut gegen die Kälte.«

Crazy setzte sich zitternd auf.

Mitchell musterte ihn, erinnerte sich an die Hunde. Einer

goldbraun, einer karamell und einer rabenschwarz. Aber was Crazy da verklappt hatte, war zerkaut und von kleinen roten Knötchen übersät. Die Hälse durchlöchert von schmierigen Gebissen und spitz gefeilten Zähnen. Die Hinter- und Vorderbeine verstaucht und gebrochen.

Crazy saß ruhig da, atmete tief ein.

Mitchell sah Crazys bonbonartig verklebte Verletzungen. Messerwunden. Und seine Augen bodenlose Tümpel ungekannter Brutalität. Mitchell schlürfte seinen Kaffee. Crazy machte nicht auf hart, er war hart. Mitchell wollte in Crazys Kopf gucken. Versuchen, ihn umzudrehen. Er dachte daran, wie er bei der Erwähnung des Geldes vom Tisch aufgesehen hatte. »Schade um dein ganzes Geld. Weißt du, was daraus wird? Zwanzig Prozent gehen automatisch an Uncle Sam. Die anderen achtzig an unsere Abteilung. Wir kaufen uns davon neue Ausrüstung.«

Crazys Augen brannten, als Mitchell das sagte. Die ganze Arbeit. Die ganze Zeit und das Risiko, das sie auf sich genommen hatten, um nicht erwischt zu werden. Und Crazy sagte: »Arschloch.«

Mitchell lächelte: »Endlich hörst du zu. Das ist gut, weil ich nicht nur dein Geld habe, ich hab auch dein Kennzeichen und weiß, wo du arbeitest und schläfst.«

»Das Geld gehört mir.«

Die Tasche hatte versteckt hinter dem Sitz gelegen, zusammen mit Wechselwäsche, Deo und Seife. Sein Nissan war fast vollgetankt. Biss Crazy in die Hand, die ihn fütterte? Hatte er mit dem Geld abhauen wollen, das bei den Hundekämpfen zusammengekommen war? Die Chance war gering, aber Mitchell ergriff sie, warf seinen Köder aus. »Ich wette, das gehört deinen Leuten, deiner Gang.«

Stinkwütend wiederholte Crazy: »Es gehört mir.«

»Was ist es dir wert?«

»Wert?«

»Ja, was würdest du dafür tun? Ich könnte deinen Leuten ein paar Infos zukommen lassen, damit sie wissen, dass du Dreck am Stecken hast. Dich dann freilassen und gucken, wie lange du durchhältst.«

Die Eiseskälte in Crazys Knochen machte ihn fertig. Er hatte innerhalb des letzten Jahres immer wieder sein Leben riskiert, um das Geld abzuzweigen, und jetzt wollte ihm das Schwein ans Leder.

Mitchell sagte: »Du musst Namen nennen. Orte. Vielleicht können wir uns ja was einfallen lassen.«

Was denn? Crazy glaubte, dass er damit meinte, gegen seinen Code zu verstoßen, Chancellor zu verpfeifen, dem Crazy die Kohle geklaut hatte, das Kartell. Wenn der eine oder die anderen entdeckten, dass er das gewesen war, würden sie ihn jagen und fertigmachen. Er würde auf einer Klippe über einem unendlich tiefen Abgrund stehen.

»Wenn ich was sage, bin ich tot.«

Mitchell hatte ihn. »Verzichte auf deine Rechte, werde Informant, besorg mir, was ich brauche, und ich verschaff dir ein verbindliches Abkommen und einen Umzug.«

»Einen Umzug?«

»Schutz durch die Bundesbehörden. Ein neuer Name, ein neuer Job, ein neues Zuhause in einem anderen Staat, aber du musst mir alles sagen, was du weißt.«

Wenn Crazy aussteigen wollte, war dies vielleicht seine einzige Möglichkeit. Er starrte durch Mitchell hindurch und sagte: »Wie sieht's mit dem Geld aus?«

Mitchell hatte es noch nicht als Beweismaterial sichergestellt, es gehörte Crazy. »Mal sehen, was sich machen lässt«, log er.

Und Crazy erwiderte: »Orange County, ich und meine Leute verticken Dope bei Hundekämpfen, helfen, die Zuschauer in Schach zu halten, und ich verklappe die Hunde, die's erwischt hat.«

Ein Kanonenschuss donnerte durch Mitchells Kopf, als Crazy »Dope« sagte. »Kommt das Geld auch daher, vom Dope?«

»Ja.«

»Die Kämpfe, die Hundearena, wer organisiert das?«

»Ein Mann, der sich Evans nennt.«

»Chancellor Evans?«

Crazy zog eine Schnute und sagte: »Ja.«

Chancellor Evans. Waffenschmuggler aus der Provinz. Sein Aktivitätsradius war sehr groß. Trotz des hohen Polizeiaufkommens in diesem Staat, war er schwer zu fassen, denn er hatte eine Menge Leute geschmiert. Angeblich kauften und verkauften sogar die Bullen über ihn. Und der hatte was mit der Mara Salvatrucha zu tun? Verfluchte Scheiße, jeder Bulle hatte während seiner Ausbildung die Geschichte gehört. Das waren Einwanderer, die in den achtziger Jahren aus El Salvador an die Westküste gekommen waren. Dort wurden sie von anderen schikaniert. Gründeten ihre eigene Gang, um sich zu wehren. Und wurden schließlich die brutalste Gang von allen. Und warum? Weil wir sie verknackt und in unsere Gefängnisse gesteckt haben, wo sie das Verbrechen von der Pieke auf gelernt haben. Sie töteten Menschen nicht einfach nur, sie weideten sie aus, hängten ihre Innereien auf wie Partydeko. Brachten anderen ihre neue Taktik bei. Fungierten jetzt als Straßensoldaten für die mexikanischen Kartelle, die sogar noch schlimmer waren. Machten sich in allen wichtigen Städten breit und jetzt auch im Herzen Amerikas, wie Crazys Anwesenheit hier bewies. Sie alle hatten von ihnen gehört, wussten, dass sie kamen. Mitchell wusste auch, dass die Mexikaner sie unten in der Geflügelfabrik arbeiten ließen, aber Crazy war, soweit er wusste, der erste waschechte MS-Gangster, der in allen umliegenden Countys gesucht wurde.

Dies könnte Mitchells großer Durchbruch sein, seine Beförderung.

»Wie zum Teufel ist die MS an den Chancellor geraten?«

»Meine Leute, die Crazy Blades, hatten gehört, dass der Chancellor Meth braucht, zum Verkaufen während der Kämpfe. Angel wollte den Handel in die Provinz expandieren.«

»Angel?«

»Der erste Kommandeur bei uns.«

»Die Kämpfe – finden die bei Chancellor in Orange County statt?«

»In Orange County schon, ja. Aber niemals bei Chancellor.«

»Wie oft?«

»Alle paar Monate. Die Vorbereitung braucht Zeit. Geheim.«

»Und das Dope?«

Crazy schaltete auf Pause, ließ es sich noch mal durch den Kopf gehen. Die Männer, für die sie das Dope verdealten, hatten kein Problem damit, Cops oder einen Anführer der MS zu töten.

Mitchell merkte, dass er zögerte, beugte sich vor und sagte: »Wenn du aussteigen willst, brauch ich alles, was du weißt.«

»Zweimal im Monat treffen meine Leute und ich andere MS-Mitglieder an der Grenze zu Illinois. Sie kommen aus dem Süden. Wir geben ihnen die Kohle minus unseren Anteil von dem, was wir für das verkaufte Dope bekommen haben. Manchmal ist es Gras, aber meistens ist es Meth.«

»Verdammt, früher haben wir das ganze Zeug hier selbst gemacht«, fiel ihm Mitchell ins Wort, wobei er aber hauptsächlich mit sich selbst sprach.

»Ich weiß nicht«, sagte Crazy. »Hab gehört, euer Stoff ist Scheiße.«

Mitchell fand wieder zurück zum Verhör: »Die Kohle in deinem Transporter?«

»Vom Meth bei den Hundekämpfen.«

»Du hast gesagt, das ist dein Geld.«

»Mein Geld. Ich steck's ein. Du willst einen Deal mit mir, dann muss ich's behalten, sonst treib ich als Fragezeichen im Fluss.«

Deal? Sah aus, als wäre Crazy bereit auszupacken. Der Wichser hatte die Hand gebissen, die ihn füttert. Ihn das Geld behalten zu lassen war ein Risiko, aber Mitchell konnte Crazys Cover jetzt nicht auffliegen lassen.

Die Hundekämpfe würde er erst mal zurückstellen, sie wieder ausgraben, wenn er das Netz hochgenommen hatte, das Drogen am Ohio River verkaufte und nach Indiana reinbrachte. Die Sache mit den Drogen würde größeres Aufsehen erregen, ihm mehr Aufmerksamkeit bescheren. Ein Schritt weiter auf der Karriereleiter der Gesetzesvollstrecker. Der große Wurf. Er musste Crazys Aussage auf Papier festhalten und auf Video, das Wer, das Wie. Und zwar schnell.

Die Sonne des frühen Morgens heizte das verrostete Blechdach der Scheune auf, wo das Bellen und Jaulen der Zwingerhunde die von Hand geglätteten Wände entlangvibrierten und in Iris' Bewusstsein drangen. Zwei Wochen waren seit dem Kampf vergangen. Zwei Wochen, in denen er von früh bis spät Hunde trainiert hatte. Jeden Abend hatte er die Farm von Chancellor verlassen und war auf seine eigene Matratze zurückgekehrt. Hatte sich Whiskey in den Rachen geschüttet, all seine Verfehlungen wegspülen und zurückholen wollen, was einst richtig gewesen war.

Mit geschundenen und steifen Armen öffnete Iris Spades Käfig. Scharfe Klingen aus Schmerz fuhren ihm in die Glieder von der Anstrengung, die es ihn gekostet hatte, die Hunde an schweren Ketten zu halten und Fallen für Coyoten aufzustellen. Jetzt legte er den Bluetick Coonhound an die Leine und führte ihn aus der Scheune.

Iris war ein Meister, was das Züchten, Aufziehen und Ausbilden von Hunden für die Waschbärenjagd anging. Er war pensionierter Straßenarbeiter. Hatte Straßen und Bürgersteige sauber gehalten. Seine Frau war an Diabetes gestorben. Hatte erst einen Körperteil verloren, dann den nächsten, bis sie kein Mensch mehr war. Nachdem er sie beerdigt hatte, war er in den dunklen Brunnen des Daseins gefallen. Hatte sich eine neue Herausforderung gewünscht. Hatte in der Leavenworth Tavern Männer mit gedämpften Stimmen über Hunde sprechen hören, über den Nervenkitzel und den Rausch.

Iris schwor allem ab, was er einst gekannt hatte. Wurde vollkommen aufgesogen von der Sucht nach Kampf, Blut und Geld.

Er blieb vor der sechs mal sechs Meter großen Box stehen, die Erde darin war aufgewühlt und fleckig vom Blut verendeter Tiere, er bückte sich, nahm den Hund auf die Arme und stieg über die dicken, rotverfärbten Holzwände. Training nannte Chancellor das.

Aus der Ferne hörte er die zigarrenrauchige Stimme von Chancellor grüßen: »Morgen, Mister Iris. Wie geht's?«

Iris ignorierte ihn. Setzte Spade auf den Boden. Erinnerte sich an seine eigenen Hunde. Iris arbeitete mit Trögen voll heißem und kaltem Wasser, brachte Ruby, Rig und Checkers bei, Schockzustände auszuhalten. Ging mit ihnen morgens raus, ließ sie in Wildbächen schwimmen und abends im Teich. Beschwerte, wenn er sie tagsüber aus den Käfigen holte, die Hundehalsbänder mit Gewichten, um ihre Nackenmuskeln zu kräftigen. Morgens und abends bekamen sie Vitamine mit Schweinelende vorgesetzt. Koyoten wurden gefangen, mit Kropfstangen in Schach gehalten und zur Trainingsbox der Hunde geführt, damit diese einen Vorgeschmack auf den Kampf und das Töten bekamen. So wie dieser hier, dessen linker Hinterlauf durch die Metallzacken verstümmelt worden war. Iris hatte ihn erst am Morgen gefangen, jetzt war er an den mit Fell und Eingeweiden verklebten Holzpflock in der Mitte der Box gekettet.

Der räudige Koyote verkrampfte und zuckte zusammen, jedes Mal, wenn er versuchte, mit dem linken Hinterbein aufzutreten, er knurrte und bleckte die Zähne.

Das Trampeln der Stiefel auf dem toten Gras wurde lauter, und Chancellor sagte: »Bist ein stures altes Arschloch. Solltest dich freuen, dass du noch am Leben bist.«

In einer Ecke der Box kniete Iris, achtete darauf, dass Spade den Koyoten nicht sah, und sagte: »Das war nicht schön, was ich gemacht hab. Und bloß weil wir eine Verabredung haben, muss sie mir ja noch lange nicht gefallen.«

Er spürte Spades Herz an seinen Rippen vibrieren, das Anspannen der Sehnen und Muskeln. Spade konnte den Koyoten riechen, ihn scharren und jaulen hören. Iris nahm ihm das Halsband ab und hielt Spade fest, als wäre es ein echter Kampf. Er dachte daran, dass keiner seiner Freunde wusste, was er tat. Nur Gott kannte seine Verfehlungen.

Spade knurrte, ließ die Schultern sinken, seine Ohren hingen wie lebloses Gewebe seitlich an seinem Kiefer herunter. Iris trat neben ihn. Über die Wochen war ihm der Hund ans Herz gewachsen, weil er ihn an seinen ersten Jagdhund, Eddie, erinnerte. Damals war Iris noch ein Junge gewesen. Er flüsterte Spade ins Ohr. »Tut mir leid.« Als ob der den alten Mann verstehen könnte. Chancellor schüttelte bloß den Kopf. Und Iris ließ Spade los.

Der Bluetick stürzte sich auf den Koyoten. Täuschte tief an. Der Koyote stellte das Rückenfell auf. Wollte zurückweichen, standhalten. Die Kette um seinen Hals wurde eng, das linke Hinterbein gab nach, der Koyote knickte ein, und Spade sprang ihm an den Hals. Zog und zerrte ihn hin und her, während er den Koyoten mit den Pfoten in den Boden drückte. Lautes Heulen ließ die Luft brennen. Vögel flogen auf, und Chancellor schlürfte seinen Kaffee, schluckte und sagte: »Wenn dir das den Rest des Tages kein Leuchten in die Augen zaubert, dann weiß ich's auch nicht.«

Iris' Magen verkrampfte und brannte, als er zusah, wie der Schwächere zerfleischt wurde. Er lauschte dem Kläffen, das ein Schrei um Hilfe war, wie von einem verletzten Menschen, der sich gegen seinen oder ihren Angreifer nicht zur Wehr setzen kann. Er sah Spade arbeiten und das Fell an der Kehle des Koyoten teilen, bis keine Bewegung mehr zu erkennen war. Jetzt kannte er den Unterschied zwischen den Hunden, die er, und denen, die Chancellor aufgezogen hatte.

Wusste, wie er's richtig hinbekam oder wenigstens so gut es ging.

Ihm brannten die Augen vom Verwesungsgestank. Angels Worte hallten immer noch wider, kündigten an, worauf Crazy gewartet hatte. »Morgen nach der Arbeit rollen wir zum Fluss, da findet eine Übergabe statt.«

Crazy stand in der Hühnerfabrik und hatte keine Lust mehr, darauf zu warten, als einer unter vielen in Vergessenheit zu geraten. Mit einer Edelstahlklinge teilte er die toten und gerupften Hühner, die von der stählernen Laufkette hingen. Crazy hatte sich herumgetrieben. SMS verschickt. Angerufen. Mitchell alles Mögliche über künftige Dope-Deals von Texas bis nach Tennessee, Kentucky und sogar Alabama erzählt. Von dem abgelegenen Haus draußen auf dem Land berichtet, wo sie das Dope schnitten, wogen und neu verpackten, um es weiterzuverkaufen. Mitchell kannte sämtliche Vertriebswege auf und abseits des Interstate 65. Wartete nur drauf, die Schmuggler und Crazys Leute bei der nächsten Übergabe in Illinois festzunehmen. Crazy rauszuziehen und ihn der Obhut der US Marshals zu übergeben, woraufhin er ein neues Leben beginnen würde.

Vorerst aber machte Crazy weiter wie bisher, arbeitete in der Hühnerfabrik. Doch sein altes Leben fraß ihn innerlich auf. Er war angespannt, seine Nerven rasselten, er wollte nicht erwischt werden, und Angel stellte immer noch Fragen.

Mit einer latexgeschützten Hand fingerte Crazy einen Strang opaker Eingeweide aus einem Vogel und klatschte sie in den Metalltrog. In der Nacht, in der er erwischt worden war, sich auf den Deal mit Mitchell eingelassen hatte, war er erst nach Sonnenaufgang wieder in die Wohnung gekommen. Angel war noch wach. Wollte wissen, wo er gewesen war. Crazy sagte, er sei mit einer Frau unterwegs gewesen. Angel wollte wissen, wieso er nicht angerufen oder eine Nachricht geschickt hatte. Crazy sagte, er habe die Zeit vergessen. Dass es nicht wieder vorkommen würde. Und Angel sagte, nein, das würde es nicht. Dann fragte Angel, wieso bei ihm so wenig rumkäme, die oben würden es wissen wollen.

Die oben waren die Kartellchefs in der Zentrale, dem Gefängnis. Aus den Gefängnissen kamen die Anweisungen, bahnten sich ihren Weg über Sicherheitskräfte, die mit Crazy und seinen Leuten Geschäfte machten, durch die Staaten. Anscheinend stimmte es unter dem Strich manchmal nicht so ganz. Crazy sagte zu Angel, er wisse es nicht. Vielleicht sollte man mal diejenigen fragen, mit denen sie Geschäfte machten. Und Angel sagte, vielleicht sollten sie das.

Das Warten und Nichtwissen, was Angel durch den Kopf ging, waren inzwischen schlimmer als jede Gewissheit.

Das picklige Geflügel weiterschiebend, trafen ihn Angels Worte wie Schläge. Es war eine Erleichterung für Crazy zu wissen, dass er bald rauskommen würde.

Die erste Glocke läutete. Crazy ließ Hyena und die anderen Arbeiterinnen im Gänsemarsch vor sich rausgehen. Er folgte ihnen in kniehohen Gummistiefeln und einem weißen, fleckigen Overall, der sein erhitztes Fleisch und die mit Tinte gezeichneten Racheengel und Clowns, den heiligen Tod, die römischen Ziffern und die Messernarben verbarg.

Aus der Ferne beobachtete er, wie die anderen den gefliesten Waschraum der Hühnerfabrik betraten. Vergewisserte sich, dass er alleine war. Schickte Mitchell eine SMS, dass die Übergabe morgen beim Leuchtturm stattfinden würde.

Crazy ging in den Waschraum, zog seine Gummihandschuhe aus und warf sie in die Blechtonne. Nahm jetzt, wo sie mit den anderen Handschuhen auf einem Haufen lagen, die Blutstriemen wahr, die an ihnen klebten.

Er stellte sich an das Marmorhalbrund des Waschbeckens, nahm ein Stück Seife und entdeckte zwei weitere Cliquenmitglieder. Shank und Flame. Die beiden jungen Männer mit den struppigen Haaren und schlaksig-knorriger Statur waren die ersten gewesen, die Angel und Crazy nach ihrer Überquerung des Rio Grande rekrutiert hatten. Damals vor sechs Jahren. Und jetzt hatte er sie für die Chance auf Freiheit verraten.

Crazy drückte den Metallhebel ganz nach unten und ließ das Wasser gleichmäßig fließen, seifte sich die Hände ein. Dann wusch er den Gestank der Arbeit ab, trat an einen der Porzellantrockner heran, die in einer Reihe an der Wand hingen, drückte mit dem Ellbogen auf den Chromschalter, in dem sich sein Körper spiegelte, und trocknete sich die Hände. Sah, wie Shank und Flame einer Handvoll Fabrikangestellten Zeichen gaben, sich zu verdrücken. Schritte und Geschnatter, ab von der Bühne.

Hyena bewachte die Toilettentür.

Crazy holte tief Luft und ballte die Fäuste, etwas war im Busch.

Shank und Flame standen in ihren karamellfarbenen Arbeitsuniformen da, die Hemden bis zum Hals zugeknöpft, den Rücken einer verschrammten Klokabine zugewandt. Flame hämmerte an die Tür. Unter der Tür hindurch sah man die Stiefel von jemandem, der auf der Toilette gestanden hatte und jetzt hinunterstieg. Die Tür ging auf. Crazy sah Angel von der Seite an, sah die beschädigte und vernarbte Fassade, die ihre Vergangenheit war. Quer über der Stirn MARA in fetten Buchstaben, die ihm in Form von Tränen über die linke Wange tropften. Angel hatte die Reisetasche voll Bargeld in der Hand, die Crazy in seinem Truck versteckt hatte. Angel warf Crazy die Tasche zu und fragte: »Warum hast du das gemacht, Crazy?«

Crazy zuckte mit keiner Wimper. Seine Eingeweide gefroren. »Was?«

»Verkauf mich nicht für dumm.«

Crazy fuhr sich mit der Hand durch den weißen Anzug und in die Tasche, drückte auf den Knopf ganz links, die eins, das war Mitchells Nummer, jetzt war die Kacke am dampfen.

Crazy, der sich nicht verarschen lassen wollte, sagte: »Hab die ständige Ungewissheit satt. Ich will ein langes Leben, ohne mir Sorgen machen zu müssen, wann's damit vorbei ist.«

Angel schmunzelte. »Du bist ein Wurm geworden. Eine Ami-Nutte.«

Crazy spürte, wie ihn die Blicke der anderen mit zigtausend Eispickeln durchbohrten. Diese Typen, seine Familie, wollten ihn filetieren, ihn an Chancellors Hunde verfüttern. Er sagte: »Nein, ich bin El Salvadorianer. Eines Tages möchte ich ein alter El Salvadorianer werden.«

In El Salvador ging es darum dazuzugehören, schon um des Überlebens willen. Hier in den Staaten war man Außenseiter wegen der Sprache, die man nicht sprach, der Kleidung, die man nicht trug, und der Autos, die man sich nicht leisten konnte. Durch den Handel mit Drogen bekam man all das, bis man begriff, dass man nur eine Nummer war, die darauf wartete, von einer neuen ersetzt zu werden.

Angel blieb hart wie Granit und sagte: »Ich bin primera palabra. Du warst segunda palabra.« Was wörtlich bedeutete, Angel war das erste Wort, Mara, und Crazy waren das zweite

Wort, Salvatrucha. Erster und zweiter Verantwortlicher für die MS-Leute, die Crazy Blades. Angel sagte: »Aber jetzt bist du el ladrón. Bestiehlst die Hand, die dich angenommen und ernährt hat. Weißt du, wie wir mit einem Dieb umgehen?«

Ladrón. Dieb. Es ging um das Geld, das er abgezweigt hatte. Sie wussten gar nichts von dem Deal. Aus seiner Tasche hallte eine leise Stimme: »Felix? Felix?« Crazys Deckname.

Angel blickte auf Crazys Hand in der Tasche. Konnte die Stimme hören. Sah, wie Crazy das Telefon aus der Tasche zog. Wen musste dieser Hurensohn gerade jetzt anrufen?

Angels Gesicht wirkte zerknittert, als er mit den Zähnen knirschte und sagte: »Verfluchter Spitzel, hast dich kaufen lassen. Du bist tot.«

Crazy rief noch »Hühnerfabrik« ins Telefon und drückte sich mit dem Rücken gegen die Wand.

Shank, Flame und Hyena fielen über Crazy her wie Haie über ein rohes Stück Rindfleisch. Flame täuschte eine Rechte an und platzierte eine doppelte Gerade auf Crazys rechter Schulter. Schmerz schlug Alarm. Crazy grunzte, ließ das Telefon fallen, streckte die Hand aus und packte Flames Ohr, zog ihn sich vors Gesicht, rammte seine Zähne in das Knorpelgewebe seiner Nase. Flame schrie wie am Spieß, Crazy entwand ihm das Messer und zog es ihm quer über die Augen. Flames Knie knickten ein, und er ging zu Boden. Beide Hände tasteten über die Flüssigkeit, die aus seiner zerkauten Nase und seinen zerschlitzten Augen floss.

Shank holte aus, Crazy drehte sich und vergrub das gezackte Stück Stahl, das er aus Flame gezogen hatte, in Shanks linker Hüfte. Zog es wieder heraus. Shank zuckte. Und Crazy fuhr mit der Klinge über seinen Ellbogen. Vene, Sehne und Bänder rissen. Shank zuckte zusammen, machte einen Schritt zurück auf Angel zu. Ließ sein Messer auf die Fliesen fallen, presste die Hand auf die Wunde.

Von hinten legte Hyena Crazy ein geflochtenes Kabel um den Hals, zog es fest um seine Kehle zusammen. Zerrte Crazy auf die Fußballen. Rotgesichtig und keuchend rammte Crazy sein Messer in Hyenas rechten Oberschenkel, immer und immer wieder, klopfte den Muskel zart. Hyena ließ das Kabel los, ließ sich rückwärts auf den gefliesten Boden fallen. Das Messer steckte seitlich in seinem Bein. Er kaute den Schmerz und das Brennen herunter, zog das Messer heraus.

Angel kam mit einer abgewetzten Klinge an, teilte Crazys Kiefer direkt unter der mit Tinte gezeichneten doppelten Träne und sagte: »Ins Krankenhaus.« Crazy torkelte rückwärts, die Schulter brannte, er wischte sich die Feuchtigkeit aus dem Gesicht. Angel zerteilte Crazys Brustkorb und sagte: »In den Knast.« Crazy presste beide Hände auf seine Brust. Angels Blick kreuzte sich mit Crazys. Aus dem Augenwinkel sah er eine Bewegung, eine braun verschmierte Gestalt kam von links und rammte ein schartiges Stück Stahl in Angels Niere, drehte es herum, von einer Seite zur anderen, bis es abbrach. Und Hyena sagte: »Oder ins Grab.« Die drei Richtungen, die das Leben eines Mitglieds der MS einschlagen kann.

Angel zuckte erstaunt zusammen, ließ sein Messer fallen, blickte Hyena voller Entsetzen an und fragte: »Warum?« Hyena sagte: »Weil ich der Chef sein will. Und nicht mehr die Nummer zwei, wenn ich wieder rauskomme. Ich will meine Schule drinnen machen. Kein Staatsgefängnis, Bundesknast.«

Crazy betrachtete die Tasche voll Geld, mit der alles angefangen hatte, und ging Richtung Eingang. Hyena sah Crazy an, wusste, dass er etwas hatte, das er selbst nie bekommen würde, die Chance, frei zu sein, aber er wusste auch, falls er ihm je wiederbegegnen würde, würde er ihn töten. Hyena war bereit für den nächsten Schritt. Gefängnis, wo er sich seine Meriten verdienen wollte, und falls er jemals wieder rauskäme, wäre er auf der Straße ein Gott. Er zog Angel über den gefliesten Boden, sah Shank an und sagte: »Wir machen ihn fertig.«

Crazy stand blutüberströmt an der Tür, hielt den Beutel mit Geld fest, sein Körper war bedeckt mit dem Blut, das aus seinen Wunden kam, sein Herz pumpte noch vor Entsetzen, als er sah, wie sich Hyenas Finger in Angels Kopf gruben, er hörte Angels Schädel dumpf knacken, als er auf den Keramikboden des Waschraums knallte. Crazy erinnerte sich an El Salvador, nach dem Einspringen hatte er seine Initiation besiegeln und das Blut eines anderen vergießen müssen. Er erinnerte sich, dass er gesehen hatte, wie der Angehörige einer rivalisierenden Clique einem Dorfbewohner eine Henne gestohlen hatte. Er ließ sie kopfüber an ihren gelben Krallenbeinen hängen und rannte davon. Ungesehen war Crazy dem Rivalen in einen mit Kohle und Erde vollgestellten Hof gefolgt, wo dieser den Kopf des Huhns auf dem Boden zertrümmerte, mit dem Fuß darauf herumtrampelte, ihn abriss, als wär's eine Halloweenmaske aus Gummi, und in den Dreck warf. Crazy zog sein Messer, trat hinter den Rivalen und durchschnitt ihm den Adamsapfel. Sah ihn wanken und zu Boden gehen wie der Vogel mit seinem blutigen Knochenknopf, der an die Stelle seines Kopfes getreten war und den er immer wieder auf die Erde schlug, bis er ausgeblutet war.

Und diese Männer waren nicht mal Rivalen. Nur Nummern.

Flame lag jammernd auf dem Boden, das Weiße seiner Augäpfel zweigeteilt und suppig. Bevor sich Crazy umdrehte, bekreuzigte er sich, neigte den Kopf und bat La Santa Muerte, den heiligen Tod, um Vergebung. Dann verließ er den Waschraum. Hinaus in das Chaos von Männern und Frauen, die aussahen wie er, ihm aber absolut nicht glichen. Und weiter hinten in der Ferne entdeckte er einen Mann, der mit gezogener Waffe auf ihn zugerannt kam, T-Shirt, schwarzes Basecap mit fetten weißen Buchstaben darauf, die das Wort Police ergaben. Ein alterndes, sorgenvolles Gesicht. Das war Mitchell.

Crazy senkte den Kopf, tauchte unter im Strom der anderen Arbeiter, die auf den Parkplatz flohen, um ihre Souveränität wiederzufinden.

Im Waschraum strömte es rot aus den Körpern von Shank, Hyena, Angel und Flame. Angels Brustkorb hob und senkte sich nicht mehr.

Die Glocke läutete. Die Pause war vorbei. Die Männer, die überlebt hatten, wussten, dass sie mit dem Job nicht mehr verschleiern konnten, wer sie wirklich waren. Dass sie die zweite Stufe ihres Lebens erreicht hatten. Das Gefängnis. Dort würden sie in neue Rituale und Regeln eingeführt werden. Draußen würden weitere Nummern antreten und ihre Plätze in diesem unendlichen Ökosystem der Gewalt einnehmen. Aber einer würde eine zweite Chance bekommen, einen Neuanfang, zumindest hatte man ihm das versprochen.

Iris hatte es sich bereits tausend Mal überlegt. Eine Hand an der Hüfte, unter dem Flanellhemd, das ihm aus der Hose hing, packte er die 40-Kaliber-H&K und wollte seine Verfehlungen wiedergutmachen.

Er stand in Chancellors Scheune, ein rot-silberner Benzinkanister lag umgekippt vor ihm. Der Holzboden knirschte unter dem Gewicht seiner Stiefel. Ein starker Benzingestank mischte sich in den sauren Geruch der Kadaver und des wochenlangen Trainings. In jedem Käfig lag ein Hund. Die Muskeln unter dem schwarz-weißen Fell wie in Stein gemeißelt, warteten sie, bis sie an der Reihe waren. Noch trugen sie Maulkörbe und waren für einen weiteren Trainingstag angekettet. Iris schüttelte den Kopf, wünschte, es gäbe eine andere Möglichkeit.

Er schob die Pistole in den Käfig, der der Scheunentür am nächsten war, hatte alles berechnet. Fünf Hunde. In Käfigen. Die Männer mindestens hundert Fuß weit entfernt unten im Haus. Ein paar schliefen, ein paar waren noch wach. Hinter ihm ein Heuschober und die Pferdeställe. Der Weg, den er heute Morgen zur Scheune gegangen war. Seinen Truck hatte er hinten geparkt für den Fall, dass er so weit kommen würde. Seine Ohren würden nach dem ersten Schuss pfeifen. Ob er lebte oder starb, war ihm weitgehend egal, nur dass er wiedergutmachen musste, was er mit diesem Chancellor, der gemeiner war als ein Mensch sein kann, verbrochen hatte.

Iris war immer ein Mann gewesen, der Wort hielt, aber sein Wort war nicht mehr viel wert. Er zeigte mit der Pistole auf den ersten Hund, Archie, sagte: »Verzeih mir.« Blickte in die von der Vorahnung eines Blutbads erfüllten braunen Augen und auf die kalte Schnauze. Drückte ab. Die anderen Hunde zuckten zusammen und knurrten. Schädel und Hirn spritzten durch den Käfig bis in den des Nachbarhundes. Iris ging zitternd zum nächsten, richtete die Pistole aus und drückte ab. Das machte er immer wieder, bis er beim letzten angekommen war, Spade. Die Ohren ausgefüllt mit

Rauschen, spürte er, dass ein Mann die Scheune betrat. Iris erkannte das Profil, die nicht zugebundenen Stiefel, die gebleichten Jeans, ein Hemd mit einem Adler über der Weltkugel und dahinter auf der Brust ein Anker. Chancellor hielt eine Pistole in der rechten Hand, sein Gesicht war verzerrt und nahm die Farbe zermanschter Kirschen an, als er seine Hunde leblos in ihren Käfigen liegen sah. Er richtete die Glock auf Iris und schrie: »Was, verdammte Scheiße, hast du getan, du alter …« Iris zielte auf Chancellors Brust, drückte auf den Abzug und öffnete die Welt, die sein Herz markierte. Chancellor tat seinen letzten Atemzug und prallte auf den Holzboden.

Zitternd steckte sich Iris die Pistole in die Hose. Nahm die Leine, die an Spades Käfig hing, machte die Tür auf, hakte die Leine an Spades Halsband fest. Die Zunge des Hundes berührte sanft seine Finger, und Iris sagte: »Daraus schließe ich, dass du vielleicht noch zu retten bist.« Iris eilte nach hinten in die Scheune, wo es drei Ausgänge für Pferde gab. Er führte Spade nach draußen, griff in die Tasche und nahm ein Streichholzbriefchen heraus. Riss ein Streichholz an und warf es ins Heu. Sah zu, wie die Flamme den Treibstoff entzündete, den er zuvor dort vergossen hatte.

Spade saß vorne im Chevy Silverado neben Iris. Der ließ den Motor aufjaulen und legte einen Gang ein. Trat aufs Gas. Erde und Steine spritzten hinter ihm auf. Er steuerte über die Kiesauffahrt, die Scheune brannte hinter ihm. Er fuhr an der Trainingsbox vorbei. In der Ferne befand sich links das alte holländische Kolonialgebäude, aus dem halbbekleidete Menschen stürzten. Iris fuhr weiter, bog auf die Landstraße ein, blickte über die Felder und Weiten von Cedar, sah den Rauch über dem Land aufsteigen. Und während er die

Straße weiterfuhr, griff er rüber und rieb Spade zwischen den schwarzen Ohren, ohne zu wissen, wohin er fuhr, aber wohl wissend, dass er nicht anhalten würde, bevor er nicht mehrere Staaten zwischen sich und die Verbrechen in Southern Indiana gelegt hatte.

DANKSAGUNG

Ich möchte meiner Mutter Alice Weaver und meinem Vater Frank Bill Sr. dafür danken, dass sie mich mit Geschichten und einem reichen Erfahrungsschatz aufwachsen ließen. Greg Ledford, der mir sagte: »Du hast Talent, hör nicht auf.« Den Freunden während der Nachtschichten: John, George, Larry, Kirk, Tim und meinem Chief, Greg. Randy, Daryl und Ted aus dem Lagerhaus. Glen, Gary, John und Harvey und all meinen anderen Union Brothers. Denny und Matt Faith, ihr wart von Anfang an dabei. Dem »Law Dog« Donnie Ross für seine Unterstützung und Freundschaft über Jahre hinweg und die Beantwortung meiner Fragen zur Arbeitsweise der Polizei: Du bist wie ein großer Bruder und wirst es immer bleiben. Zack Windell, mit dem ich von Geburt an befreundet bin.

Den Familien: Gayle und Israel Byrd, Jamie und Amy Pellman, Terry Crayden, Sharon Crayden, Brandon Crayden, Jessica Chanley, den Trindeitmars, den Muncys, meiner Tante Trudy, Tante Becky und Onkel Dennis, Onkel Jack und meinem Vetter John. Marly Thevenot Howard. Julie Bill. Allison und Marisa Faith. Und Myrtle Bill, du hast es geschafft, 101 Jahre jung zu werden, wir vermissen dich alle sehr. Danke euch allen für eure Unterstützung.

Außerdem Allison (Lady D) und Todd (Big Daddy Thug) Robinson bei Thuglit fürs erste Lektorat. Anthony

Neil Smith, ein wahrer Freund und Herausgeber von *Plots with Guns*, der viele meiner Geschichten veröffentlichte, als sie sonst niemand haben wollte. David Cranmer und Elaine Ash von Beat to a Pulp, danke, dass ihr mich ignoriert habt. Aldo Calcagno, danke für alles, Crime-dog. Gary Lovisi dafür, dass er meine Worte gedruckt hat. Tony Black von Pulp Pusher. Jedidiah Ayres und Scott Phillips für die Einladung zum ersten Noir at the Bar: danke Freunde. Kyle Minor für all die guten Ratschläge und die Unterstützung spät in der Nacht. Anderen Autoren und Freunden: Keith Rawson, Kieran Shea, Greg Bardsley, John Rector, Steve Weddle, John Hornor Jacobs, Dan O'Shea, Joelle Charbonnean, Victor Gischler, Christa Faust, Roger Smith, Craig Clevenger, Rod Wiethop, Anonymous-9, Rhonda Abbott, Stephanie Stickels, Thad und Dana Holton. Mary Cunnigham, im Herzen immer noch Tante. Die Familie Griffee (besonders das große Schätzchen). Die Familie Reed. Und allen, die mich auf Twitter, Facebook und Frank Bill's House of Grit begleiten.

Donald Ray Pollock, danke für all die Ratschläge, die Freundschaft und Unterstützung. Und meiner superbegabten Agentin Stacia J.N. Decker und den besten Lektoren auf dieser Seite der Vereinigten Staaten, Sean McDonald und Emily Bell: Niemand arbeitet härter, ihr habt meine Prosa so viel stärker gemacht. Meinem Verlag Farrar, Straus und Giroux, danke, dass ihr das Risiko mit mir eingegangen seid.

INHALT

Hill Clan Cross 7
Alte Knochen 16
All das Schreckliche 22
Die Strafe des Scoot McCutchen 31
Officer verwundet (Crystal-Junkies) 48
Die Sucht 59
Im Tod noch schön 75
Der Unfall 90
Der alte Mechaniker 104
Blödes Stück Scheiße 124
Albtraum eines Waschbärenjägers 142
Zuckungen 160
Alttestamentarische Weisheit 172
Hin und her zwischen Himmel und Hölle 189
Karnickel im Salatbeet 207
Cold Hard Love 222
Verbrechen in Southern Indiana 240